斑鸠落地

BanJiu LuoDi

龚静染——著

重庆出版集团 重庆出版社

图书在版编目(CIP)数据

斑鸠落地 / 龚静染著. —重庆: 重庆出版社, 2023.9
ISBN 978-7-229-17852-9

Ⅰ.①斑… Ⅱ.①龚… Ⅲ.①长篇小说—中国—当代 Ⅳ.①I247.5

中国国家版本馆CIP数据核字(2023)第140688号

斑鸠落地
BANJIU LUODI

龚静染 著

责任编辑:张继佳
责任校对:何建云
封面设计:彭平欣

重庆出版集团
重庆出版社 出版

重庆市南岸区南滨路162号1幢 邮编:400061 http://www.cqph.com
重庆出版社艺术设计有限公司制版
重庆博优印务有限公司印刷
重庆出版集团图书发行有限公司发行
E-MAIL:fxchu@cqph.com 邮购电话:023-61520646
全国新华书店经销

开本:880mm×1240mm 1/32 印张:8.125 字数:200千
2023年9月第1版 2023年9月第1次印刷
ISBN 978-7-229-17852-9
定价:45.00元

如有印装质量问题,请向本集团图书发行有限公司调换:023-61520678

版权所有 侵权必究

目 录

第一章 …………………………………………… 1
第二章 …………………………………………… 33
第三章 …………………………………………… 54
第四章 …………………………………………… 82
第五章 …………………………………………… 109
第六章 …………………………………………… 135
第七章 …………………………………………… 163
第八章 …………………………………………… 196
第九章 …………………………………………… 218
第十章 …………………………………………… 233

第一章

（一）

　　桥镇出盐是因为一只斑鸠。

　　这件事可能很多人都不会相信，就是现在的桥镇人看来也近乎于荒谬，他们会说那只是小说中的情节，小说中的东西谁又会当真呢？但请相信我，在说出这句话的时候是经过慎重考虑的，当你读完下面漫长的文字的时候，你就会相信自然的奇妙。而我之所以要说出这句话，其实是为了说说这句话中的三个词，它们分别是桥镇、盐、斑鸠。

　　桥镇位于川西南，是个典型的水镇，境内河道交错，水面上船只穿梭不息，但河中最多的是盐船；桥镇是个远近闻名的盐镇，井架远近林立，蔚为壮观。那些井架是专门用来从盐井中提卤的装备，用木头一截一截地搭建而上，形成塔状，有些高达数十丈，直刺蓝天。在桥镇像这样的井架有成百上千，每一个井架下都是一口深深的盐井，盐卤从地层中提取出来，通过熬制就变成了白白的盐。

这就说到了第二个词：盐。字典里关于它的解释很简单，就是一种咸的物质，但柴米油盐的盐跟字典上的盐是有区别的，盐是生活中的必需品，人不能缺少盐。这个事情还可以找出佐证来，据说古人天真烂漫，他们把盐当糖一样来吃，没事就嚼盐粒，嚼得有滋有味，但这样一嚼的结果是嚼出了历史。然后就说到了斑鸠。其实，历史对斑鸠而言是不存在的，虽然斑鸠飞行的时候翅膀略呈弧形，跟天空保持了某种平行的关系。但下面讲的故事却有些离奇，说明斑鸠在历史的某个片段中曾身陷其中，并让那段历史迷雾重重，当然那是只很久以前的斑鸠了。

事情是这样的。有一天，有只斑鸠飞过桥镇的山坡时，突然头一栽，就掉了下来。捡到斑鸠的孩子心想白捡了块肉，搭上几根枯枝，就可以美美地打回牙祭。桥镇上有句谚语，叫"鸠四两，鸽半斤，麻雀二两不用称"。第二天，孩子又到山坡上割草，割着割着，突然，他身边不远的地方又有一只斑鸠掉了下来。他拨弄着斑鸠褐色的羽毛，光亮柔滑，身上并没有带伤，心里便嘀咕，没有人把它打下来呀。

下山的时候，孩子看到天很快就阴了下来，一块乌云正好罩在他的头上。孩子背着半背篓草就回了家。牛槽在屋子的背后，去倒草要走过一道土墙，就在这时孩子又看见山上的那朵乌云，而乌云下飞过了一只斑鸠，他不由得打了个冷战。

孩子第二天没有敢去那个山坡。过了几天，又有个孩子到了那个山坡去割草，他什么都不知道，只是埋着头干活，他想的是得为牛多割些草，因为犁田插秧的时节已经来了。他的刀是那样利落，嚓嚓嚓，声音均匀而清脆，那些五颜六色的小花朵也被割进了他的背篓里。突然，空中掉下了堆粪，啪地落在他的头上。孩子气急败坏地望着天空，但鸟照样在天上飞来飞去，甚至叫出的声音有点像在取笑他。孩子想，如果手里有把弹弓，嘣的一下，翅膀就变成了张烂纸。这样一想，他就没有那么生气了。其实是鸟已经飞走了。他顺手抓了把草擦头顶上的鸟粪。

又开始埋头割草。割着割着就忘了鸟粪的事，也越割越起劲，草脆脆的，镰刀下发出嚓嚓嚓的声音。这时候，空中又掉下了什么，他愤怒地立起身子，回头一看，结果发现的不是鸟粪，而是只麻雀。

从那以后，桥镇的小孩们都喜欢往山坡上跑，他们都知道山上有个秘密，常常要掉下些好东西，在割草、采野果，甚至闭上眼睛打瞌睡的时候，就能捡到各种各样的鸟，斑鸠、麻雀、布谷、黄莺、野鸽、鹞子……。传言很快传遍了桥镇，在那个奇怪的山坡上，飞着一些奇怪的鸟，它们飞着飞着就奇怪地掉了下来。但事情太过奇怪了，就没有人敢吃这些鸟，因为白捡的东西大概只有牛粪蛋子。

揭开这个谜底已经是很多年以后的事了。人们在这片山坡上发现了盐，并在山坡上接连凿出了两口盐井，其中一口叫福泉，一口叫保通。又过了两年，再次凿出了四口盐井，短短几十年间，这个地方的盐井已经达到六百七十二口，上井四十六口，中井一百零一口，下井五百二十五口，中、上井每井岁得盐十万斤以上，成为了远近闻名的大盐场，朝廷在此设置盐课司，照井课税，并将部分盐换成马匹，充备边戍。

为什么会在那个山坡上发现了盐呢？这是个秘密，而秘密的开头是一只斑鸠，是它把人们的眼光吸引到了那里。

这是明朝永乐年间的事了。

五百多年后，也就是到了民国时期，抗战正在胶着阶段，有个叫缪剑霜的人来到了桥镇，自然也听说了这个故事。当时的情况是他推了推眼镜，意味深长地说了句："真有意思！"

说完这句话，他又望了望天空："现在这里的斑鸠多吗？"

在座的人偷偷笑了起来，连浮在空中的烟雾都充满了笑意。

盐灶肯定是多了！其实缪剑霜关心的就是这个，盐灶越多越好，盐多了才能保障军供民食。当时的情况是整个中国沦陷了一半，沿海一带的盐场几乎被日本人占领，而内地最大的盐场就在川西南这一带。

缪剑霜是刚刚新上任的国民政府盐务总局局长，这位老盐吏可不是等闲之人，有人说他刚毅正直，有人说他独断专横，但乱世之际大概是需要厉害角色的。这次新官上任，他自然也要烧上三把火，为了抗战大业，缪剑霜准备给盐灶减免税收，给盐商贷款、补贴和奖励，目的是让盐灶继续冒烟，达到增产抢收之目的。

在桥镇的考察中，缪剑霜还有一个重要的任务，那就是起草战时盐业计划，这是中国战时经济的一部分，时间紧迫任务重大。但此刻，他显然被这只斑鸠牵到了很远的地方。一个中国盐务的最高行政长官居然对那只鸟产生了兴趣，让所有在场的人都感到意外，他们想，缪局长到底在想什么呢？难道斑鸠跟抗战还有什么关系？

这时，缪剑霜又推了推眼镜说："还有什么故事？都讲来听听，我真的想听听……"

清朝道光年间，桥镇有个山匠叫王贵，专门给人相井观脉。他看井的方法很奇特，不用罗盘也不打卦，只要趴在地上闻一闻，说此处有盐，八九不离十，照直挖下去，就会出卤水。但王贵是个瞎子，什么也看不见，这事情就有些神奇，瞎子给人搞搞按摩，

第一章

舒筋活血倒是没有问题，但一把土摊在手上，水火了然于胸，这就不简单了。有人说，王瞎子一定是看见了传说中的盐精，但看见过盐精的人，眼睛就会瞎。

很多年以前，王贵是个结实能干的小伙子，他在盐这个行当里滚了很多年，从杂工开始，挑卤、修枧、灶房、煎盐、碓工、账房，没一样不熟。熟了又有份聪明，就可以当山匠。

山匠是吃盐巴饭这行中的神仙，探地脉，望风水，识井源，做的是形而上的事情。但就在王贵当上山匠不久，却突然得了一场怪病，一夜之间就什么都看不见了，成了个瞎子。山匠时代的王贵便不存在了，他拄着拐棍在桥镇上走，孤苦伶仃，看见他的人都在背后悄悄议论，多好的小伙呀，造了啥子孽嘛。当年的王贵是盐灶上的一把好手，脑后甩着根油光黑亮的辫子，守盐井时倒在木桩上就能过夜，辫子一盘当枕头，第二天起来连喷嚏都不打一个。

成了瞎子，王贵就靠搓麻绳为生，他搓的麻绳又细又结实。其实，王贵搓麻绳的时候想的还是井，那些麻绳拴着卤桶，呼噜噜地落到井里，他的心思也随之起起落落。一个瞎子把井琢磨得那么透，就像下盲棋的人一样，绝对是高手。井下是黑黑的，但他的心思是敞亮的。

有一年，王瞎子不小心滚进了一块田塘里，当他挣扎着趴在田坎上喘气的时候，突然发现有块软软的、黏糊糊的东西在舔着他的额头，他伸手一摸，摸到了牛嘴，牛的舌头在他的脸上舔得啪嗒啪嗒响，好像他的身上藏着什么好吃的东西。王贵好生奇怪，回去后，他就一直没有想通这件事情，牛为什么会舔他呢？打那以后，王贵便经常到那块田边去，站在田边愣愣地发呆，谁也不知道他要干什么，其实他就是没有把那件事情想通。

5

瞎子是必须要把一件事情想通的。

蛙声连成一片的时候,王贵又到了田边。那些人怕他再栽进水里,都会好心地朝他喊:"王瞎子,掉进塘头只有鬼大哥来捞你哦!"

王贵理也不理。但有一天,天上下起了小雨,王贵就真的滑进了田里,他被水呛了一口,但突然就明白一个道理,就是牛为什么会舔他的道理。爬起来后,王贵便大声喊这块田的主人阚二爷。

阚二爷正在房里磨苞谷,就带着两个佃农跑了过来,看见王瞎子滚进了塘里,人有些疯疯癫癫。这时,只听见王贵又喊又跳:"阚老汉,你龟儿要发财了!"

阚二爷望了望四周,只有几只麻雀飞来飞去,便扑哧一下大笑起来:"王瞎子,你硬是想逗我耍嗦!我问你,金银财宝是掉下来的还是长出来的嘛?"

王贵就说:"你比我还瞎,告诉你,这块田下有盐!"

阚二爷想,田里明明长的是秧苗,咋还会长盐?不是胡说八道吗?

也就在那一年,桥镇有个地主想开井,因为盐是好买卖,能赚大钱,但打井就是赌,输赢三七开,他可不想失败。这个地主过去在嘉定城里开丝绸铺,卖给那些码头上的来往客商,赚了不少钱。他的嘴角吊着两撮虾米胡,每天他就摸着那两撮毛,摸得都有点翘了。他摸着那有点翘的胡子,心里盘算着一些事情。你看,他的屋檐下挂满了苞谷棒子,院坝里晒着黄灿灿的谷子,只要麻雀一飞过,他就拿着竹竿去撵,他才舍不得小鸟虫们吃他粮食,哪怕一粒两粒。当然,撵走了麻雀,他就可以放心地站在谷堆里,继续去摸那两撮有点翘的胡子了。

就在这时，院门呀的一声被撞开了，王瞎子闯了进来。地主听他讲完，便放下了竹竿，说："王瞎子，我咋个觉得你说的像是假的呢。"

"哪个瞎子会说假话！"

"真的？"

"骗你我就再瞎一次！"

"好，到时老子就给你娶个婆娘，把你的铺盖窝暖得热乎乎的。"

"我只要副棺材，等我死了有地方收骨头。"

那一天，两人来到了那块田塘前，这时庄稼已经被收走了，只剩下一截截的谷茬子，整块田像老妇人干瘪的乳房。地主很沮丧，脸一下就垮了下来："盐在哪里嘛？"

"挖下去就会出盐。"王贵说。

"可这是人家阚二爷的田。"

"还不简单，你把这块田买下来，或者用你的一块肥田跟他换。"王贵说。

"你倒说得安逸，难道阚二爷是头猪？"

过了半年，就是王瞎子说的那个地方，一个外来的山西人把那块田佃了下来，开始大兴土木，凿井制盐。看到碓架高高地矗立了起来，有一天，地主就上去拦住一个担土的挑夫，那人每天十挑土两个铜子，一天挣十个铜子收工。

地主就说："庄稼人不种庄稼，糟蹋好端端的地，以后吃什么呢？"

挑夫突然就停了下来。他抹了把汗，望着周围的稻田早已挂穗了，穗子饱满结实，都透出一阵一阵的香味了。其实，在被山西人雇来之前，他一直在地里当庄稼汉，但山西人说过，并打出

7

来后，每天可以挣四碗白米饭。挑夫就是为这个来的，在乡下，每天有四碗白米饭就可以娶老婆了。

是呀，不种庄稼吃啥子呢？于是挑夫就不干了，他要回家种地去了，因为书上说过，不耕之民难与为善。

半年后的一天夜里，人们已经进入梦乡的时候，地主被突然惊醒，他听到噼噼啪啪的爆竹声音响彻桥镇的上空。这种情形只有两种情况，一是死了人，半夜出丧；一是打出盐井，向乡里报喜。这次显然是后一种情况，一口新井打出了卤水，工人正在点燃爆竹庆贺，而这口井正是从王瞎子说的那块田里凿出来的。

那个农夫又回到井上当起了挑卤工，如今他一天真的能挣四碗白米饭，当然也就可以娶老婆了。

（二）

四川以南，在丘陵连绵的小镇上，怀家的盐堆得像山一样高。

有人说，怀家盐仓里的盐能保证府岸一年的供应。府岸指的是华西坝子，那是块平坦得像熨过一样的地方，春天撒下种子，秋天像卷席子般一裹，稻谷满仓。但华西坝子不产盐，盐要出在山岭深丘地带，平坦的地方留不住盐，都流走了，抓起来的土只有牛粪味，没有盐味。所以，有米没有盐，再富庶的华西坝子也要吃桥镇的盐，沿着府河走，船到哪里，怀家的盐就销到哪里，有人说，怀家的盐要像山一样堆着，华西坝子上才闻得到腊肉的味道。

怀家的主人叫怀荣三，当年就是他看到一只斑鸠落到他面前的时候，就留在了桥镇，也才有了如今的富庶家业。

第一章

清初，朝廷为增加税入，便鼓励民间凿井制盐，所有能够产盐的地方都在凿井。怀荣三的老家在山西，是个民风淳朴的地方，但因为一件事改变了这一切。当时有个老乡在运城采池盐，几年过后，人家是挑着十几担银子回来的。这年春天，怀荣三把从祖业那里分得的一点地和几间瓦房卖了，也准备到外面闯闯，因为他听说遥远的蜀山里有盐，只要把地敲开就能找到盐，据说有时候那地皮薄得像西瓜皮一样，运气好的话一敲就破了。

临走之前，怀荣三路过了那个同乡的大院子。其实每次经过这个地方，他都会不自觉地停留片刻，秀兰就嫁到了这户人家。过去，秀兰同他家只隔了一条田埂，他俩是一条田埂上长大的。这时，也不知道从哪里来的勇气，怀荣三迅速爬上了墙头，他还想看一眼秀兰。突然间，狗的叫声响了起来。怀荣三吓得一阵狂奔，等停下来，汗水已湿透了衣衫，他喘着粗气捡起个石块往狗那边扔去。

离开老家后，怀荣三背着一捆谷草和一口袋干饼日夜赶路，累了倒头便睡，睡醒了啃几口干饼又走。但就在这时，他望见了一座不知有多高的大山。

当地人说，那座山还叠着无数座山，一座比一座高，云缠雾绕间豺狼出没，没有人敢孤身去闯，真要去赌，死一百回都不足为奇。怀荣三在山下的一个小镇上停了下来，他开始后悔起来，花钱买醉，把头埋进土碗里，三天三夜都没有抬起来过。他对着酒碗胡言乱语，其实醉了就不用抬起头来，因为一抬头他就会看见那座横亘在眼前的大山，就压得他喘不过气来。

有一天，怀荣三从一个红嘴唇白脸皮女人的床上爬起来，他已经在温柔乡里彻底堕落了，再也不想去想那座永远也翻不过去

斑鸠落地

的大山。在半夜的时候，他还对女人说："你给我生一堆儿子。"那个女人娇滴滴地说："你行吗？"当然他知道这是假话。但就在这时，他听到窗外一阵喧闹，连忙从窗子的隙缝中往外看，原来是一队被发落的犯人经过这里，街上有很多人正在围观。那些囚犯跟他一样满脸乱草，腿脚上流着发黑发臭的脓液，目光冰凉如刀。

第二天，怀荣三就跟上了那队囚犯，衙役正押着犯人翻越那座不知有多高的大山。

临走前，怀荣三说："我走了。"

红嘴唇白脸皮的女人说："你不是要我给你生一堆儿子吗？"

怀荣三说："我要去做大事了。"

女人连瞟都没有瞟他一眼："你还会回来的。"

她斜靠在扶栏上，嗑着瓜子，就当什么也没有发生一样。

这一去，怀荣三就把自己当成了囚犯中的一个。他挂着木棍跟在队伍的后面，每天帮助队伍烧锅煮饭，衙役们看他还勤快，也乐得让他做伴，允许他晚上跟犯人们睡在一起，不然的话他根本挡不住山里的寒气。这时已到了初夏时节，怀荣三在酒里荒废了整整一个春天，其实他也不知道这样走有什么意义，也许他想再待下去，就会死在那个小镇上。但一上路，他就后悔了，因为这样走下去，他可能死在路上，与其这样，还不如死在酒里，死在那个女人的床上。

山里的雨水连绵不断，他的衣服从来就没有干过，在山里走了多久他已经不知道了，他的头脑里一片空白。队伍中不断有人在倒下，倒下的人就直接被推下山崖，变成了饿狼和秃鹰的美餐。

一天夜里，怀荣三在梦中哭了起来，他成了真正的囚徒，阎王用大链捆着他往黑暗的地狱里走，他绝望地大嚎大叫，只差一

10

步就要下地狱了。但突然镣铐就被挣脱开了,他不顾一切地向外冲去……原来是只脚在踹他。

踹他的人是个杀人犯,他把奸夫杀了,然而没有捍卫到女人的贞洁却害了自己。怀荣三每天都跟着这些奇形怪状的囚犯挤在一起睡,以抵御山里刺骨的寒冷,他的身子缩成了鼹鼠的形状,只有心脏在微弱地跳动。

"喂,你哭得好吓人!"

杀人犯低低地吼道,他杀人时都没被吓到过。

那时的怀荣三已经死了。只是有一天,他看到那些囚犯的腿上都开始掉蛆了,那些白色的蛆像米一样落到了地上,让他感到了剧烈的饥饿。是饥饿让他活着。终于有一天,一阵阵的恶臭穿过他鼻子的时候,又有人不断倒下了。有一次,有个人滚到了他的脚前,眼球暴突,嘴角的乌血顺着枷板流了下来。衙役走上去踹了他一脚,居然没有任何反应,他马上叫两个囚犯将这个人扔到了山崖下。

在路上这样的情景接二连三,怀荣三腿上也开始流着发黑发臭的脓液,他用路上摘的草药把它包住,才勉强长出了痂,但那些痂一到晚上就开始发痒,就像有一百只蚂蚁在撕咬,让他彻夜难眠。

有一次,衙役问他:"喂,小兄弟,你到底要到哪里去?"

"找盐!"怀荣三的眼睛里闪出一丝光。

衙役哈哈大笑起来。所有的囚犯都抬起了头,终于明白了跟着他们走的人原来是个疯子!

"小兄弟,走了一天你饿不饿?"衙役又问。

"饿!"

"想吃不?"

"想！现在我能吃一头羊！"

"既然想吃的，就回家去吃，何苦在这里受苦？"

"不找到盐，我不会回去！"

有一天，这已经是很久以后的一天了，红嘴唇白脸皮的女人突然想起了怀荣三，因为她断言过他会回来的，没有哪个上过她床的男人能翻得过那座大山。但怀荣三没有回去，这时的他已经到了一个她不知道的地方。

怀荣三早已经忘记了红嘴唇白脸皮的女人，在路上的时候他只想起过秀兰。秀兰就像天上的白云一样。其实，他连秀兰都快想不起了，长时间的劳累让他的记忆力迅速衰退，尽管他拼命地想重新记起秀兰的眼睛、鼻子和小嘴，但它们已经模糊了，模糊得让他神情恍惚，连伤心和忧愁都不知道是什么滋味了。

奇迹就是在这时出现的。

快走到桥镇的那天，怀荣三突然就愣住了，他的眼前出现了一只斑鸠，扑簌簌地掉了下来。他走了上千里的路程，穿过了不知多少山峦密林，头顶上飞着各种各样奇异的鸟，但没有一只掉下来，却在这里掉下一只，而且就落到了他的面前。他仿佛突然就想明白了什么，这就是天意呀！这时，囚犯们正在继续往前走，怀荣三就对衙役说：

"我不走了，这里有盐。"

"是呀，你该留下来治治病了！"

衙役把手放在怀荣三的额头上，又笑了起来。

在河边，极度疲惫的怀荣三洗了把脸，但镜子似的水面把他吓了一跳，里面漂着具僵尸。他又捧了口水，咕咕咕地喝了下去，他太渴了，就像从来没有喝过水一样。连喝了几大口后，他又吓了一跳，水面正围来了一群饥饿的鱼，露着白森森的牙齿！第二天他就倒下了,他真的病了,脸色惨白,浑身乏力,躺在一个破旧的客栈里,如同死了一般。

客栈掌柜是个好人,就把桥镇有名的"狗屎郎中"请了来。这个"狗屎"二字是当地人给这位郎中的褒奖,并无糟蹋之意,据说他开药多用田间地头的草药,像狗屎一样不值钱,但药到病除。

这时,只见一个穿着长衫的人就来到了怀荣三的床榻前,他的中指轻轻落在了脉上,摇了三下蒲扇就下了药方。知道他的人都明白,只要摇三下扇子就说明把病号住了。但半月过去,药居然在怀荣三身上不见效果,怀荣三依然虚弱得像张白纸。这就怪了,"狗屎郎中"居然没有医好他的病,那就是病入膏肓了。

这件事情传到了瞎子王贵的耳朵里。这一天,他就慢慢摸到了客栈前台对掌柜说:"我能治他的病。"

掌柜不信,打死都不信。王贵就说:"我有家传秘方,专治他的病。"

掌柜仍然不信,他只是觉得这瞎子有些怪怪的,肯定有什么不寻常的事要发生。果然,王贵一进去,屋子里的灰尘呼呼往下落,风突然把窗布掀开了个缝隙,一缕阳光唰地刺了进来。怀荣三艰难地睁了睁眼,他看到了个人,一个他从来没有见过的人,那个人埋下了头,贴在他的耳边轻轻说了几句话。不一会,他就感到口里干得快要皲裂,他的胃里空空荡荡,饥饿让他眩晕,中药的苦涩味搅得他想呕吐,但他什么也吐不出来,只能闻见肠子黏液里的那种腥臭,他喊道:"水、水、水……"

几日之后,怀荣三的病如汤沃雪,不治而愈。

活过来的怀荣三跟阚二爷签了租地契约,开始凿井,这一切都是王贵在后面指使。怀荣三准备用剩下的钱来赌一把,因为他相信瞎子不会说假话的。

这期间，阚二爷每天都去看他们打井，但每次回去的时候都是皱着眉头的，他担心的是井没有打出来，把他那块好好的田给挖烂了。到了后来，他越来越担心自己把田租给怀荣三是在冒险，而这样的冒险是要受到老天爷惩罚的。果不其然，三个月过去，井才下去三十丈，却没有任何出卤的迹象，这时怀荣三已经把所有的钱用完了，走投无路。阚二爷这时就开始不断抱怨，一大早就起来捶胸口，他认为怀荣三这倒霉的家伙把他的肥水全糟蹋了！

但就在这时，那个把囚犯押解到边地去的衙役突然出现在了他的面前，这个人叫魏碧山，他是准备原路返回，但在桥镇他又遇到了怀荣三。

"跟我一起回去吧，小兄弟。"他说。

怀荣三说："唉，回不去了，就拜托大哥给捎个信，就说我死在这里了……"

然后他就哭了起来，像条可怜的小狗。魏碧山突然动了恻隐之心，拍了拍他耸动的肩膀："为啥想死？"

"没有挖到盐，不如死！"

"我记得在翻那座大山时你都没有死，现在也就没有必要死了。"

接下来，魏碧山就借给怀荣三一百两银子，只对他说："你不要问这钱是怎么来的，反正够你再挖三十丈，如果把盐挖出来了，你回老家时把钱还我，如果没有挖出盐，就当这些银子掉进了粪坑里。"

其实一路走来，魏碧山觉得怀荣三这小子很特别，有股狠劲，是个拼命三郎，他相信这家伙迟早会把井打出来。但魏碧山回到山西后，不太敢想那一百两银子的事情，他还是非常后悔。那笔钱不是小数目，那是他准备用来买地养老的，但他居然没有多想就把钱给了怀荣三！这个小吏甚至对当时的情景都有些迷糊，要是换一个地方，换一个人，他是万万不可能把钱给别人的，就是一两银子都不可能。

魏碧山救活了怀荣三，工匠们又回到了工地上，第二年井就打出了卤，而怀荣三的好运就从这时开始了。

就在井打出来的时候，工地上突然来了个媒婆，她的小脚在凸凹不平的地上翩翩起舞，她是来给怀荣三说亲的。原来，阚二爷看到井就要告成了，便想把小女儿嫁给他，在阚二爷看来，那块地不仅出盐，而且还出能干的女婿，真是一举两得，肥水不流外人田。怀荣三见过那个小女子，长得肥肥胖胖，如果说秀兰是天上的一朵轻灵的云，这个女子就是块敦实的福地。新婚大喜那天，怀荣三觉得这都是老天爷安排好了的，并没有薄待他，所以心里倒有几分踏实，只是进了洞房，他才如喷溅的盐卤翻腾了起来。这时的他已是浑身大汗，不停地说："我打出盐了，我打出盐了！"不一会，年轻女人沉沉睡去，她睡得真香，轻微的呼噜声就像厚实的土地上禾苗儿摇曳的声音一样。

但怀荣三把第一口井凿出来后，心思就变了，他不想固守这口小井，他还要继续凿井，凿更多的井，更大的井。

又过了一年，怀荣三开始凿他的第二口井，而他的老婆已经怀胎三月，等怀荣三的大儿子怀穆松生下来，他又开始凿第三口井了。那天夜里，怀荣三对女人说："我要打一百口井，你给我生一百个娃！"她的乳汁充盈，咕噜咕噜地向外涌，无穷无尽。

奶中有股咸湿的味道，怀荣三就想，这浓奶跟淡卤还有些相似呢。不久就传来了好消息，他的盐不仅可以卖到华西坝子，还可以卖到贵州、云南，甚至更远的湖北了。

（三）

那时候，桥镇上人流涌动，盐灶大开，一派热气腾腾。

从威州来的煤炭、仁怀来的竹子、温江来的花麻、叙府来的篾索、江津来的胡豆、泸州来的盐锅全都卸在了桥镇的江河两岸，打铁的、锯木的、拭篾的、捣碓的、放槽的、铲锅的工匠成千上万，全都聚到了桥镇。而怀家的井架渐渐遍布桥镇，到后来，工匠们甚至都不说到桥镇去，而是说到怀家去。

就在这时，魏碧山认为那一百两银子确实已经掉进了粪凼里，并再也不做任何妄念的时候，却突然接到了一封来自桥镇的信。信是怀荣三写给他的，信上怀荣三要他把家眷一起从山西带到桥镇去享受荣华富贵！

他被信上的胡言乱语吓了一跳，三天没有睡好觉。是的，这样的口气不是当年那个山道上快死的傻小子的，那时的他除了没有戴枷板之外跟囚犯也差不多，但这时他又收到钱庄汇来的三百两银票，魏碧山的记忆才恢复到了当年的那个真实的情景中，不过他的心里仍在嘀咕：难道那傻小子真的发大财了？

后来魏碧山就真的去了桥镇，走水路去的，不用再翻那座大山，他其实是想看看这个奇迹是如何发生的。到的那天，怀荣三就领着他看了所有的盐井，转了一天之后，才走到最初到桥镇打的第一口井前说：

"就是这口井救了我的命！"

但魏碧山说："我倒觉得是那只斑鸠救了你的命呢。"

这时的怀荣三已经忘掉了那只斑鸠，只是这一提又让他想了起来。

　　魏碧山脱了皂衣换上缎衫，从此当上了怀家的管家。在怀荣三的心中，魏碧山连犯人都能管，还有什么不能管的呢？所以有了魏碧山把井灶家务管理得井井有条，再有王贵的神助，他没有理由不把买卖做大。不到十年光阴，怀家的井就达到了一百多口，怀荣三的名字响彻了方圆几百里。

　　咸丰三年，川盐千年一遇的机会来了。当时太平天国在南京定都，封锁了长江，淮盐进不了湖北，很快户部便传来了消息，允许川盐入楚，无论商民均可自行贩鬻。而这样一来，怀荣三看到了比华西坝子更大的市场，他更忙了，每天奔波于井灶之间，而且他要做的一件大事，那就是造船下湖北。

　　桥镇的河边有个叫"味道长"的茶馆，竹椅长凳摆了一摊，人声鼎沸。

　　茶馆外有棵巨大的黄葛树，遮天蔽日，冬暖夏凉，据说那是桥镇人的半个天下。每天，这个茶馆里都会聚集着一大帮老茶客，他们一来，茶倌就知道他们要喝什么样的茶，一个铜子还是两个铜子。喝一个铜子的多是下力的贩夫走卒，喝两个铜子的则是穿着周正的文明人。当然，一个铜子只能喝快发霉的老茶叶子，而两个铜子的就是山里的新茶，汤色浓郁鲜亮。

　　这时，就听见门外一声"上茶"，茶倌已经听出了是谁的声音，他的手轻轻一抓往茶碗里放茶，那一撮掂着分量，而多放的几片茶叶一定是给毛大哥的。

　　毛大哥一袭青色长衫，摇把折扇踱了进来。他常在外面跑，自然见识宽，不少人尖着耳朵都想听他肚子里那些稀奇古怪的东西呢，如果再抖点三婆四姨的故事，据说连梦里都是香喷喷的。

茶馆里有了毛大哥，就是桥镇轻松的时光。但眼下有了个现实的问题，那就是桥镇人还想知道湖北是什么样子，而这个问题好像只有毛大哥才能回答。这时毛大哥的眼里有几丝缥缈，便开始讲了——

"湖北就是个怪地方，出怪人，湖北佬是天上的九头鸟变的，精明得很，脑袋里还长着脑袋，算盘珠子一拨，多的就刨到了人家那边去了。

"俗话说湖广熟、天下足，要说风调雨顺五谷丰登，咱们四川恐怕难得一比，鱼米之乡嘛，张口就有饭吃，那么好的地方，人不精明都难……

"……不过，湖北不产盐！以前湖北的盐是人家淮盐的正供，可眼下沿海不太平，哪个敢冒死运盐去？哈哈，但生齿日繁，引不敷食呀！没有盐，那些鱼呀虾的都能吃出泥巴的味道。这些天你们听到说没有，湖北的盐都涨到两百文了，我看桥镇的盐得卖个好价钱……"

众人都不停地点头，脸上洋溢着兴奋。这时，旁边有个妇人正在一边抖孩子，一边把奶子塞进孩子的嘴巴，所有人都斜着眼角看，心想那湖北不正如这个嚼巴嚼巴的娃儿？一时间，众人更兴奋了，叽叽咕咕地议论起来。

有人说："听说没有，咱们这边的盐才卖几十文，要是到了湖北，加两倍的钱都不止。"

又有人说："这样好的事，哪个不想干，别的盐场的人也想抢生意。"

还有人起来争论："说是说，咱们镇上的盐，论咸头，论色泽，就摆在王爷庙去理论也不得输！"

正在人们议论纷纷的时候，毛大哥啜了口茶，突然叹了口气：

"哎，诸位所说的都不错，但两省相距千里之地，要去湖北哪有那么容易哦，山高水险呀！"

说完这最后一句"山高水险"，毛大哥不免有些得意，那就是江湖呢。他的眼睛微微地耷下，像是瞌睡来了，但又不像。是累了吗？不是，他的心里是安逸的，像被熨过的布料，有种说不出的舒坦。正在此时，喝茶的人叽里咕噜地开了锅，他们都仿佛看到了盐卤的沸腾。茶馆的炉灶上摆着一排大铜壶，下面是呼呼的火苗儿，木炭的热量向外喷泻，让茶馆里的气氛更加蒸腾。毛大哥真的是睡着了呢，你看，他的呼噜声都出来了，那种舒展的呼噜均匀有致地传递出来，裹着空中欢乐的尘埃纷纷扬扬地弥漫开来。

正当怀荣三从云南购回上等柚木，买好桐油铁钉，请来了船匠，在河滩地上摆好架势准备造船的时候，他就听说了一件怪事。

原来是有个放牛娃发现了个怪地方，那片地方的草牛肯吃，只要每次把牛牵到其他地方，牛就要使性子，磨皮擦痒，但一到这里，牛就欢畅起来。很多放牛娃都发现了这个秘密，都把牛往那里牵，但大家都不知道里面的原因。有一次，有个放牛娃蹲在山坡上发呆，顺手扯了根爬地草在嘴里嚼，发现那草居然是咸的。放牛娃回去就对人说："山上有个怪地方，连草都是咸的。"久而久之，人们就把那块山坡叫做咸草坡。

这件事情也传到了王贵的耳朵里，他好像闻到了盐卤的召唤，便要亲自去瞧瞧。在桥镇，关于盐的事情都是要让这位盐巴老爷知道才是合理的。

那天天气不错，两人早早便出了门，往咸草坡上去。也不知道走了多久，山坡上突然升起了一片云。

一大群山羊出现了。

"羊的舌头会找盐,我们跟着走。"王贵说。

他们跟着山羊走了一段,走走停停,很快就出现了块平地,怀荣三发现羊群突然不走了,全都散在山坡上。

"羊不走了。"怀荣三说。

这时王贵已经弯下身从地上扯了根草,放在嘴里慢慢嚼:"草是咸的,怪不得羊喜欢吃!"

说完,王贵便抓了把土放在鼻尖前,鼻翼在轻轻翕动。土里有草的气味、火的气味、牛粪的气味、蚯蚓的气味、蚂蚁的气味……,但王贵要从这些气味中,找到一丝细得不能再细的盐卤气味。世界存在很多偶然性,找盐同样如此,要是王贵抓起的那把土,正好在之前被野狗撒了泡尿,被田鼠翻刨过,或者被两个偷情的男女滚过,那就完了,这把土定然是把俗气的土,不配掩藏那像雪一样的盐。

突然,王贵抓了把土在手上捏了又捏,然后伸出舌头去舔那土,他慢慢地嚼着,嚼着嚼着,话就颤颤悠悠地飘了过来:

"下面有盐!"

"不,是座盐山!"王贵又加了一句。

怀荣三过去听人们说瞎子王贵一定看见过盐精,这时他倒真的有些信了,盐像面镜子一样埋在下面,盐精一定是在上面跳舞呢。关键是王贵说了,他命中有盐,他相信王贵的话。这时,天空没有了云,哎呀,他们刚才还看见好多云,怎么瞬间就消失了呢?天空只剩下一片湛蓝,湛蓝得连根云丝都没有。哦,是风,是风把云全吹走了,风就在两人的头发、胡须甚至睫毛中间缭绕。

风越来越大,大得像只要飞起来的船。王贵真的看到了一只大船。他想努力睁开自己的眼睛,但无奈那是一潭永远的死水。

他变得面目狰狞起来,这时只听见王贵叹了口气,哽咽道:

"老天你太黑心,不让我看一眼呀……"

芒种前后,槐树开始成串结花,空气中荡漾着闷闷的花香,让人迷糊、飘忽,想出远门。

准备到湖北去的船整装待发,那条船是几个盐商共同出钱请的,船上的壮汉都是江边长大的,个个好水性。他们已经等不及了,因为这些天又有消息,说官府借拨了两千张水引接济湖北,但那点盐是远水解不了近渴,不但盐价没有平抑,相反是又涨了不少,私盐也猖獗了起来,连檣东下。

先去的船回来那天,消息便像风一样传开了。

镇上的人都跑来围着他们,想看看他们这一路到底发生了什么惊险刺激的故事。人们都有些急不可耐了。回来的人带来了一条重要的信息:那边的人爱吃花盐,花盐贵,巴盐贱。为啥呢?

"人家那边的女人妖艳得很,跟花盐一样又白又亮。巴盐嘛,就是麻子婆娘,哪个喜欢?"有人这样解释。

这又是啥子歪门道理呢?反正在"味道长"茶馆里,人们又叽叽喳喳地议论了起来。但关键是,湖北是个富地方,那里的人偏爱花盐,过去桥镇是不怎么产花盐的,只有滇黔边区的人才喜欢巴盐,那些地方是历来的淡食之地,所以成块成块的盐饼子堆在灶房里不愁销,供不应求。但为了湖北的市场,难道桥镇要开始产花盐了吗?这样的事情得去看看怀家是怎么想的,怀家想不想做花盐。

其实,怀家的船早就已经行进在去湖北的途中了。

当时魏碧山带领的船正在长江中航行,未料触到了暗礁上,船撞了个稀烂,一船人打翻在水里。这时他明白了一个道理,桥镇造的船根本去不了湖北，那些船不是被撞烂，就是会被浪子打翻，那条江太险了，必须要有专门的人来驾驭专门的盐船，运商这件事他们根本做不了。本来魏碧山是准备想法回桥镇的，但这样一想，魏碧山就坚定了信心，要去湖北寻找能够运盐的船。

等他们翻山越岭到了汉口，已经变得跟叫花子差不多了。但一到汉口，魏碧山就感到机会来了，原来魏碧山发现那些运淮盐的船根本无盐可运，停在岸边等货，有些都等了半年之久了。但战争没有结束，等也是白等，谁敢去冒险运盐。然而，没有人愿意去四川运盐，因为都说蜀道难难于上青天，李白的那句诗把后人都吓住了。

于是魏碧山便开始四处游说，鼓动那些人到上游去，因为四川有运不完的盐。但没有人相信他的话，魏碧山每天在岸边穿梭，苦口婆心地劝说，但到后来甚至有人认为这个喋喋不休的乞丐，已经快疯了。

魏碧山又饥又饿，身上一厘钱也没有，鞋上的洞比铜钱还大。他没有想到现在的处境，比当年押解人犯翻那些大山时更难，但他必须要完成这个任务。他想起当年怀荣三的拼劲，那小子就是个拼命三郎，但这回要是拼不过去，他就只有死在异乡了。

就在魏碧山还想用最后剩余的一点力气去爬上最后一只船的时候，一块苞谷粑出现在了他的眼前：

"吃吧，吃了好回去。"那人说道。

"如果是这样的话，我宁可不吃你的东西。"

"嘿，吃饱了你才能走路。"

"难道我是为了一块粑来的吗？"

"我倒想听听，你到底是为什么来的？"

船主看他如此执着、笃定，并不像是其他人传言的是个疯子。

魏碧山便说:"我只希望你跟我走一趟,到四川的盘缠全部算我的,我会一厘不少地还给你。相信我吧,我的话没有一个字是假的!"

"但对我有什么好处呢?"那人上下打量了下他。心里想,你都快饿死了,还敢口出诳语。

"你会有运不完的盐,再也不用为没有盐运而发愁了。"

"你怎么知道我愁呢?"

"这里的人都在发愁,你怎么可能不愁。但你比所有人都多一次机会,你只要到四川去,你就不用愁了!"

"但我听人说,四川的盐井就几根木头架起,井口才碗那么大点。"

"无知的人才这样说,这样吧,我给你打个比方,天下的盐就像女人的两只奶,一只是淮盐,而另一只就是川盐,它有源源不断的奶水。"

"不对,淮盐是海盐,川盐是井盐,井难道比海还大?"

"井下就是海!"

一听四川的地下是盐海,船主的兴趣又大了一点,但他还是不太相信。

船主叫黄振纶,此时他正在为找不到盐运而焦虑,再找不到生意,船就要烂在江里了。这样一想,船主人就回头看了眼自己的船,船工们懒懒散散地躺在甲板上打瞌睡,他们打着鼾,睡得迷迷瞪瞪的,口水都掉进了江里。

"你还是走吧,你走了我就把这些人解雇了。"

就在这时,只听见水里咚的一声,魏碧山把苞谷粑扔进了江里,扭头就走。

"为何要糟蹋食物?"黄振纶气愤不已。

"我宁愿饿死,也不要嗟来之食!"

就在魏碧山的人影快要消失之时,黄振纶突然追上去大喊道:"且慢,我随你去!"

第二天,他们就驾船向四川进发。

半路上的时候,他问魏碧山过去是做什么的,魏碧山回答是押人犯的。黄振纶说:"怪不得你这么狠。"

一到桥镇,林立的井架让黄振纶惊讶不已,他是真的没有见过那么多的井架,一眼望去,云蒸霞蔚,气象万千。魏碧山告诉他每个井架下就是一口井,最小的井一年也得产它十几船盐,那些井架密密麻麻、远远近近地矗立在桥镇上,就像一片海上的桅杆一样。

这时怀荣三也来到了码头上,魏碧山指着黄振纶的船说:"这是专门运淮盐的盐吊子,咱们这里没有这样的船!"

在过去,以夔门为界,上下的船是大不一样的。那条船一到桥镇就鹤立鸡群,显示出了不小的气派,两桅两帆,帆布一白一蓝煞为壮观,后设五六人的摇桨,船舷两侧还装有拨水板,快速稳当,装一千担盐不在话下。

这时,只听见怀荣山说了一声:"好船!"

"这才是运盐的船。"魏碧山说。

"还有更大的船,三桅三帆,一次可载二三千担盐。"黄振纶也在一旁说。

黄振纶过去在下江专门给淮商运盐,船到湖北卸货,如今淮盐上不来,川盐正是他的下一个市场。实际上是到了桥镇后,他就真正意识到几年之内的运盐生意已经不在淮扬,而在四川。怀荣三当下就同黄振纶定下协约,由他组织若干船只,摸清航道,招募船夫,改装盐船,他们就要联手唱一出川盐济楚的大戏。

（四）

　　花盐兴起之后，桥镇上的盐商纷纷开始把盐灶作了调整，办起了大大小小生产花盐的盐堤，湖北人喜欢吃花盐，他们就专门对付湖北人的嘴，谁愿意把每年几百万担盐的生意丢了？不仅如此，为了运销便利，盐商在临河的地方开设花盐盐仓，在河坎上修建花盐码头，产供销都集中到了沿河一带，几年之后，这一带逐渐变成了条街。

　　越来越多的盐商挤到这条街上来经营，坐商和运商都争先恐后地在街上落脚。渐渐地房屋开始夹道，四五丈宽的街道上人声熙攘，车水马龙，一片繁荣景象。几年之后，街道越变越长，东到东岳庙，西到梅子坝，中间还弯了几道拐，在地图上看，像根盲肠似的在山与河的皱褶里弯弯曲曲，到了一两里多地的光景，当地人便把这条街叫做花盐街。

　　从那时开始，花盐街上有了评议公所，有了行商会，进出的人都是吃盐巴饭的。当然各地的会馆也建在了这条街上，像陕西会馆、湖广会馆、江西会馆里出入的都是生意人，行商的、囤货的、跑帮的、下力的都在这条街上混饭。花盐街一兴起，对岸的宝庆街也露出了雏形，隔一条茫溪河，两岸的黄葛树遮天蔽日，都快蓬在了一起。十年之间，房屋全建了起来，瓦浪就连成了一片，大户人家都在这风水宝地修房建宅，那些有名有姓的商号、钱庄、货栈也集中在了这里，据说每天从这里来去的盐上万担，川流不息，望都要把人的眼睛望花，也就有了"百猪千羊万担米，当不了桥镇一早起"的说法。当然，酒肆、青楼、烟馆、戏台也随之而来，桥镇周边纵横数百里，没有哪个地方能跟它比热闹繁华。

怀荣三大兴土木也是在花盐街开始繁盛的时候。

怀荣三在花盐街上买了块好地，看了风水，又请来了能工巧匠，准备像模像样地盖个大宅。这天，天气晴好，桃花开得灿灿烂烂，入春后的小风儿吹得人痒酥酥的，桃花瓣儿不时落下几片，正好落在树下的八仙桌上。怀荣三摆上九大碗，请来了几位技艺高超的工匠，场面热热闹闹，时有桃花惊鸿一瞥，让这顿宴席丰盛而艳丽。其实这是怀荣三的精心准备，他知道今天的事情得有一点特殊的气氛才行，因为他要修有二十四个天井的大院子。

为什么要修有二十四个天井的大院子呢？这是怀荣三心中不可言说的秘密，虽然他富了，但还是经常会想起在他山西老家的那个发了财的乡邻来，那户小财主修了四个天井就把他心爱的秀兰抢走了，所以他的心里相当轻蔑，人一富都这样。不过按财富来比，他确实就应该修它二十四个天井，每个天井都不能一样，而且每个天井里都娶一房小妾，种棵桃树，每到春天开得妖艳灿烂。

其实，怀荣三一掷千金，还有更大的目的，他想起了咸草坡上那口即将开凿的盐井，他知道那眼井要是打出来，就是修几个这样的大院子又有何难？

瞎子王贵说，咸草坡上的井不是一般的井，要找最好的工匠，把井直直地打下去，直到打出黑卤。

在王贵看来，这口井可能是他遇到的最大的一口井，下面的咸泉如大海在翻涌，所以他一说到即将要打的这口井就会滔滔不绝，谁让他在桥镇，是人人都称赞的盐巴老爷呢。过去，桥镇的井虽多，但多是竹筒小井，每日所产黄卤不过百十来担，量小质次。但黑卤可是难得的好东西，它在千米深的地下埋藏了几万年，都能闻得出一股光阴的味道呢。而关键是，一碗黑卤能熬出三两上品的盐，咸头足、色泽好不说，就是炒出的熬锅肉都要香些，要是卖到云南宣威，还能够腌出最好的火腿……一句话，咸草坡上的就是深藏在三百丈下的黑卤神井。

怀荣三还没有见过三百丈深的井，三百丈是个什么概念他还想不出来。昔时，在桥镇最深的井也才两百来丈深，便已经傲视群雄，睥睨天下了，那家灶主把那口井护得就像小老婆似的，外人连望都不准望一下。但他相信王贵，深井之下必有浓卤旺火，盐都藏在最深的岩层里。俗话说，井深一丈，黄金一寸，但他也知道，要打一口上千米的井，也是堆着银子往里扔，扔到万丈悬崖下，听不到一点回声。所以，打大井必须要找到一个最好的凿办，但只有一个人端得起这只碗，此人叫赵旺，据说方圆几百里再找不到第二个。

这是王贵说的。

但赵旺早就不见了。这也是王贵说的。

赵旺是个聋子，但他听得见井下的声音。

桥镇的人很多都听过他的传说，说赵旺打出的井又直又深，像条线一样，太阳都落得到底！当然最神奇的还不是这个，而是从前他同一个工匠打赌的故事。那是在赵旺的耳朵还没有聋以前，那时的他还是个年轻气盛的小伙子，因为手艺好，老板每月就常常要多给他几吊钱，还悄悄请他打牙祭、喝烧酒。

其间，有个叫范老幺的胖子，长了一身的蛮力，他撞见过几回赵旺喝酒，脸红得像关公，身上飘出的酒气让他嫉妒。他就想，自己的力气比赵旺大，流的汗水不比赵旺少，凭什么你赵旺要吃香的喝辣的就没我的份？所以范老幺就要同他赌一把，当然，具体的起因已经没有人记得起了。人们记得且津津乐道的，一般都是从这里开始的——

范老幺说："我把一块铜板扔进盐井里，如果你赵旺把它捡得起来，我叫你声爷！"

其他匠人们想，这龟儿黑了心的，这不是给人家赵旺下烂药？

赵旺面不改色，把辫子一甩："此话当真？"

"我范老幺何时赖过账！"

"算了，你还是收回去吧，没有必要赌。"赵旺把头转了过去。

"不赌也行，以后你就在老子面前当孙子。"

"好，我成全你。你等着！"

两个人在争气斗狠，眼里发着绿光。匠人们围在一边，有的抱着手臂，有的咬着手指，有的搓着手掌，神情亢奋。

通的一声，铜板落进了井里，连个水泡都没有翻。周围的人想，要落到盐井底可能要半个时辰才行，在卤水里，薄薄的铜板轻得像根草。当然，那么小的一块铜板要从碗口大的盐井底捡起来，连阎王老爷都不信。但是，半个时辰后，汲筒咕噜咕噜地从井底冒了出来，那些匠人都把脑袋伸得长长的，他们看到铜板神奇般地放在了赵旺的手上，盐水浸泡后的铜板，新鲜而光亮。

"看，乾隆爷的铜板，老子刚才偷偷咬了个牙印。"

有个匠人站出来证明。

范老幺脸红筋涨，羞愧得想要杀人，但他没有胆子杀人，所以在被窝里蒙了一夜便改了行，碓匠是干不成了，他知道打井这碗饭不该他吃，但因为有身力气，就去当了杀猪匠。

其实，赵旺就是个凡人，一年三百六十五天，赵旺都守在井口上，是个老实本分的工匠。但好的碓匠干的不仅是力气活，也是脑子活，他得听着井下的一切动静，随着井深的下降跟着下降，他得在黑暗中聆听盐卤的流动。到了这一步，碓匠就把井弄明白了，弄明白了就可以当井上的凿办，凿办就是工匠之首，工人的头。不过，凿办的责任重大，一口井全赖着他，他要掌握井下的一切情况，凿得越深，技术要求越高，井在下了几百米后，里面的任何细微动静都是要靠精明的工匠来把脉。但锉机声震如雷，年复一年，日复一日，日子长了，赵旺渐渐就听不清声音了，听力越来越差，变成了个聋子。

有人说，赵旺的耳朵里只容得下一口井，只有他才听得懂井。

王贵说："一定要把赵旺找到，这口井只能让他来开，非他莫属！"

但赵旺在哪里呢？问遍了盐场的匠人，都说不知道，一丁点儿线索都没有，关于赵旺的一切都是语焉不详，好像是在说很久很久以前的事。怀荣三便吩咐人到富荣、蓬射、云阳一带去找，那些地方也是大盐场，盐架林立，工匠如云。但派去的人回来说挨着一口井一口井地找遍了，加起来也有几千口井，就没有一口有他的身影。大半年下来，寻找的人打着短裈出去，回来时都穿厚厚的棉袄了。

衙门要打屁股，难道还缺板子？湖北那边的买卖火得一塌糊涂，不缺银子，就缺盐，船一到就开抢，那可是三百年遇不到一回的生意。

机不可失啊！怀荣三每天都在琢磨这句话，恨不得把它吞进肚子里。但王贵说了，这口大井只有赵旺才能开，非他莫属。

这天，他便把众人召集在一起，郑重其事地说："我要招一位比赵旺更好的凿办,每月大米三担,二十两银子,井凿成后,一月中还有两天的盐卤分账。"

大家一听就知道,这条件是桥镇最优厚的,没有其他盐商舍得出这样的重手。当然怀荣三在说出这句话后,又吩咐道:"我看还得给王贵老爷请个说书的,让他安安心心把水浒、三国的全本听完,那时我的井也就打成了。"

怀荣三寻找凿办的事情就在桥镇传开了。一时间,怀家大院门庭若市,找来的、听来的、推荐的、自告奋勇的工匠们纷纷聚集在怀家大宅的门外,他们都想着那诱人的待遇,这可是桥镇上从来没有遇过的事。

从那以后,那些自认为有两下的匠人都把胸口拍得咚咚响。镇上的小酒馆里聚满了血脉偾张的男人,他们热情地议论着、谈笑着,酒味弥漫着小镇的上空。再没有比怀家招凿办还要刺激的事了,据说那一年中国的军舰在海上吃了败仗,赔了款,割了地,但就像这样的大事也没有几个人关心,他们觉得咱们中国太大了,掉点渣渣都能喂饱那些洋狗,所以他们只关心眼前的事。当然,重赏之下必有勇夫,很多人都在等着去赶怀家的这场大考。

自从那天起,怀家每天就摆上了流水席。一到午时,家役便把大坛子摆在桌旁,要喝酒尽管拿碗从坛子里舀,厨子切上亮晶晶的腊肉,把熬锅肉炒得香喷喷的,那些要命的香气在空气中恣肆地飘散,使劲往人鼻子里钻,勾着人流口水。闻到肉香,每一个来的工匠都觉得自己好像从来没有吃过肉一样,他们太想给怀家做事了。确实,连怀家的酒肉都这么香,还有什么比得上在怀家做工呢?

但是,很多人来蹭了一顿酒肉就灰溜溜地回去了,要留下来没有那么容易。怀家把秤砣翘得高高的,但你得要有砸秤的东西才行。

一天，刚蒙蒙亮，怀家大院门口就来了个人，对直就跨进了那个高高的门槛。

守门的人忙拦住他："且慢！你是何人？"

"我就是你们怀家要找的人。"来人理直气壮。

莫非是赵旺？但他一想，不对呀，赵旺是聋子，便冷笑一声说：

"你姓赵？"

"我不姓赵。"

"那就对不起了，我们这里只能进姓赵的。"

"呵呵，你是给怀家看门，还是给赵家看门？"

守门人勃然大怒，两人就你一言我一语地吵了起来，声音越来越大。就在这时，他们的吵闹声惊动了怀家的人，先是魏碧山出来了，问是怎么回事，守门人便把原委讲了一遍，听完，魏碧山上下打量了一下这个不速之客，问道：

"你会凿井？"

"当然！"

"请讲来听听。"

"本人凿过三百丈深的盐井！"

"哦，真的吗？"

魏碧山冷冷地盯着这个矮小的男人，他已经被太多想来蹭饭的家伙搞厌了。

那人举起了一只手，但上面只有四根指头。

"几年前为了凿一眼三百丈深的盐井，我的手被锉断了一根指头！"

在这个人之前，还没有人敢说自己凿过千米深的盐井，那根断的指头好像就藏着一段神奇的故事。

魏碧山瞪了眼门役，马上吩咐下人泡上了壶好茶，让他在客堂里等候主人。

这天，怀荣三一觉醒来就听到这个消息，顿觉神清气爽，急匆匆地去看到底是来了何方神人。见到那个人的时候，怀荣三也像魏碧山一样问了同样的问题，那个人对答如流，并且伸出了那只缺了根指头的手掌。怀荣三把那个人上下打量了几遍，身材瘦小，嘴上只长着几根稀疏的短须，心里打了个折扣，但那根断了的指头打消了他的顾虑，那一根消失的指头就是为了三百丈的盐井，这比什么都有说服力。

怀荣三的脸上马上堆起了笑容。

那人神情自若，慢慢说道："在老爷面前我也不用夸耀，何况我姓甚名谁并不重要，但过去在江湖上也浪得有虚名，人称井狐。但我现在只有九根指头了，老爷以后您就叫我九指吧。"

既然人被称为井狐，那肯定也是厉害角色，不然何得这样的名头？怀荣三又想到了瞎子王贵和聋子赵旺，都是些有残疾的奇人。天下的事竟然如此奇怪，他遇着的奇人都是有残疾的，难道老天爷要把所有的天才都搞成残废吗？但他当下断定，这个缺了一根指头的人应该就是他要找的凿办了，而此人就是来成全他的凿井大业的。

怀荣三当即吩咐摆下宴席，杀鸡宰鸭，搬出好酒，他要好好款待这个久违的神奇匠人。而这件事，王贵全然不知，他还惦记着那个失踪多年的赵旺呢。

第二章

（一）

　　九指的桌子上摆着一本崭新的岩口簿，从打井的第一天起，这本像书一样厚的册子就一直跟随着他，那是他留下打井全过程的一本井况文字记录，也是每个凿办每日的功课。

　　那一天，九指用毛笔在岩口簿上落下了几个字：正月十六，动土。

　　怀家在咸草坡上的大井终于动工了。

　　这天，只见九指站在山坡上，领着一帮匠人跪在预先圈定的井口上。他烧了三炷香，重重地磕了三个响头，然后转过身对那帮工匠说：

　　"大家都听着，三百丈的井还是碗那么大个口，要想吃肉喝酒就跟着我好好干！"

　　工地上热火朝天，众人热血沸腾，因为他们也想跟着这个传奇的匠人学点更高深的手艺，打出了三百丈的井，以后走到哪里都有饭吃。在匠人的行道里讲究这个，以后只有打过三百丈的井才能坐到了凿办这个位置上。

当锉机一下一下地碓击着大地，沉闷的声音便在桥镇的山谷里回响了起来。

但凿井是个枯燥单调的事情，刮风下雨都不能停息，到井上来的男人们不仅要有蛮力，还得有好手艺，要是木工就得会推、削、刨、凿的本事，要是篾匠就必须懂劈、剥、编、雕的技巧。

凿井是卖力活，油荤不够骨头要发软，腿要打闪，所以怀荣三不吝啬，舍得给工匠解馋长力气。但或许是那些壮实的工人吃了酒肉话就多了，就想找话眼子来化解那些油腻，时不时地向九指问这问那，比如这口井估计要凿多久，三年还是五年？三百丈下是啥岩层，岩土是啥颜色？九指师傅以前凿过哪些井？怀老爷是咋个瞧上你的……

九指不喜欢回答这些问题，每当一说起这些，他就马上打断，并黑着脸呵斥他们。过了不久，工匠们发现九指是个脾气大的家伙，动不动就骂人，他骂人的时候肋骨凸出，脖子扯得老高，工匠们在背地里骂他是耸毛鸡公。

几个月就这样过去了。一天，工地上突然传来一声："出红土了！"

是扇浆的工匠在喊叫，明显带着份惊喜。

但九指过去瞄了瞄从竹筒里汲出的泥浆，扯转身又把屁股落到了木凳上，只说了句："把油灰和麻布准备好，下木柱！"

一般来说，看到红色的岩层就意味着要进入盐卤层了，有些浅层的卤水就会渗透出来，并以此证明下面的盐卤丰歉。但下木柱是很讲究的，相当于给井精确定位，也就是把井口圈定在一个极小的孔内，这一步至关重要。

九指的脸色没有任何表情，他好像觉得这根本不算事，不必

第二章

大惊小怪。

天上的云飘来飘去,他们再没有听到九指有任何动静,他仍旧喝着大叶子凉茶,摇着芭蕉扇。按照日进三尺的进度,半月后,井又落下去了几丈。一天,扇浆的工匠又大声喊了起来:

"井里冒水了!井里冒水了!"

"不过是草皮水。"九指到井口瞄了两眼,高深莫测的样子。

草皮水就是一碗水里能够烧得出四五钱盐,二百八十碗为一担,熬得出五六分银子。

"现在就出盐了?"工匠们一阵兴奋。

"这算啥!要出盐,赚大钱,得到二百五十丈以下,打出的卤水一碗可以熬出二三两盐,火旺的时候,可以同时烧上百口锅,那才阵仗。"

又过了几天,井里的水还在冒,止不住,水泡在向外翻。工匠们又开始担心起来,急切地问:

"师傅,如果不赶紧停下来,井腔要被凿坏!"

"少见多怪!"九指把茶盅一磕。

众人不敢再出声,怕他变成了耸毛鸡公。九指就是井上的绝对权威,无人能撼动,他的话就是真理,就是圣旨,不能违抗。

这时,九指抬脚回到工棚里,打开了他的一个大木箱。

那是一个巨大的箱子,很快,九指就把身体也埋了大半截进去,屁股翘得老高。大伙都不知道他在找什么,只看见他在那巨大的箱子里翻腾了半天,找出了一个很奇怪的工具来。这时,九指对着那个锈巴巴的铁家伙说:

"拿去,你们也长长见识!"

工匠们照他说的操作,果然奏效,工具一用上,很快就把浆水吸出来了。众人顿时觉得九指果真有些名堂,没有金刚钻不揽瓷器活嘛，耸毛鸡公也能跳一丈高。而他那个大木箱就更加神秘了，工匠们一停歇的时候就朝它瞄，觉得里面装了不知有多少神奇的东西。

凿井工程按部就班地进行着，沉闷的声音在山谷里回响，锉机一下一下地碓击着大地，当所有的一切都变得平静了下来，让人觉得再神奇的事也就是一件事而已。

九指每天独来独往，每天傍晚息工，他就会到江边的盐码头上找酒喝，喝到飘飘欲仙才回到工棚里，倒头便睡。

九指最爱去的是盐码头上的一家小酒馆，酒馆有七八张桌椅，帘棚高张，专门为桥镇江上来往的船夫和过客开的，因为门前挂了幅红色的幌子，就常常被人喊作"红幌子"。

"红幌子"的主人叫凤香，她的丈夫以前是镇上的横人，一年前邀人到贵州走沙子，就一直没有回来。同去的人说他回不来了，在那边闯了大祸，被缉私的官兵打死了。

凤香颇有几分姿色，自然招了不少风言风语，她只要一过街，就让老少婆姨们翻烂了嘴巴，说她妖艳得很，恨不得把男人的眼珠子都勾了出来，反正是寡妇门前是非多。自然，凤香让女人们最嫉妒的那双三寸金莲，把她们的四寸银莲或五寸铁莲比得无地自容，但她的万种风情就在那一摇一摆中，像要溢出什么却又滴水不漏，旋在杯口上，丰腴而性感。

这天，九指又到了红幌子，他刚一走进门，就看见凤香迎面而来，脸上弥漫着股香粉气。

"九哥来了！"凤香朝伙计喊道，声音里有几丝娇柔。

九指发现凤香的牡丹髻上多插了朵花钗，又多了一分妖艳。

他仍像往常一样，点了牛肉，要了壶酒，慢慢地喝着。但在上菜的时候,九指却发现桌子上多了碟汲胡豆,他的心里咯噔一下,像油灯里突然蹦出了几颗火星。

这时,九指咔嚓咔嚓地咬起胡豆,牙帮居然产生了某种快感。他又瞟了一眼凤香,眼睛珠儿也是那样快感。其实他发现坐在柜台里的凤香也是时不时地送来一眼,那余光是飘忽的,又仿佛粘着点什么。九指咔嚓咔嚓地嚼着,好像在嚼着那点似有似无的东西。

"九哥是大忙人哟,好久没有来了。"凤香热辣辣地问道。

"是呀,天天在井头钻,起早贪黑,天都看不全。"

"你们是在干大事,哪像我们这些小生意,辛苦又挣不到几块铜板。"

"还不是混口饭吃。"九指咂了口酒。

"九哥太谦虚了,人家都说你赚的钱可以买怀家那样大的院子,可是真的?"

"哪里哪里。"

九指得意地笑了起来。

"凤香,何必隔那么远,过来坐嘛,陪哥哥喝两杯。"他突然大胆起来。

"哎哟,这两天身体有不适,不能沾酒,改天来陪九哥,你慢慢喝。"

凤香在矜持中,又将一眼柔光送了过去。

就在这时,从门口走进来了两个人,其中一个是穿制服的税警,另一个则是商人模样。税警前胸的纽扣大开,大腿半踏在凳子上,一进门就把警帽往桌子上一扔,喊了声:"打酒!"

凤香赶紧跑出来张罗那两个人,又是切菜,又是拿酒,还与他们你一言我一句地打情骂俏。九指坐在一旁,突然有些失落,又闷闷地喝了几口酒,眼前不觉有些缥缈起来。

突然间,九指眼前一亮,凤香坐在他的面前,然后用手遮住嘴巴,轻轻地在他耳朵边上说了一句:"唉,那些人就喜欢来占便宜,讨厌死了!"

九指朝那两人望去,都已经喝得脸红筋涨,毛发直立,血脉偾张,大声武气地胡乱说着话。

过了一会,其中一个突然醉醺醺地喊道:"凤香呢,这婆娘跑哪里去了?快打酒来!"

"来啰!"凤香声吆吆地应了一声,又给九指使了个眼色,迅即站起来过去应酬。

九指心领神会,就像迷魂汤在心里晃荡了一下。他拈起一颗胡豆就往嘴里扔,但突然嘭的一声,九指蒙住了嘴巴,一阵剧痛让他的脸都变了形。他赶紧连着还没有咬碎的胡豆吐了出来,里面居然有颗白生生的东西!他捡起来一看,原来是被胡豆硬生生磕下的半颗牙齿,上面还沾着血丝。

懊恼让九指再也没有心思喝下去,他蒙着嘴巴往外走,一出门却发现外面下起了雨,站在屋檐下发愣。这时,他突然感到了自己的头顶遮了什么东西,仰头一看,原来是凤香递来把伞,只听见她细声细气道:

"九哥,明儿记着把伞还来就是。"

那伞精致得好,伞纸刷过桐油,留着股奇异的味儿,一路上走着都闻得见那股子味道,九指此时已经忘了那半颗牙齿的疼痛。

(二)

进入冬月,天气就越来越冷了起来,到处一片萧瑟,人们便忙着添置厚衣来抵挡那些阴冷的日子。

但冬天一来,却正是产盐的好时节,所有的灶户都知道雨水一少,井里出来的盐卤就浓,随便一碗卤水里都能熬出二两盐。不仅如此,盐价也在涨,冬月的肉盐需要大把大把地放盐,那梁上的腌腊才飘得出香味。肉盐一过,菜盐又来了,大头菜、青菜、萝卜正是入缸的时候,再穷的人家也会在这时打上一罐盐,盐的需求猛然增加了不少,几乎所有的盐商都在盘算着扩产增收的事。

咸草坡山上的碓声还是传到了瞎子王贵的耳朵里。

但王贵一想,不对呀,怎么连他都不知道就动工了呢?他原本在家里听书听得正兴浓,突然就感到有些不妙,连忙把说书人打发后,急匆匆来到了怀家大院。

他问怀荣三:"我怎么觉得盐井上有动静呢,到底是咋个回事?"

"书都说到第几回了?刘备请来了诸葛亮没有……"怀荣三心里一惊,想把话支开。

"怀荣三,我只想问你请来了赵旺没有?"王贵问。

怀荣三有些支支吾吾:"哎,湖北那边等不及了,水都煮沸了米还不下锅?所以我就到处找人,好不容易请到了现在这位大师傅,真是百里挑一的,不比赵旺差,您就安心听说书吧。"

"我哪有心听说书?"王贵脸上怨气腾腾。

"眼下我请来的师傅人称井狐,是把好手,把井都打到红土层了。"怀荣三的话里不无得意。

"管他井猫还是井狗,没有找到赵旺,井就不能动!"

怀荣三不再吭声,脸一下黑了下来。

过了会,他安慰王贵道:"这样,工地上暂时干着,赵旺我继续去找。只要一找到,放心,我马上就把现在的人换了!"

王贵叹了口气说:"哎,看来我是上房揭瓦,搭不上檐啰……"

说完，王贵摸着路走了。这件事让怀荣三郁闷无比，他知道，王贵从来没有对他说过一句假话，是怀家的大恩人。但井已经打了几十丈深，难道要半途而废？

而就在这时，他另一个大恩人魏碧山却是大力支持他的，认为事不宜迟，得赶紧凿办，过了这村就没有那店。况且，井在一日一日往下凿，稳步推进，湖北那边正供不应求，只等盐井见功后赚大钱。

怀荣三把自己关在屋子里，想了三天三夜，他得把两人的想法认真思虑一番，而中间必有取舍。第四天的时候，房门打开了，他清了清嗓子，叫下人送了碗热气腾腾的豆腐脑来。这碗豆腐脑麻辣有劲，极为开胃，也让他内心滚烫。怀荣三已经下了决心，不能停工，继续下凿。

这一年春天，怀荣三的三儿子出生了，这又是怀家一件欢天喜地的事情。按照怀家的穆字辈分，又因为生在春天，就取名叫怀穆春，他的两个哥哥怀穆松、怀穆霞都比他大不少，是前妻阚氏所生，而怀穆春的母亲夏月娥是怀荣三的新欢，芳龄十七，是远近闻名的美人。

怀荣三同夏月娥的相识很有些缘分。那一年正月间，桥镇的盐商共同出资举办灯杆会，热热闹闹过大年，只见江边上遍插着灯杆，灯杆之间悬挂着五颜六色的灯笼，一到晚上，灯笼齐齐地亮了起来，倒映在江里，显得格外艳丽与喜庆。

那天，怀荣三在江声楼宴请亲友，喝得尽兴之时，有人建议沿江漫游，一睹江中盛景。一行人便出楼慢行，哪知路上早已是人山人海，整个镇上的人倾巷而出，把道路挤得水泄不通。怀荣三突然远远瞥见人群中出现了个熟悉的身影，他脑门一热，惊了

第二章

一跳，那不是家乡的秀兰吗？怀荣三看得出神，不禁有些恍惚，难道真是秀兰？但他明白这是绝不可能的事，但她到底是谁家的女子呢？怀荣三不由自主地跟了过去，眼看就要追到了，他的鞋却突然被人踩了一下，他赶紧低下头去找鞋，等他再抬起头来，已经不见人的踪影，虽然又在人群中挤了半天，但哪里还找得到人。这时怀荣三满头大汗，酒意全无，心里怅然若失。

这年桥镇大旱，有个叫夏长清的灶户熄了灶，把井上的雇工都放了，就等着把井盘出去还债。遇到这种事情也是迫不得已，天干河断，炭不得进，盐不得出，盐灶支撑不下去，只好把井佃出去度过危机。但对怀荣三而言正是扩张的好时机，他要利用这个机会把一些盐井收到名下，壮大自己的实力。

这天，怀荣三就到了夏家接洽盐井一事。一番讨价还价后，正要书写契约的时候，夏长清的女儿夏月娥陪她母亲从门外走了进来，怀荣三望着她居然走了神，他突然就想起了当年的秀兰来，不禁一惊。他暗暗想，她们怎么如此相似？身材、皮肤、眼睛，连神态都像水塘里两个叠在一起的影儿。怀荣三恍然大悟，年初灯杆会上见到的那个女子，此刻就在眼前。

怀荣三马上就改变了主意，对夏长清说："夏掌柜，我琢磨来琢磨去，其实我们也可以换一种方式，这井由我们共同来合推，让井继续运转，只需分几口锅给我推煎即可，大头仍是你的，而井上所需的各项费用都由我来承担，获利之后再分摊。"

这件事本来也就很快过去了，怀荣三慷慨地与夏长清签了契约，给出了最好的条件，夏长清当时正是困难之际，遇此救助自然是感激不尽。

一年后的三月，夏长清的井开始好转，到该分红利的时候，到夏家的不是怀荣三，而是穿得花枝招展、巧舌如簧的一个媒婆，她没有带任何金银首饰绫罗绸缎，只送去了满满一篮子熟透的红樱桃，大家吃着甜蜜蜜的樱桃，也就把事情说妥了，一月后夏月娥便嫁到了怀家。

第二年，夏月娥就生下了怀穆春。正是立春之日，咸草坡上的井正在开凿，怀家大院已经落成，张灯结彩，热热闹闹，怀荣三搬进了二十四个天井里，他在桃花树下大宴宾客，那时的他志得意满，成为桥镇上最大的豪门大户。

九指再到"红幌子"是几天后的一个晚上。

九指在肚子里盘算了几回，并没有急着去还伞，而是等过了四五天后，他才姗姗出现。这天，盐关上验口休市，码头上便有些冷清，来"红幌子"的人不多，那些人匆匆吃完便走了，店里显得有些空落，只有几只苍蝇在没头没脑地飞。凤香的情绪有些无精打采，眼神迷离，顺手就拨起算盘珠儿来，其实她也没有算什么，她只是疏疏落落地拨着，静静的屋子里只听见算珠声。

突然间，九指就出现在她的面前，她竟然丝毫没有发现。

"还在算账？"

凤香抬头一望，不禁大喜："九哥来了？"

"是啊，我顺便来还你的伞。"

"快坐下，我马上给你打酒。"凤香格外殷勤。

"凤香，这几日生意可好？"

"唉，别说了，每天也卖不了几个钱，附近又开了两家店，都在抢稀饭喝，就这样还不知哪个缺德鬼少给了两个铜子！"

一说起这个，凤香就嘟起了小嘴。

九指哈哈一笑："哈哈，那点钱嘛，我给你补上就是！"

很快，桌上就摆上了一盘卤牛肉、一碟花生米和一壶酒。九指一看，还多了一样腌笋干，这是凤香送的。

九指端起酒碗咂了口，但他喝后并没有把酒碗放下，而是把酒碗放在了半空中。这个动作像是有巨大的吸引力，凤香便不由自主地跨出了柜台，像阵轻风似的坐在了九指的面前。

"九哥，你还不来这店里，我都要关门歇业了。"

"咋个回事呢？"九指不禁一愣。

"生意不好做，成天只有几个街上的小混混来，税警队的人也是无赖居多，只想白吃白喝占便宜，我一个妇人家咋个应付得过来嘛。"

九指望着凤香，不觉有些怜香惜玉。他本来想说几句豪语来安慰她，却感到她的身上有种让人蠢蠢欲动的气息，让他有些喘不过气来。此时，墙角只有些虫子单调的鼓噪，让屋子显得更是静悄悄的，凤香的薄绸短衫、头发、鼻翼、嘴唇仿佛都在蒸腾着一种无法抗拒的光影，细细密密地散发到浓艳的空气中，让昏黄的屋子里愈发暧昧和密不透风。

"九哥，今天反正也没得啥子事，我就陪你喝两口。"凤香突然说道。

这倒让九指有些意外。

此时，只见凤香给自己的碗里也倒了半碗酒，然后用小嘴抿了一口，脸上马上飞出了良多红云。她顺手又把一绺飘下的头发挠到耳背后，这个动作竟有些妩媚，让九指看得有些走神。

"九哥……"

"哦，来来来。"

他们就不停地喝了起来，不觉之间天就黑了下来。凤香便把灯芯点起，又燃了炷香，屋子里就显得有些影影绰绰的。

两人对坐着，九指就眉飞色舞地讲起了他的故事来。

不知不觉中，头更的敲锣声传了过来，引来了远远近近几声狗吠，街上又断断续续传来吱嘎吱嘎的关门声，桥镇一到此时，就要进入它的入眠时分了。而酒已经喝了两壶，灯芯草也燃了一半，凤香明显有几分醉意，而九指说话早有些语无伦次。但两人好像有些意犹未尽，那一抹飘来飘去的灯光居然把他们粘到了一起。

此时，凤香感到了一阵眩晕，便用手掌去撑着那张光生生的脸蛋，眼睛也微微眯了起来，但并不是全部闭上，而是留着一条缝，隙出一点光打量着九指。也许她正在琢磨眼前的这个男人，此人确实算不得气宇轩昂，脑勺后的那根辫子细得像根筷子。但她总觉得此人有些特别之处，也或者说有些神秘，让她想不透，却一直想去琢磨。

正在这时，从门缝里闯了个人来，大大咧咧地喧嚷道：

"香妹，我来了！"

来人是镇上的杀猪匠范老幺，他手里提着一块猪腰，正要用这东西炒菜下酒呢。这时便听见凤香在门前一拦，挡住他说：

"是范哥子嗦，好不巧，今天已经打烊了，明日请早了。"

"扫兴得很！屋内明明有灯，却又不招待客人，啥子道理！难道你的店里还藏了野男人？"范老幺边说边把头往里面伸，想探个究竟。

"放肆！"九指听见动静，走了出来。

"哈哈，老子硬是猜到了。"范老幺一听店里还有人，两只老拳不由得一紧。

此时九指已经站在了他的面前。但范老幺一见，就是个普普通通的男人，个头不高，体魄不强，看不出多少英武之气，不免轻蔑起来。

"我还以为是镇上的哪位大爷,你是何人?"

"不认识不要紧,只要听到过就行。"

"嘿嘿,我范老幺杀过一千头猪,啥子没听过。"

"杀一万头猪还不是一头猪。"

范老幺感到大受侮辱,面色铁黑,拳头已经提到了腰杆上。

"老弟,听说过咸草坡上那口三百丈的井没有?"

"跟你有何关系?"范老幺一愣,"难道,你是……怀家的人?"

"我嘛,就是混口饭吃而已。"

范老幺一下子就明白了,这是怀家请的人。顿时,他自觉矮了三分,范老幺就是当年那个跟赵旺打赌的人,而输给赵旺后,羞愧难当,就转行当了杀猪匠,不敢再在盐行当中混。范老幺知道,要打怀家咸草坡上那口三百丈的井的人,肯定是厉害角色,他毕竟凿过盐,吃过盐巴饭,那口井在桥镇早被吹得神乎其神,他焉能不知道。

范老幺不敢再往下问,气咻咻地走了。他一走,凤香突然觉得九指确是非凡之辈,他是怀家请来的人,那就是不一般的人。连范老幺这样的横人几句话就给镇住了,而她的小店要是有九指这样的男人罩着,若要在这个是非之地上开下去,岂不可以平平顺顺。此时,凤香的心里就像被河边的小风儿吹着,舒展到了极点。

(三)

湖北的市场大得像没有吃饱的肚皮,盐船如箭,十万火急!

桥镇上又来了好多外地人,他们都是来开盐井的,这凿井跟赌博也有些相似,盐藏在山的骨头里,汲卤水就像吸骨头里的骨髓，需要鬼斧神工和千锤百炼，开出来了，穿金戴银；没有开出来，砸锅卖铁。

咸丰那些年，镇上到处可见凿井的场面，连官府衙门都在连连上报开井增课的文书，天天忙得个不亦乐乎，但动静最大的还是要数怀家咸草坡上的那口井。

这天，王贵又听到碓声在山谷响起，因为他梦见那个令他朝思暮想的赵旺了。一大早，瞎子王贵顺着碓机的声音摸到了山谷里。但走得越近，声音越大，但这声音让他有些担忧，这不像是赵旺凿井的声音，打井是否顺畅听声音就能感觉得到。他越来越迷惑，越来越坚信这样的碓法打不到三百丈，王贵的心里一阵迷乱，直奔怀家大院而去。

那天，怀荣三正在院子里接待几个洽谈竹竿和拉牛的商人，相谈甚欢之际，不料王贵跌跌撞撞、气鼓气胀地闯了进来，第一句话便问：

"东家，赵旺找到了吗？"

怀荣三知道他的来意，看见有外人在，便想把话支开：

"哦，是王老爷来了，这次说书的讲到第几回了？到草船借箭了吧？"

"我就问一件事，人找到了吗？"王贵站着不动。

怀荣三嘿嘿干笑了两声，连忙把王贵往一边扶。

"现在应该立即把咸草坡上的井停下来，等找到赵旺再说。"王贵一点也没有客气。

"我们上次不是说好了找到赵旺就换人吗？"

"不行，现在这个人不可靠。"

"不是干得好好的吗？"

"他骗不了我的耳朵，赶紧停下来！"

第二章

"……那些工匠咋办？"

"打发掉！多给几个银子。"

"这不是砍了树子赶鸟走？"

"东家，你这是木船下烂滩，到时候鬼门关上见吧！"

王贵急了起来，使劲拄着竹杖。

说完，王贵就走了，怎么劝也拦不住他。王贵的话也激怒了怀荣三，当着众人的面，他觉得王贵说话太狠，他也太不给情面了，红不说白不说，凭什么就说别人打的井就不行呢，什么木船下烂滩鬼门关的，不就是在咒他没有好下场吗？

怀荣三一倔起来，三头牛都拉不回。他在心中暗暗较劲，你说停，我偏不停，就是要让王贵看看，不靠什么鸟赵旺，他一样能够把井打出来，因为怀家具备这样的实力。

两个人都像坚硬的石头，哪怕碰碎，也绝不认输。

这年，怀荣三儿子怀穆春已满三岁，开始满地乱跑。一天，怀荣三带着怀穆春去了工地上。

那是一片壮观的景象，山坡小路上是源源不断运送泥土的人，他们赤裸着上身，被阳光暴晒过的躯体黝黑光亮，汗水沿着他们的脑门、下颌、肩胛窝、肚脐上的那一块块肌肉顺流而下，滴答滴答地落到干涸的地上，像雨点一样溅起尘花来。而另一边，一些妇女正在劈柴烧锅煮饭，她们一大早就会到桥镇去割肉买菜，然后推着几辆满满当当的鸡公车回到山坡上。此时，几口大锅下柴火熊熊，香味四溢，那些味道混杂而刺激，让山里清新的空气都变得有些浮躁和饥饿。

怀荣三带着儿子行走在路上。远远望去，高高的桩架已经搭起，在蓝天下显得格外醒目刺眼，碓声震彻山谷。

怀荣三的心情不错，但突然怀穆春有些恐惧，拉着他的衣角说："山里在打雷了！"

"不是打雷，是工匠们在打井。"

父子俩慢慢走到工地上的时候，只见工匠们正忙得热火朝天，他们已经为凿这口深井干了快三年了。

不一会，他们就来到工地旁，九指看见怀老爷来了，便殷勤地上去迎接。怀荣三背着手，东望望，西瞧瞧，而九指唯唯诺诺，怀荣三问什么，他就回答什么，让怀老爷满意舒心。他告诉怀荣三，这口井如果按这样的进度，也就指日可待了。怀荣三不禁大悦，他喜欢听的就是这样的话，花了那么多的银子，当然要把事情办成。他还在心里暗暗思忖，王贵啊王贵，你的猜疑纯粹多余，到时候一定要让你看看我怀荣三的选择是对的。

回去的路上，儿子怀穆春又拉父亲的衣角，他总有问不完的问题。

"爹，那个人咋缺了根指头？"怀穆春问。

"哦，没有什么好奇的，那是人家过去打井的时候把一根指头弄断了，但他可是百里挑一的好匠人。"

"好匠人怎么会把手指弄断呢？"怀穆春的小脑袋翘得高高的。

怀荣三看着儿子，不知道怎么回答。其实这个问题，在他最初选九指的时候就曾经产生过这样的疑问，是呀，好匠人怎么会把手弄断呢？但九指就是用那少了一根的指头来证明自己的。

他又摸了摸儿子的头，说："你这是什么问题，我们还是去街上看看热闹吧。"

是的，那个问题让他心里有些烦，悠悠地浮在他心里。

他们很快就到了街上，那里真是热闹无比。这天，桥镇上新开了家叫福源祥的洋布庄，很多人都涌到店里去看热闹，怀荣三也带着怀穆春一起去瞧这新奇的东西。店里的布匹花花绿绿的，印花是那样清晰有光泽，不像蜡染的粗糙，质地也细腻，摸在手上简直就像是细沙一样润滑。这时，只见伙计用竹尺在布上量后用粉笔标记，然后剪子沿着粉笔留下的痕迹轻轻剪下个口子，再把洋布使劲一扬，布在空中迅速撒开，只听见嗤的一声，就变成了两截。一截一截的布到了女人们的手里，她们摸着光滑的洋布，脸上红彤彤的。

怀荣三突然想到要给家里的人一人买一身衣服，快要过年了，大人小孩要穿新衣服，就买他刚才看到的那些花色、料子，穿得花花绿绿的，脸上红彤彤的，图个大吉大利。他想好了，回去就让管家来张罗这件事。他的心情突然又好了很多，就像天气从阴霾到了晴朗。

路上的时候，怀荣三给怀穆春买了巴啷鼓，又给他买了块姜糖，有吃的有玩的，儿子就到了另外一个世界，而怀荣三好像也忘了刚才山上的事情。

（四）

春节很快就到了，四处就有了浓烈的气氛。

怀家照例把所有没有回家的工匠和滞留在镇上的外地客商请到怀家大院里过除夕，杀猪炖鸡，摆上九大碗，开了几坛好酒。吃完宴席，怀家又把岷江一带有名的川戏班子请了来，锣鼓一敲，幕布一拉，名角们粉墨登场，看得人眼花缭乱。在唱得咿咿呀呀之时，间或有爆竹的声音噼噼啪啪不时传来，纸屑在飞舞，那种透着一点喜庆的硝味在空气中弥漫。

但在春节的气氛中，没有人注意到怀荣三的心情并不如节日一样喜庆，他的内心中正埋着深深的焦虑。

这主要是近来湖北的市场发生了一些变化，而这样的变化让人忧心忡忡。由于楚岸过去一直是淮盐的引地，失去市场后淮商一直耿耿于怀，想的就是要如何把它收回来。但川盐盐质好，咸头足，湖北人后来吃惯了川盐，就感到井里的盐要香些，而海盐有腥味，就不怎么喜欢吃淮盐了。

但吃盐的事情也不是平民老百姓说了算，那是关乎一地税赋的大事，所以淮商便利用皇帝身边的人来影响局面，像曾国藩那样的重臣也开始替淮盐说话，他们不断上奏，想给皇帝施加压力。不久，事情就果真出现了变化，皇帝便下旨对川盐增收楚厘，每百斤盐抽厘七文。这还不算，很快从湖北又传来了坏消息，不仅在宜昌设局抽厘，又在沙市设卡，只要盐船下行，就要再抽厘二文，而且还要随银价的涨跌，盐商必须交足色纹银二厘。川盐的成本大为增加，不占价格优势，销量便开始出现回落，淮盐在武昌、汉阳一带又重新占据了上风。

过完大年，天还没有完全露出春气，但人们已经闲不住了，都想着做事。

这天怀荣三出门办事，走过花盐街的时候就听到前面噼里啪啦的一阵爆竹声，老人小孩都在往那边涌，他有些纳闷，年刚过，难道谁家还没有把鞭炮放完？

他便拉住一个人问是发生了什么事情，那人回答是一口新井打了出来，正在报喜道贺。

怀荣三再一打听，原来是一个叫肖富成的人正摆上了坝坝宴，准备庆贺凿井成功。怀荣三站在远远的地方看了一阵，心里突然有些感慨。这个肖富成过去也就在街上开个棺材铺，经营点香蜡纸钱，突然想起凿井求泉，东拼西凑借了些钱开井。但井哪里是想开就开的，由于开张不利，要债的人天天追着他，把偏头痛都搞出来了，后来他干脆躺在棺材里装死，就是为了躲债，这在桥镇都成了好大的笑话。后来有一天，肖富成实在是被逼得不行了，便把工匠叫到一起准备吃散伙饭，那些工匠看他可怜，就说吃完饭后再凿一把，算是还他个人情。你说怪不怪，就凿了半天，井像鸡蛋壳一样轻轻一敲就破了，井居然被凿开了。

咸草坡上的井还没有一点动静，怎不让怀荣三心烦意乱。

回去的路上，怀荣三非常沮丧，他突然想起了九指，这个男人到底行不行他如今是一点底都没有，不仅如此，他又想起了九指的那根断手指来，是的，那是根可疑的手指。怀荣三算了一下时间，寒来暑往，都快到第四个年头了，望着那深得无边无际的井，他又想起了那个不曾谋面的赵旺来。自然，怀荣三也想起了瞎子王贵，他已经很久没有见过王贵了。

这天，他吩咐人备下了一篮酒菜，送到了王贵的房屋前。怀荣三一进屋子就满脸堆笑，想缓解气氛："王老爷，我来看您了！"

可王贵神情漠然，没有理会。

怀荣三一屁股就坐了下来，便往桌子上放酒菜，一会儿就摆弄了满满的一桌，他的嘴上始终没有停：

"白斩鸡，这是您喜欢吃的。据说这道菜讲究得很呢，煮鸡时火候要掌握得到位，少煮一分带血，多煮一分则老。这还不说，汤料更是功夫，花椒要汉源山里面的，朝天椒要盅成粉面，再用新出的菜籽油一过，那是香得一条街都闻得到……"

王贵不说话，吧嗒着叶子烟。怀荣三又说：

"老爷子，我叫人到什邡去给您捎了几捆叶子烟，就知道您好这口，都给您裹好了，想抽就抽，化渣得很。"

王贵把身子往一旁挪了挪，烟铜嘴在桌角上磕了磕，又吧嗒了几口，这个动作熟练得完全不像个瞎子。这时怀荣三端起了酒杯，想敬一下王贵，但王贵一点动静都没有，这才想起他是个瞎子，便把酒杯放了下来：

"今天我还带来了老唐家的小灶酒，人家是开了一百年的窖，老字号，没有人说不好。来，咱们好好喝它几杯。"

王贵直接把递到他手上的酒杯推到一边，又抖了抖烟灰。怀荣三觉得说了那么多话都白说了，便叹了口气：

"唉，老爷子，您是还在怄气哟……"

"怄个屁！你说了半天，无非就是拿些好吃好喝的东西搪塞我。你倒说说，既然做酒做菜都要讲究师傅的手艺，打井就可以随便乱来吗？我看你是不把井打烂，死都不回头啊！"

王贵敲了敲了铜烟嘴，口沫终于溅了出来。

接下来，王贵就像疯狗一样骂了起来，怀荣三也不还嘴，赶紧跑了，清风黑脸地回到怀家大院。一进门，看家的黄狗摇着尾巴上来亲热，但他心里正烦，狠劲踢了一脚，黄狗汪汪汪地跑了。

正好这天怀家大院里来了个从川东过来的客商，既然九指曾经说他是川东一带的人，怀荣三就起心想问问那边的情况。

客商是怀家的常客，一年来两次桥镇办货。据他们讲，川东那边有个风俗，穷人的家里一般把满了十一二岁的孩子送去当学徒，但川东的盐源不如川南好，匠人有了手艺后都会到川南找活，随井眼四处迁徙。工匠也如戏班一样，哪一拨干得好，哪一拨差劲，久而久之自有评价，好的就会留下些名声，甚至得到诸如井虎、井豹之类的名号，九指人称井狐，按道理也是有些道理的。但怀荣三始终有一个疑问，为什么他只有九根指头呢？

第二章

其实，还有更重要的原因在影响着怀荣三，他已得到消息，说朝廷要重征川盐，不仅要缴过去的楚厘，又在三峡的夔门关加设了关卡，增收夔厘，过往的盐船每百斤盐抽厘一钱三分。怀荣三想，这些还是正税，加上杂税名目繁多，如果井再不早些凿出来，湖北的市场就可能真的要失去了。

怀荣三的心底有种灰暗的感觉。

第三章

（一）

盐井凿到了二百丈以下，也就穿过了地面上的土石层和水浸层，这个阶段意味着盐井已经打到了坚硬的岩层上，而打井最怕的是遇见绵岩，碓匠一遇见这样的岩石层，就要烧香拜佛。

绵岩一丈，可凿一年，这是老工匠们传下来的古训。

九指估摸着井下的情况，这些天来也有些寝食不安，因为一种叫"泥孩儿"的工具放进井里后，提起来的泥土几乎没有任何变化。岩口簿已经好些天没有动一个字了。工匠们都觉得奇怪，怎么井下不见一点动静？每天都在使劲钻锉，但就是钻不动，锉不进，钻锉换了好多把，就像钻到了坚硬无比的铁石上一样。

一定是遇到绵岩了。

过去，盐商一听打到了绵岩上，马上就会有两种选择，一是干脆停工歇业，不是转给别人续凿，就是封掉井口，另想门路；二是把家里的钱财盘算盘算，看到底能支撑多久，没有几家人的家底比绵岩厚实，所以多数都只有前功尽弃。但是，如果能打穿绵岩，等于离大富大贵的日子不远了。当然，要凿破绵岩，就要看工匠的十八般能耐了。

那天天已晚，九指呆呆地躺在床上，想如何得到一把银锭锉，这件事让他寝不安席、食不知味。他知道，只有银锭锉才能破那道厚厚的绵岩，而这件利器并非哪里都有，必须要找专门的冶炼作坊，还得找到能工巧匠锻造才行，所以这不是件简单的事情。

越想越烦，九指根本无法入睡，干脆起身去了"红幌子"，想找口酒来喝。

到了"红幌子"，门却是关上的，小店已经打烊了。九指敲了几下门，没有人回应，他只好怏怏地往回走。

正要转身，就听见里面传来一句女声："已经关门了，明日请早。"

"凤香，是我。"九指一阵欣喜。

"你是哪个？"

"我是你九哥。"

门嘎吱一声就打开了。凤香披着件纱衣，头发有些凌乱。

"这么晚了才来。"凤香打了个哈欠。

"睡不着觉，干脆来坐坐。"

"九哥一定是遇到什么烦心事了吧？"

"唉，还真是！"

"那我就陪你喝两口，但今天的菜卖完了，只有酒。"

"不要菜，有你就行。"

两人对视，意味深长地一笑。这时，凤香站起来去闩门，说怕再有人闯进来。只听见门嘎吱一声就关上了，整个屋子里只剩一根灯芯草，在悠悠地晃着。

"九哥有啥子不安逸的事嘛？"凤香给九指端了一碗酒来。

"还不是井上的破事。"

"听人说井就要打穿了,那口井就是个金窝窝。"

"唉,现在就是打不穿,还在往里面扔钱!"

"好焦人哦!"

凤香蹙起眉,好像在说自己的事情一样。她端起碗跟九指碰了一下。就在她低头啜饮的那一刻,九指突然发现这个女人竟然如此妩媚,就像黑暗中的睡莲,柔和而光洁。

九指竟然看呆了。

"九哥,你还在想井上的事?"

"……我,我在想你。"

"哎呀,想我啥子嘛?"凤香低着头,眼睛却向上瞄了他一眼。

"我想你一个人开这个店辛不辛苦。"

"难道你想帮我吗?"

凤香用竹签挑了一下浮在灯台里的灯芯草。

九指喝了一大口酒,喉咙里咕隆一声。突然,他不知从哪里来的胆子,伸手去抓凤香那只正在拨弄灯芯的手。凤香吓了一跳,连忙把手缩了回去。

"九哥……"

九指的手还留在空中。断了的那根手指虽然不在了,但那个空缺,却像一个坚定的存在一样,是那样醒目地暴露在那里。

他有些沮丧,垂下了头。而手也随即放在桌子下面。

"九哥,时辰不早了,回去休息吧。"

九指摇摇晃晃地站起身子,往门外走,他的头一直低着。但走到门口的时候,他停了下来,转过身来大声说道:

"凤香,等银锭锉打好,我再来找你!"

第三章

银锭锉长九尺、重百斤，它每一次从几十米的高度落下去，都会重重地砸在坚硬的岩石上，并在大地的深处撞击出炫目的火花。

当然，没有人看得到这个场景，只是通过想象去描绘井底的惊心动魄。岩石被粉碎后，变成了碎渣，然后采用一种叫泥筒子的工具把它们吸上来，井锉便继续往下凿，重重地落下去，提起来，又落下去，循环往复，昼夜不停。

银锭锉的锉面并不像刀刃一样尖锐，它看起来更像放大了的银元宝，这就是被称为银锭锉的缘由。但就是这个看似笨头笨脑的锉头，却是韧性十足、锐利无比，一点一点地削蚀着那些不可撼动的岩石。银锭锉包含着朴素的道理：尖锐的东西易折，而真正的锋利往往是藏着的，且装扮成笨拙的面目。

在那段时间，九指就像消失了一样，工匠们突然就看不到他的身影。

就在这时，在桥镇边上的一个小石屋里，巨大的金属声传了出来。过去这是个废弃的破漏的石头屋，孤零零地立在山坡上，大概是些乞丐、流浪汉住的地方，一般人都不会到那里去。但自从有了这奇异的声音后，桥镇上就有不少的传闻，更多的人不知道这个屋子到底发生了什么事情，以为在闹鬼。好奇的人便悄悄靠近这个屋子，想找个缝隙往里面瞧，但人们只看到屋子里红红的光在闪，眼睛一下就模糊了，使劲揉揉再看，依然是红的，扑闪扑闪的一片，其余的什么也看不清。

传来耳朵里的是一声比一声巨大的金属声。铛铛铛的声音大得像要把耳朵埋掉，巨大的声音刺穿耳膜，如一根钉子扎进了后脑！调皮的小孩跑了，长舌的妇人跑了，好奇的闲汉也跑了，没有人敢再去靠近那个神秘的小石屋。

井上的活路停滞了下来。咸草坡又恢复了以前的宁静。

对工匠而言，这样的宁静是难得的，他们心里并不喜欢九指，他们希望井就这样一直停着。他们甚至在心里暗暗下咒，九指已经踩到一块滚石落到山沟里去了，摔成了半身不遂。

没有了九指，工匠们轻松地聚在一堆抽烟、划拳、扳腕子、下石子棋，长期压抑下的自由在瞬间就释放了出来。

但很快就有匠人从山脚下传来了消息：他见到了九指，还见到了另外一个陌生的人。

匠人们围坐在空地里，神情沮丧，再也懒得说一句话。

这时，蚊子在他们的头顶嗡嗡地叫着，不断地袭击着他们的脸和光着的膀子、大腿，啪啪啪的打蚊虫声音便不断响起，他们的手上是一片蚊子血。但他们再也懒得说一句话，只想打蚊子，打得血肉横飞，都闻到了一股股血腥味。但他们越打越起劲，越打越想打，啪啪啪，被打到的蚊子像轻轻爆开的谷壳。蚊子的疼痛缓解了他们刚才的沮丧。

就在这时，他们的背后突然出现了两个人。

工匠们全都站了起来，伸出的手还在空中，这时才发现手居然有些痛，可能是打得太狠的原因。等他们慢慢回到了自己的位置上，几天来的轻松便结束了，他们也才相信九指是真实存在的。

但还没有等匠人们回过神来，九指已经带着那个陌生人，穿过他们中间走了。

在他们的共同记忆中，那个陌生人长着黑脸，身材高大，虎背熊腰。

他是九指请来的第二个掌钳师，据说之前的那个掌钳师已被震得口吐鲜血，让九指给赶走了。

第三章

很多天后,桥镇的那间石头房子里的巨大声音突然就停息了下来,很多人都觉得纳闷,把脖子伸得长长的,四处寻找那消失的声音,他们发现,没有了那个声音的桥镇,静得就像没有存在过一样。

但这时,九指出现在了桥镇上,这个貌不惊人的男人正意气风发地走在大街上。他的身后跟着那个黑大汉,再在后面是四个壮汉抬着一个长长的铁家伙,上面盖了一层红布,正吃劲地往前走。到了怀家大院的门口,怀荣三已经走了出来站在门口。

"东家,银锭锉打好了!"九指朗声道。

怀荣三上去推了推,纹丝不动。

"咸草坡的井就靠它了。不出一月,井要落下去十丈。"九指说。

"当真?"

"嘿,这家伙要是在井下,就是把杀人的刀!"

怀荣三一惊,他没有看到银锭锉的锋刃。

但他不喜欢血腥的东西,对杀人这样的字眼更忌讳,当年他曾跟一堆杀人犯睡在一起,因为他当时已经死了,但活过来的他有了今天,那段往事却不敢再去想,如果想起,那一定是在噩梦中。所以他便大声说道:

"太好了,诸位辛苦了,今天我要杀猪来好好犒劳大家!"

他把杀人改成了杀猪,这样就可以辟邪。

晚上的时候,咸草坡井上的工匠们都来到了怀家大院,他们好久没有这样开怀地喝酒吃肉了。月亮挂在空中,空气里透着莲子的清香,难得七月的天气也有凉爽的时候,那个晚上天公也作美,早早便收了凉,风轻柔得好像是一层薄薄的东西,贴着人的脸和皮肤上舔呀舔,舔得人想挠,但不知道怎么就挠着了心里的东西，悠悠的、飘飘的。很多人喝着喝着就醉了。

一般而言，一口井就是一个周期，井早凿完就早回家，顺利的两三年便见功，但如果运气差，遇到个倒霉的井，干上十年八年也说不准。怀家的大井凿得太久了，工匠们心里开始烦躁苦闷起来，这个晚上，烧酒一冲，全都原形毕露。

但九指却显得兴奋异常，他对那些工匠说："兄弟们好好干，等井一打穿，就带着银子回去哄婆娘！"

就在这时，所有的人都没有注意到那个黑脸掌钳师，实际上还在大家沉浸在猜拳划酒中时，他就已经消失不见了。

第二天，银锭锉就被送到了井口，工匠们把它用粗粗的篾绳牢牢地拴住，然后缓慢地放到井底。接下来就是看银锭锉展现神功的时候了。

工匠们把篾绳绞起来，绞到几十米高的地方，然后一放，只听见辘轳呼呼风声，井底闷闷的一声巨响，银锭锉重重地砸到了坚硬的岩石上！几个工匠明显感到手心一麻，牙帮也震得一咬，生生作痛，没有人想到那股力反传到了地面后有如此大的威力。

如此往复，不一会，工匠便发现绳子变长了，天黑时用"泥孩儿"一量，居然长了三尺，这不是九指说的日进三尺吗？这银锭锉简直就是摧枯拉朽。

工匠们群情激奋，他们觉得很长一段时间没有动静的井，终于又向下凿了。这个消息也传到了怀荣三的耳朵里，他心里不由得松了口气，他没有想到这个九指果然有招数，一把银锭锉就让井况大变样。

又过了几天，井深下了将近一丈，一月下来，井足足下了十多丈！

所有的人都亢奋了起来,觉得这井真的是很快就要凿穿了,怀家大院里传递出了一种节日的喜悦。

(二)

这天,九指得了怀荣三的赏,又去了"红幌子",他满面春风,得意洋洋。

"九哥,稀客哟,今天是遇到喜事了吧?"

凤香穿了件湖色浅皱的薄纱,眉毛描得弯弯的,两腮擦得粉粉的,口红涂得润润的,风韵十足。

"我说过,银锭锉打出来才会来见你。这不是来了吗?"

"哎呀,都是两个月前的事了。"凤香柔声道。

"但我可没忘。"

这时,凤香正好转到他那一桌来,九指一把就把她拉来坐下,迅速从口袋摸出个东西来,塞进她的手里。凤香一看,大吃一惊,原来是两只金灿灿的耳环。

"你戴上好看!"

凤香想推辞,把耳环还给九指,但被九指挡了回去。

凤香马上去打了一碗酒,很快又回到了九指身旁。有些娇嗔地说道:"九哥,这么贵重的东西,我可不敢收呢。"

"唉,只有你才配。"

"我咋个还你的情嘛?"

"你多赏我一碗酒就是了。"

"九哥,以后这里的酒就是你的了,想喝就喝,我陪你喝。"

此时的凤香心头像吃了刚打过霜的柿子,甜到了心尖尖上。

不一会，凤香又去切了盘鲊肉和盐蛋，抓了把花生，让九指在内屋里慢慢喝着。这天，"红幌子"的生意不错，客人坐了好几桌。凤香就去柜台里招呼忙碌着，两个大金耳环晃来晃去。

等忙了一阵，凤香才停歇了下来，她又跑到九指那里坐上，跟他喝酒。

"凤香，山上的井已经快凿穿了！你想想看，每月有两天的卤水归我，这口井可不是一般的井，那是口黑卤大井，一天少说也有七八百担，一担值银三钱……"

"哎哟，怕到时你挣的钱，算盘珠子都拨不过来了……"

"反正得找个人来管理，买地、开井、放债，钱还要生钱！"九指直勾勾地盯着凤香。

"咱们桥镇上年轻的妹子多的是，到时我给你当媒人，给你说一门好亲。"

"我才不稀罕。"

"你到底稀罕哪个嘛？"

九指一把抓住凤香的手，凤香一后缩，但却被他的手指牢牢地抓住了，动弹不得。凤香连忙往四周一看，幸好没有人注意，但脸上早已惊出了两朵红云。她再一看九指的手，像钳子一样紧紧地抓住她的手，只有那根缺了的手指醒目地露在外面。

"哎哟，你把人家捏痛了！别急嘛，外面人多看见不好。"凤香娇声道。

"就你聪明！"九指才慢慢把手放开。

过了三月，盐井居然下了五十丈，井已经到了接近三百丈的地方。

工匠们发现，从汲上来的岩浆来看，眼下已经发生了很大的变化，开始是土红色，后是瓦灰色，然后是黄酱色，再是麻枯色，现在已经变成了黑煤色，这就意味着已经凿到煤层上了。所有工匠都知道，坚硬无比的绵岩已经凿穿，但就在人们都迫切见功的时候，却发生了一件事。

一日大早，换班的工匠刚一上工，银锭锉重重地落下去，通的一声，就没有拉上来，工匠们着了急，忙叫九指来看。九指因为昨夜酒喝得不少，此时还在被窝里睡觉，被敲门的人一叫醒，心中甚是不快，揉着浮肿的眼圈想把来人一阵乱骂。但一听井里出了状况，九指心头一颤，来不及穿齐衣服就往井上赶。但他到井上一看，心里稳住了，他马上叫人把篾绳全部卷上来一看，原来是篾绳断了。断篾绳是井里常遇到的情况，但来得突然，咕咚一声，把人吓得脸青白黑。

遇到这种事情，都是采用一种叫偏肩的工具把大锉打捞上来。九指马上吩咐道："把木箱抬来！"

工匠们很快把木箱抬了过来，那是个齐胸高的大木箱，九指把铜锁打开，人的半截身子便翻进了箱子里，一会儿后，九指气喘吁吁地搬出一个外形奇特的东西来，工匠们纷纷围着这个铁家伙，又望望那个神秘的大木箱，想看看他有多少五花八门的名堂。

这时，就听见九指发令："叫篾匠来，把它接在篾绳上，把落底的银锭锉钩起来！"

篾绳是用南竹做的，先是把南竹用专门的弯刀划成片，再用尖刀把竹片划成麻，然后把竹麻裹成一股，一根篾绳由三股麻绳像编小姑娘的辫子一样编起来。这种结实耐用的篾绳是井下的重要工具，从凿井之日开始一直到落成，再到这口井被最后汲干、废弃，篾匠自始至终要陪伴到底，他们必须随时随地都要守在井边。

此时大家你望望我，我看看你。

"篾匠死哪里去了？"九指气急败坏。

人们在山坡上找遍了也没有找到篾匠，快到下中午的时候，失踪的篾匠才回到了井上，九指上去就是一耳光，重重的一声让所有人都停了下来，接着便听见九指大骂："还晓得从阎王那里回来？"

"……师傅，昨天小儿半夜发病，急得到处找人……"篾匠哭丧着脸。

"滚，就你儿金贵，老子告诉你，你全家的性命都当不了这口井！"九指指着他的鼻子骂。

篾匠赶紧蒙着脸躲在了一边，他的嘴角溢出了血，牙齿里全是血丝。

"求求师傅，我以后再也不敢了，我以后再也不敢了……"篾匠不停告饶。

"少废话，这月扣你两斗米！"

篾匠的眼泪立刻涌了出来，喉咙哽了好几下，这才从嘴里吐出一泡血痰。

那些天，王贵一直觉得心里闷得慌，在屋子里转来转去。

其实，自从咸草坡上的盐井开凿以来，他就没有放心过一天，但怀荣三的固执又让他插不上手。王贵一直以为，像这样深的一口井，找不到个信得过的人是绝对不能开凿的。依他的经验，井不仅要看地气，也要讲人事，地有衰旺，人有否泰，把千米大井交给一个不明底细的人绝对是危险的，差之毫厘失之千里这句话用在凿井上一点也不为过。但四年过去，井却已经凿到了如此深的地方，王贵又觉得自己是不是太谨慎，说不一定怀荣三确实是找了个像赵旺一样的好匠人呢。

那几天,天上下着连绵的小雨,王贵在屋子里闷闷不乐,吸几口烟就停下来,他突然想起了怀荣三来。自从大骂了怀荣三后,好久都没有听到他的音讯了,难道这个倔强的怀荣三真的生气了?王贵突然想去怀家大院看看,他知道,怀荣三是不会真正恨他的,他只是不服气而已,再聪明的人也难免糊涂。

他还得去看看。果然,王贵一到怀家大院,怀荣三好像早就知道他要去一样,又叫下人摆上好酒好菜,准备与王贵喝上几口。这两个人也怪,都不提井的事了,只是摆些老话,叨些家常。

"东家呀,您还记得道光年间的事吗?"

"哦,咋个就像讲三国那样远了呢……"

两个人都平和谦逊了很多,不觉间就喝了一壶,话也说了不少。王贵又抽了两口烟,灰色的烟雾在他们中间弥漫。

"您快到耳顺之年了吧?"怀荣三问。

"我从不记生辰,又看不到时间,一个瞎子记那些有何用?"

"等新井开出来,我给您热热闹闹做个大寿。"怀荣三又说。

"都在忙打井,谁有闲心去做寿。"

"井已快了,凿成之日也就是您的大寿之日,这两件事一起办。"

"唉,做一次寿,人就老一次,没啥意思。"

"这次可不一样,我们要欢欢喜喜大办一下。"

"但井和人都一样,各自有命啊!"

"您就是咱们桥镇的盐巴老爷,好多井眼都是您看准的,谁不佩服您呢?"

"这话好听,但我是不是喝多了?怎么就老是惦记着那个赵旺?他才是我心头的盐巴老爷啊!"

"您呀您，如果一直找不到赵旺，这井上还不就是块野狗撒尿的荒地？"

回去的路上，王贵想起了怀荣三的话，如果一直找不到赵旺，这井还不就是一块荒地吗？可能真是我王贵错了！又走了一段路，小风一吹，王贵的酒有些醒了，他又想起了赵旺，哎，为什么老是想起他呢？王贵在心底暗暗骂道，你个赵旺，没有这个命呀！

（三）

自从"红幌子"里多了一对金耳环后，那里就变得更风情了。而不久九指就顺理成章地成为了它的主人，他再也不用睡在潮湿冰冷的工棚里，同那些臭气熏天的工匠挤在一起。他每天只要觉得工程还顺利，工匠们都在忙碌，他就心安理得地下了山，悄悄摸到"红幌子"，那里有吃有喝，每天还能够泡在凤香的温柔乡里。在九指的心里，井离见功已经越来越近，一切都在他的掌控之中，他离自己的好日子已触手可及。

那段时间，镇上新开了几家烟馆，有几个钱的匠人爱跑去抽几口，都说那东西解乏提神。这天，挨了九指一耳光的篾匠快快地路过那里，便看到里面的伙计殷勤地上来，神秘兮兮地贴着他的耳朵："喂，不要钱先抽一盘，包解百愁！"

篾匠将信将疑。他想走，却挪不动步子。那人看出了他的心思，又说："哎，老兄，抽了要啥有啥，要钱有钱，要女人有女人！"

篾匠一想，既然免费抽，不抽白不抽，就半信半疑地走了进去。但一进去后就彻底变了，他发现真是神奇，那块像鹅卵石一样顶在心头的东西很快就消失了。

后来他就又去了两次，就像尝到了甜头一样，每天都想去。但有一日，篾匠在晚上做了个噩梦，他听到了火辣辣的两记耳光打在自己的脸上，打他的人像九指，又不像九指，再一看烟馆里走出个恶狠狠的大汉，可再过一会又变成了工头九指。篾匠一下就吓醒了，满头大汗淋漓，喘不过气来，跑到水缸边用大瓢舀水喝，但他看到里面突然冒出一堆磷火来，在缸里不停地转，吓得他把瓢一扔便往外跑，以为遇上了鬼。

很快篾匠就抽上瘾了，不能自拔了。但烟馆就是销金窟，一个下力人怎么承受得起。这时，他想的就是如何搞到钱，赶快到烟馆里去安逸一番，找到人间仙境。所以，他唯一的办法是偷工地上的材料，比如木头、铁具、篾绳等，因为一把斧头能换到五十个铜板，一张大锯能换二两银子，要是根钻凿工具，那就更值钱了。在这个井灶遍布的地方，这些工具大有用场，出手很容易。但这仍然解决不了问题，瘾一来，人就发慌，到后来篾匠又开始打起了九指那个大木箱的主意，他想那个箱子里一定有值钱的东西，九指的那些工具从来秘不示人。

可是大木箱挂着大铜锁，钥匙在九指的身上，一刻不离。这天，篾匠下工后就主动请九指到镇上的澡堂子里泡澡，说是来了扬州的师傅。刚开始九指还纳闷，想这个篾匠一定是在巴结自己，上次差点让他滚蛋，这回定想讨好自己。那天，九指舒舒服服泡在热水中时，钥匙已被偷偷取了模，很快就重新配了一把，而这仅仅只用了两个铜板。新配的钥匙神不知鬼不觉地落到了篾匠的手里，木箱上的大铜锁形同虚设，他想拿啥就拿啥，专门拿那些看起来值钱的东西。有些很稀罕的井下工具，那可是凿井的独门秘籍，是很多工匠琢磨了一辈子都想得到的东西，他都不知道要值多少钱，麻着胆子喊个五十两银子，人家一口就收了。等这个篾匠出门，人家在后面嘲笑他是个十足的傻瓜，因为能够把井疏通的神器，哪里是能用钱买到的。

这一切九指都被蒙在鼓里，而大木箱里的东西正在不翼而飞。

自从到怀荣三那里喝了酒回来后不久，王贵就病了。

这次的病不轻，他不断咳嗽、气喘，甚至还开始吐血，日甚一日。王贵躺在床榻上，奄奄一息。

但王贵没有让人告诉怀荣三他生病的消息，因为他知道怀家的新井就要大功告成了，他不愿意别人担心他，为他的事情拖累而冲了人家的喜事。他的病正在一天一天地加深，照顾他的用人已经跟了他很多年，知道他的脾气，不敢对外声张。但在火炉旁熬着药罐子的时候，他便不断摇头，他知道主人的身体已经快不行了。

那天，怀荣三带着小儿子怀穆春到山坡上去查看盐井的情况。这段时间，他的心思全在盐井上，因为九指告诉他，大井很快就过三百丈，出卤的迹象越来越明显。打了四年井，已经到了最关键的时期了。

一到井上，他便同工匠们一起议事，但就在这时，听到儿子喊叫的声音，他转过身，看到怀穆春手里抓着一只斑鸠跑了回来。

"是只斑鸠！"小穆春惊喜地叫道。

怀荣三满脸疑惑，过去他带儿子到熬盐的作坊，那些盐工把鸡蛋放在滚烫的卤水里煮熟后送给他吃，工匠们都喜欢逗他，常常会捉个虫子、摘个果子什么的给他。便问："谁给你的？"

"我自己捡的！"怀穆春说。

怀荣三把儿子手里的鸟放到了自己的手里，然后仔细观察了斑鸠，身上没有任何伤痕，怎么会自己掉下来呢？当年他就是因为一只斑鸠落到自己的面前，受到了神启，才在桥镇开始了凿井。其实，怀荣三想的是这个事情也可能是某种预示，他的黑卤大井就要落成了，这也许就是个好兆头呢。所以怀荣三便想到了王贵，他要亲自去问问他这件事情是否像当年一样吉利。

但到了王贵那里，怀荣三才知道他病重了，他马上把"狗屎郎中"请到了王贵的家里，"狗屎郎中"把完脉后就走到了门外，然后对怀荣三说："哎，怀老爷，不是我下不了药，是三国都讲到五丈原了！"

怀荣三大吃一惊。

人们仿佛已经闻到了卤水的气味。接下来的事情是架设枧管，修建灶房，只等盐卤从井口中喷薄而出了。

那些天，怀荣三开始排兵布阵，要把井打穿后的工作全部布置好。他把大儿子怀穆松叫到面前，吩咐他到江安去选购上等南竹，因为那里的南竹最适合用来做枧管，质韧而耐久。又把二儿子怀穆霞叫到面前，吩咐他去叙府采购麻绳和桐油，待南竹全部运回后堆放在工棚里备用。等这一切办妥，还得隆重地拜天地，敬盐神。

那天，花盐街上人群拥挤，怀家在祠堂的外面空坝上举行开砍仪式，很多人都来看热闹。只见四周围满了人，几个拭篾匠腰上扎着根白色的布带，一把锋利的砍刀插在背上，等鞭炮一响，工匠们便摸出砍刀迅速将南竹剖成两半，将中间的竹节打通，然后用公母榫重新合在一起，通过雕扎工艺用麻绳密密缠好，用油灰把缝隙填补上，再在外面刷上一层黄亮亮的桐油，一根结实的枧管即告成功。

这是考验工匠的时候，好的工匠一刀下去南竹齐齐地变了两半，卤水走在里面不会泄漏，而差的工匠则会把一根好好的竹筒砍坏，只能当柴火烧。当然，好的工匠留下，两天一顿肉；差的就只有去当挑卤工，一周才能吃两顿肉。

一口盐井需要成百上千根这样的枧管，架设还要穿过凹凸不平的崎岖山路，长的连绵数里，然后才能够把它接到熬房。如果是一口大井，每天要供几百口盐锅熬煎，那枧管的制作、安装就更是个浩大的工程。

开砍仪式一过，怀家上上下下都感到忙碌的日子真正开始了。一口大井的诞生，意味着又需要大量的工匠了，雇工的事情也提上了日程。怀家的管家就在四处贴出了雇工告示，把八仙桌摆在了大门口，凡有技能者都会留用：掌柜三十吊，管账十五吊，帮账七吊，总灶二十吊，坐灶六吊，烧盐工四吊，挑卤工三吊，守盐仓工二吊，学徒一吊，杂工三百文……

当然，最忙的还是怀荣三，常常直到夜深，他都还在津津有味地查看"岩口簿"，因为那上面是整个井的凿办记录，已经是厚厚的好几本了。每次翻起它们，他的内心就非常激动，他一直在想，"岩口簿"到底记到哪一页是终结，而在那一页之后，就再也用不上它了，它会被束之高阁，成为一段历史。

这天一早，怀荣三还睡眼惺忪，就听见仆人来敲门，原来是盐场大使署的盐官要去参观咸草坡上的黑卤深井。

怀荣三来不及洗漱就迎了出去，陪盐场大人去走了一遍。工地上热火朝天，连绵的枧架在山林中起起伏伏，而高高的井架正在搭建，木匠在锯木，瓦匠在盖房，土匠在挑土，到处是欣欣向荣的景象。看完井，盐场大人摸了摸山羊胡，双手作拱："恭喜恭喜，怀家又要堆起一座盐山了！"

这时怀荣三就对旁边的魏碧山说："这两天有船要去湖北，赶快去那边探探行情。"

接待完盐场大人，怀荣三回到家中已过午时，他感到有些疲倦，想躺一会。当他靠在床头正要入睡时，就听见儿子怀穆春的声音，孩子正在窗外逗那只捡来的斑鸠，鸟在笼子里跳来跳去地扑腾，怀荣三突然就想起了王贵来，瞬间睡意全无，不禁生出一些焦虑来。

几天后，魏碧山备好了船。临走前，怀荣三为他饯行。那一天，两人边喝边聊，颇有些意气风发。趁着酒兴，魏碧山突然想露两手，当年他可是有名的捕吏，身怀绝技。如今虽然也近六十，但眼不花耳不聋，看起来仍然是精气十足，若是同人试身手，那些年轻力壮的人未必能占到什么便宜。

这时，只见他把衣服一撩，就在大堂上摆开了架势，只见一阵眼花缭乱，让怀荣三又看到了当年武艺高强的魏碧山。

"要是咸草坡上的井打出来，第一船盐我亲自押！"

"好！"怀荣三不禁鼓起掌来。

第二天一早，魏碧山就上了船。

这次去湖北应该算是轻松，船是三帆三桅的大盐吊子，坐起来平敞舒服。船上准备了足够的酒肉蔬果，一路上并不寂寞，倒有些逍遥自在。

走了四五天，船就到了夔门，这是个出川的盐关，其实此地也是地理上的分界。魏碧山缴完夔厘印盖关防章后，解绳上船，由此东下他们就出川了，他的下一个目标直指湖北。

太阳直刺刺地落到江面上，四周一片静寂，但水流的速度明显加快了，船底像装了锋利的滑轮，而两岸的岩壁越来越陡峭，各种奇怪的鸟声兽音惊悚地回荡在空中。魏碧山有过翻船的经历，他知道江底就是坟场，那水里不知道埋葬过多少人，而上回虽然侥幸逃脱，但也让他做过无数次噩梦，可以说是心有余悸。但这次的船，那是装备精良的大盐吊子，船夫们都是精心挑选过的，个个训练有素，经验丰富，应该不会再出现倒霉的情况了。

魏碧山在心里暗暗说，这次是乘风破浪，要去大展宏图了。

就在这时，砰的一声枪声传来，所有人大惊。

正在观察的魏碧山还没有完全反应过来，又是一阵枪声，子弹全部是朝这条船上在飞！众人大骇。但这时已经来不及了，这样大的一条盐船根本无处躲藏。船夫伤的伤，死的死，跳水的跳水，而魏碧山已经身负重伤，他躺在船舱里，动弹不得。

船壁很快就被子弹洞穿，水汹涌而进，船在剧烈地呻吟着、倾斜着。但一会儿，魏碧山觉得自己平了，他在水中漂了起来，越漂越高。那时候，他只想着一件事，这是谁干的？实际上他什么也没有想起，就已经沉到了江底。

对盐船下手，袭击盐船，阻止川盐入楚已经不是什么秘密，组织护船队是之后的事情，而从此长江航道的盐运更为险恶已是人尽皆知，罩上了一层血色之后，川盐出省贸易就更艰难了。

后来，在"味道长"茶馆里，毛大哥津津有味地讲起了魏碧山义闯三峡这件事，就说他是"出师未捷身先死，长使英雄泪满襟"的豪杰。每当讲完的时候，毛大哥总是会叹口气说："唉，恁个大一条江，为何单单把一个好人收走了！"

（四）

卤水轰的一声巨响后冲出井口，是在傍晚时分。

当时早晚分工的工匠们已经换班，下工的工匠正在吃饭，而九指也回到了凤香的"红幌子"小酒馆，凤香给他倒了碗酒，这是她新泡的桂花酒，碗里是黄澄澄的颜色。九指来了兴致：

"桂花都开了，井马上就要打通了！"

凤香嘴角一弯："九哥，你喜欢喝，我就再泡两坛。"

九指望着凤香的背影，想到这个脸蛋迷人的女人为自己拥有，这是盐巴菩萨送他的，就不禁有些得意，他嘴里哼起了川戏来："……从今后，再不想在蟠桃会上去献寿，再不想腾云驾雾渡瀛洲。我只想男朋女伴常聚首，我只想男欢女爱鸾凤俦……"

唱着唱着，他又惬意地咂了两口酒。

就在这时，一个小工飞奔而至，上气不接下气地叫道：

"师傅，快，快，卤水冲出来了！"

九指一听，身子咚的一声从板凳上掉在了地上，大喝一声：

"出卤了？"

"黑乎乎的一大股，冲了好高！"

"格老子，走！"

他来不及告诉凤香，抓住小工的手就往外冲，要跨出门的时候，他回头大喊了一嗓子：

"凤香，盐巴菩萨来了！"

凤香正在柜台里打着算盘，听见九指一喊，吓了一跳，急忙出来看，九指早已不见了人影。

咸草坡上早已围了一大群人。

九指把人掀开，侧着身钻了进去。他看见井口上覆盖了厚厚的一层黑泥，但井并没有再喷，九指急问："喷了好久？"

"就喷了一股就断了。"工匠满头大汗。

九指的眼里掠过一丝惊恐。

他用手抓了把黑泥，挨着鼻子闻了闻，又在指头上用舌尖舔了舔，他知道确实是盐卤出来了，但为什么只冒了一股就停了呢？九指想，这可能有两种情况，一种是还没有完全凿穿，还欠点火候；一种是井道有倾斜，在盐卤喷出的时候，井壁出现了坍塌，把井给堵住了。如果是前一种情况，只需要继续下凿，今晚必定见功；要是后一种情况，就比较麻烦，需要特殊的工具来疏通，但必须尽快处理，如果井下淤结得越来越多，这口井将会出现雪花盖顶的情况，到时将前功尽弃。

九指马上叫人拿来三炷香，他点燃香，跪在井口磕了三个头，然后把香插到香炉里。

九指知道，他的命运就在这三炷香里了。如果井在香烧完之前打出来，他九指这辈子就该大富大贵了！但如果香尽井还没有凿成，他就该倒大霉了！

这时，九指大声吼道："今晚我们就要喝庆功酒了，兄弟伙鼓起劲，再凿一把！"

工匠们听九指这样一说，精神百倍，他们把银锭锉高高地卷起来，然后猛地一放，只听见辘轳呼呼呼地响，篾绳嚓嚓嚓地往下窜，最后砸响那最后的薄薄的岩层，然后岩层像鸡蛋壳一样嚓的一声裂开，盐卤瞬间喷涌而出！

但是，他们并没有看到这样的情形，他们听到的是银锭锉软软地落在淤泥里，像木槌打在了糍粑上，一点动静都没有。

九指惊骇万分。他知道，井下出现的是第二种情况！这时，九指的头上冒出了一层密密的汗，牙帮咬得紧紧的，但他仍然沉住气，因为他有专门的工具对付这样的情况，他九指之所以敢端这碗饭是有道理的，没有金刚钻，不揽瓷器活！

正在这时，怀荣三也带着一大群人风风火火地来到了井上。显然，他们已经得到了要出卤的消息。

怀荣三急切地问九指："啥动静？"

"刚喷了一股，好像已经出卤了。但井下有倾斜，井壁上的淤泥可能堵住了。"

"那……咋办？"怀荣三头上像被泼了盆冷水。

"东家，不用急，我有专门的工具对付！"

这时，九指转过身，大声对下面的工匠吩咐道：

"走，跟我去开箱，这回看老子的了！"

说完，九指迅速冲进了屋子里，所有的人都眼巴巴地望着他，觉得他出来的时候也就是井要被凿开的时候了。

香已经下了一半，天渐渐黑了，三点香头亮得格外醒目。

然而，当九指打开他的那口大木箱时，看到的却是空空如也的箱子！他咚的一声坐在了地上，两眼发呆，浑身打抖。

完了，那些他过去精心炼制的治井工具全部没了，但大锁还是好好的，难道它们化了？飞了？消失了？

九指像疯了一样敲着木箱，他想这一定是在做梦，所以他使劲敲，用最大的力气敲，他要把这梦敲破！顷刻之间，他的手被木箱坚硬的质地撞得血肉横飞！

此时，花盐街上热闹非凡，这天并非节庆，要在往常，人们劳累了一天，也该回屋歇息了。但这时人们好像忘记了一日的劳顿，纷纷涌到街头巷尾，议论着怀家就要打出一口三百丈深的黑卤大井，这将是桥镇历史上的一件大事。

按照桥镇的规矩，每凡有人家开出了盐井这样的喜事，都会把邻里乡亲召在一起庆祝一番，桥镇人把这叫吃大户，吃大户是欢天喜地的事，是有喜同享的意思。怀家是桥镇首富，凿出那么大的井，不知又要赚多少银子。不仅如此，有了那么大的井，桥镇的盐商都脸面有光，走南闯北都说得起硬话，吹得起壳子。所以这么大的喜事，最少得庆祝个三天三夜！要放上八十八杆震天炮，摆上九十九桌酒席，还要请戏班来唱上八台大戏，那戏班必须得是威震巴蜀的蒋家班，那花旦，那小生，把桥镇人的魂都要带走那么几天……

"红幌子"酒馆里突然来了很多兴高采烈的人，他们要凤香端出花生、豆腐干和烧酒来，边喝边摆。店里的人越来越多，你一言我一语，越摆越兴奋，好像咸草坡上的那口盐井是他们家的一样。

——这井一打出来，桥镇恐怕又要冒出个盐山来。

——格老子，日出卤水上千担，要百口锅同熬，每天发三条大船下湖北！

——嘿，这是我们这里千年都没有见到过的事！

……

这个夜晚就显得有些躁动，柑子花的香味在空气中弥漫着，好像有一些甜丝丝的东西在飘。人们都相信这是改变历史的一天，千载难逢。

九指冲出屋子的时候，突然就变了个人，眼睛里血丝暴涌，怒气毕露。

第三章

"哪个狗日的动了我的木箱？是哪个?!"九指盯着他面前所有的工匠。没有人回答。此时要是回答了，九指一定会冲上去一锤子把他敲死！

"发生什么了？"怀荣三问。

"我的工具……被人偷了。"九指低下了头。

"谁偷的？站出来！"怀荣三头皮一麻，转过身对着那些工匠愤怒地吼道。

没有人回答，都低着头。

"赶紧交出来，现在我可以饶了他。"怀荣三缓了缓语气。

这时，那个把九指的工具偷去卖了的篾匠有些心虚，喉咙哽了一下，眼屎就流了出来，连忙用手去搓。但就这一搓，被怀荣三看得清清楚楚。

"篾匠，快把东西交出来！"怀荣三厉声道。

那个篾匠咚的一声跪在了地上："东家，不是我！真的不是我！"

篾匠的身体像筛糠一样颤抖。

香还剩下一点点，香烟缠绕，在夜色中，那余下的三点亮光格外灿烂夺目。

"还有救吗？"怀荣三知道再追问篾匠也无意义，便死死地盯着九指。

九指摇了摇头，他浑身已经湿透，脸上难看得像摊烂泥。

怀荣三知道情况坏透了顶，已经来不及了，没有得到及时处理的淤泥会迅速喷涌，堵满井道，井就将变成废井。他听得见自己的牙齿咬得嚓嚓作响。怀荣三闭上了眼睛，苍白的脸上露出绝望的表情。他不想看到眼前的这一切，不愿意看到自己耗费多年的心血毁于一旦，他的心正在一丝丝地撕裂。

77

"走，下山！"

怀荣三有气无力地挥了挥手。刚要走，他又停了下来，怀荣三望了望那口一片狼藉的盐井，突然问道：

"九指，我一直有个疑问，今天你一定要老实告诉我，你的那根指头是咋断的？"

九指感到大势已去，点了点头，走到一旁，就把他过去帮人打井时，由于疏忽把井凿毁的事情讲了一遍，当时他在悔恨之下，一气把手指剁掉了一根！发誓以后绝不再犯那样的过错。毁了那口井也毁了一个井主的全部财产，九指用一根指头来赎罪，他如果不这样不足以证明内心的惨烈，那是很多年前的事了，久远得让他自己都忘了那宰下指头时的钻心疼痛！

九指说完，跪在了地上。

怀荣三长叹了一声，头上一阵眩晕。

就在这时，只听见噼的一声，井里又喷出股浓浓的黏汁来，众人大惊，有人甚至以为是不是井重新通了。但是，就在大家有些狐疑的时候，这股黑黑的黏汁已经停息了下来，冒出的泥浆把井口牢牢地封住，空气中有股胶着的气味，四周重新陷入一片死寂。

怀荣三从咸草坡上下来，直接去了王贵的屋子里。

功亏一篑对他的打击太大了，但他必须到王贵那里告诉他这个残酷的事实，把痛苦的真相告诉病危中一直在等待消息的人。

他的三个儿子怀穆松、怀穆霞、怀穆春都战战兢兢地跟着他来到王贵的房间里。

王贵静静地躺在病床上。

怀荣三精疲力竭，声音沙哑，他把井垮的事情给王贵说了一遍,这个过程对双方都是折磨。王贵脸色苍白,死去了一样。

突然,王贵挣扎着从喉咙里发出个声音来,让人悲痛欲绝:"赵旺呀!"

赵旺,这个名字让人一愣,怀荣三同时仰头大喊了一声:"赵旺,你躲到哪座深山里了嘛?!"

两个声音在屋子里回荡,冰冷、悲怆。

小儿子怀穆春被吓得哇的一声哭了出来。突然,王贵突然立起了孱弱的身子,断断续续地说道:"心不正……井就不会正!"

说完,王贵的头一侧,便再也说不出一个字,只见他呼吸急促,面容狰狞。怀荣三闭上了眼睛,他不忍心看见王贵痛苦的样子,但他在想着"心不正井就不会正"这句话,他想对王贵说,王贵呀王贵,你怎么现在才告诉我这个道理啊?太迟了,太迟了!

这时,大儿子怀穆松紧张地用力拉动怀荣三的胳膊说道:"王老爷他、他不行了……"

"快叫郎中来!"怀荣三大声喊道。

听见盼咐,下人转过身就往桥镇街上跑,但他刚一抬脚出门,怀荣三就看见王贵的喉咙动了一下,花白凌乱的胡须扬在空中,是如此屈辱和桀骜。

怀穆春又哇的一声哭了起来,他看见王贵手里有一根细细的麻绳掉了下来,那手微微摊开着,苍白得没有一丝血色。

午夜时分,九指神魂颠倒、跌跌撞撞地回到凤香的"红幌子",松油灯还点着,从窗子外望去,朦朦胧胧地透着一点红。

九指浑身是脏泥,已经认不出人形来了,他步履蹒跚地走进堂屋,咚的一声跪在地上。凤香走出来,吓了一跳,不知道发生了什么,刚才她还在想九指出门前喊的"盐菩萨来了"那句话呢。

"到底咋个了？发生了啥事？"凤香感到不妙，满脸焦急。

九指目光呆滞，把头埋到了地上。待他重新抬起头的时候，有两行泪痕像槽子一样，粗粗地刻在了他满是泥浆的脸上。

"完啦，彻底完啦……"

"啥完了？你快说呀。"

"井崩了……"

凤香大吃一惊，一时间不知所措，呆呆地站在那里。

"那咋个办？"

"你跟我走，我们离开桥镇，到另外的地方重新开始。"

凤香惨笑了一下。

"还有开始吗？咋个这么快就完了？"凤香有些自言自语。

"有的，你只要跟我走！一定有的！"

凤香摇了摇头。

"……难道所有的好事情都没有了吗？"

九指苦笑了一声。他这笑里是那样阴冷、惨烈，让凤香不寒而栗。

这时，九指慢慢地站了起来，他抓起桌上的一把刀，呼的一声砍了下去，只见一根指头脆生生地跳了起来，随着一股热血的喷涌而出，九指哎哟一声摔在了地上。

凤香急忙上去抱住他，一阵大嚎：

"你不是说盐巴菩萨要来了，盐巴菩萨在哪里嘛……"

九指痛得在地上滚来滚去，血和泪掺和在了一起，染遍了屋子。

"盐巴菩萨呀……"

此时，窗外下起了小雨，唰唰地落到瓦上，连成了密密的一片。

第三章

空蒙的桥镇在雨中变得无依无靠。

两个人的呼号穿过桥镇的上空,桥镇人都听到了那凄厉的哭声。

从此以后,九指的右手只剩下了三根指头,缺了两根指头就不可能干工匠活了。九指知道,这次犯下的是不可饶恕的错误,再也没有机会来弥补,那些让他风风光光的日子已经离他远去了。

第二天一大早,九指独自一人离开了桥镇。

第四章

（一）

不知谁发出了叹息声。只是轻轻的一声，却让所有人都听见了。

这时，缪剑霜呷了口茶，才发现茶早已凉了，茶叶阴翳地沉在杯底，黑黑的一层。

"后来呢？"他问。

在座的人还沉浸在刚才的故事中，没有人回答。空气中有种呛人的气味。讲故事的人是个白发苍苍的老者，他从椅子上站了起来，拄着拐杖往外走。走了不远，他突然转过身来说道：

"如果有兴趣，明天就跟我去咸草坡走一趟吧。"

缪剑霜从重庆赶到桥镇，只有一个目的，那就是把西南地区的盐业生产状况摸透，因为在此之前他曾经乔装到上海去组织抢运过淮盐，但迫于日本人的占领困难重重，虽然千辛万苦之下也有所获，但人们心里都知道淮盐是没有什么指望的了，只有川盐才可能真正支撑起国统区的盐食，所以这次到桥镇盐场的考察尤为重要，咸草坡是桥镇最主要的产盐区，据地质调查那里是威西盐矿带上最出盐的几个地方之一。

第二天，缪剑霜去了咸草坡，那个老者早已经等在了那里。这时的咸草坡已不是当年放牛羊的地方了，到处是井架，再难见到鸟的踪影。缪剑霜问：

"当年掉斑鸠的地方是这里吗？"

老者点了点头。这时缪剑霜有种很奇异的想法，让时空在瞬间飞跃起来。他突然觉得，这个讲故事的老者会不会就是放牛的孩子中的一个，当年他是不是也尝过那带着咸味的草？

出于好奇，缪剑霜伸手从地上摘了根草，放在嘴里嚼了起来，慢慢地就感受到草里的那一<u>丝丝</u>遥远的咸味儿。这时候，老者就又开始讲了，故事仿佛就是从细细的咸味儿那里开始的。

此刻，缪剑霜正轻轻地嚼着，草里的咸味越来越浓烈，他的嘴里已全是盐的味道……

淮盐逐渐收复失地是在同治年间。

在长江上，又看到了从下游淮扬上行的大船队，这种船每只可载盐五百包，船桅高张，浩浩荡荡开来。而从桥镇下行的盐船以叙府为界，到叙府称为三板船，可载盐二百包，转运滇黔边岸需换半头船，载盐一百包，进入小河溪则用竹排小筏，可载盐三五十担；只有从叙府再下楚岸的盐，才换成长船，与淮盐的大船类似。但是与淮盐相比，川盐的船只明显少了很多，在江面上显得形单影只，这种景象一直延续到了光绪年间。

自从魏碧山、王贵相继死去和咸草坡上的盐井失败后，怀荣三变得心力交瘁，好像失去了所有的豪情壮志，他再也没有新凿过一眼新井。人们说，他彻底变了个人，保守、中庸、多疑，不再有其他想法。那眼井成了怀荣三人生的一个转折点。

在怀家大院中，怀荣三又专门辟出一间来作为他的养心之室，取名叫退省斋，其寓意不言自明，他要好好反思他一生中走过的路，其中的得失成败他都要细细地从头想来。是的，他正在慢慢变老，而他把更多的希望寄托在了三个儿子的身上，怀荣三唯一的希望就是他们能继续好好经营，不要把怀家这份不薄的家业丢了，而自己则渐渐少操心俗务，脱身于商海，想过自由自在的日子。

但自从王贵死后，年幼的怀穆春再也不去咸草坡上玩了，甚至连望望那些高高的井架的兴趣都没有，因为一看见它们，他都会想起王贵死前那张恐怖的脸。

岁月匆匆，怀家那些年倒也过得平静，怀荣三的儿女不经意间已长大成人，各自成家立业。但怀荣三感到最小的怀穆春生性文弱，不是经商的料，只有好好读书靠科举入仕才是正途。而他的两个哥哥从小就不近纸墨，喜欢应酬，善于经营，加之本身要大怀穆春十多岁，所以生意上的事历来都是他们去帮助打理。但在那些年中，光景似乎并不太顺，正好遇上洋人入侵，京畿动荡，国运不昌，年轻人都好议论国事，对功业忧心忡忡。所以，怀穆春不仅对商业没有兴趣，也无心于金榜题名，考了个秀才就不想再图上进，只顾流连于花月山水，跟几个当地的文人雅士过从甚密。

一日，怀荣三同黄振纶在退省斋里喝茶，这个黄振纶当年由魏碧山引到桥镇，在怀家多年的帮助下，运送川盐到湖北获利不少，如今手上已有几十条盐吊子，成为了一个江上的大运商。黄振纶是个精明的商人，见多识广，他拉了二十多年怀家的盐，盐道上的事情如数家珍，所以他也喜欢把道听途说的各种传闻讲给怀荣三听。要是说起眼下的风气变化,他讲得比谁都更加绘声绘色。

"如今盐巴钱难赚,还不如捐个官当当。"黄振纶随口闲聊。

"捐官也算买卖?"怀荣三很好奇。

"我有个远房亲戚花重金捐了官,那是屁股上插了鸡毛掸子,都要飞上天了!人家自从当上了官,把所有的钱都赚回来了,打着滚地赚!"黄振纶说得眉飞色舞。

"嘿,真有此事?"

"怀老爷,您真是落后了。这不就是小儿科吗?我是长期在江湖上跑,听到的比这更厉害。眼下真是乱了,读书人还有谁会去老老实实科考的,十年寒窗到头来屁都没有搞到一个,而得势的人连狗屁都不是。"

"你的意思是谁有钱,谁就可以做官。"

"是啊,明码实价,朝廷没有银子,国库虚空,什么招都用上了。您听过没有,连封疆大臣都有是捐来的呢!"

"哎哟!"

怀荣三惊得大叫了一声,他的内心早已是翻江倒海。

过了段时间,正是中秋前夕,黄振纶又去怀家大院,他提了几盒桂花糕去拜礼。怀荣三正在院子里散步,看见黄振纶进来,怀荣三便说:"你来得正好,我正打算在退省斋里裱副对联,上联我已经想好了,叫'春云夏雨卤声远'。但下联想了好久都没有主意,你也帮我补补壁。"第二天,黄振纶便请了个文士对下联,又找了个书家题写,精裱之后便来到了怀家大院。怀荣三把画卷打开,眼睛一亮,上面写着:春云夏雨卤声远,虚谷浮岚幽梅香。

"振纶兄,前一句说的盐井,后一句应是田园诗书景象,你看我这园子里是否也应该种点梅花,不然哪来幽梅香呢?"

"那是，那是。"

黄振纶完全猜到了怀荣三的心思，他想怀老爷一定也是动了捐官的心思。怀家虽富但却不贵，所谓富贵，就是既富又贵，光有钱没用，还得有读书人，有做官的人，那么大的家业要稳还得在官宦上做文章，也才经得起风吹草动。

几日之后，黄振纶就把一名算命先生请到了怀家大院，他要来怀穆春的生辰八字一算，便说怀穆春是天上的文曲星，早年蹉跎，难成功名，但近期星运大动，福星高照，不出明年秋天，东南方向就会有高就。怀荣三当下大喜。

（二）

桥镇是盐码头，市廛繁富，有钱人不少，是各地的戏班子最喜欢去的地方。有人说桥镇上的戏班如过江之鲫，来了去了也不曾让人记得，偶尔有那么一两出戏让人们津津乐道，但久了也都忘了。

但福正班却不太一样，它一来就改变了桥镇人的看法，原因是人们发现这福正班里有个叫七儿的花旦，乖巧伶俐，模样比崔莺莺好看，比画在绢上的那些美人儿还好看，戏场子自然就开始热闹了起来。

不久，福正班就接到了怀家的请帖，怀荣三做大寿要请戏班去唱上一台。

怀家大院里有个相当讲究的小戏台，这个戏台是专门用来供怀家人自己享用的。戏台叫泊戏舟，戏台颇为别致，修成了一条船的样式；台下是个三丈见方的池塘，里面养着红鱼，四面皆环廊，看戏在池塘对面，相隔盈盈一水。这天傍晚，灯笼早已点燃，把四周映得通红喜庆，幕帘还未拉开，锣鼓声就已经响起，怀家人早早地挤到了这个小天地中等着看戏了。

七儿乍一亮相，怀穆春不禁一惊，想不到世间还有这么水灵灵的女子，那眼睛亮亮的，还没有唱就已经在说话。

怀穆春爱看戏，这来来去去的戏班子，哪一折、哪一段、哪一个动作唱腔，他都能够说得个头头是道。但他看到七儿后，还是被震了一下，觉得她就是一朵泥塘里长出来的清新荷花，突然之间就有种怜惜之感。

怀穆春有个朋友叫柳子谦，此人是个大戏迷，戏班一般到桥镇都会主动找上他，请他联系茶馆、戏院，疏通各种关系。戏老板不仅要请他喝酒，还少不了给他一点红包，在他们眼里，只有有了柳子谦，这戏才能顺顺当当地唱下去，要想在这三教九流云集的盐码头混口饭吃也不容易，不然三天两头就要遇到麻烦事。所以柳子谦就成了福正班的座上宾，而因为这层关系，怀穆春自然也同福正班熟了起来。

七儿年仅十五，其实还是个单纯的孩子，她七八岁就开始学戏，跟着福正班也跑了不少地方。但七儿的性情中少有梨园气息，也不喜附庸权贵，却对诗书颇为亲近，所以她演的戏自有清新脱俗的气质，让人眼前一亮。

七儿与怀穆春认识后，两人即有了兄妹之谊，怀穆春喜欢她的天真活泼，待她如小妹妹，而七儿也把怀穆春当做大哥哥，觉得他宽厚仁义。福正班在桥镇待下来后，觉得这里是富庶之地，票房不错，足供一班人马的吃喝。且天气渐热，外面尘土飞扬，人车不堪劳顿，就干脆驻扎下来，等入秋以后再走。

那日，七儿唱完戏后卸下装，到后院同他们一起饮茶，但天气异常闷热，坐在林荫下也免不了一通汗，怀穆春顺手就把手里的扇子递给了她，七儿接过扇子一看发现下面挂了块扇坠，居然是块汉玉，料定这东西是个贵重之物，便把扇子还给了怀穆春，说：

"扇子还是不顶用，要是到山里去凉快凉快就好了。"

她这无意一说，怀穆春突然来了兴致："好啊，明日我们就去背后的玉津山，山上清凉得很。"

"我只是随意说说而已。"七儿说。

"春兄的提议倒挺好，这天气热得要命，确实不如在山上去待上一日。"柳子谦附和道。

"那就定了，七儿只管跟我们去玩，我负责给你逮只花鸟。"

这天，柳子谦、怀穆春和七儿三人请了轿夫，很快就到了清凉的玉津山脚下。一路上，树木葱茏，凉爽宜人，潺潺的山泉小溪一路相伴，同镇上相比简直就是两重天。

正走着的时候，突然间，天上乌云密布，很快就下起大雨来。他们马上找了个山壁躲雨，山道上的行人早被冲得七零八落。过了一阵，雨才渐渐小了下来，这时，他们从远处看到了个人正在慢慢地爬山，等近一些再看，原来是庙里的老和尚，浑身早被雨水打湿了，背上背了好大一筐柴火，颇为辛苦。

一看到这种情景，怀穆春就喊道："我们去帮下他！"

说完便跳下轿子，冲过去帮和尚把身上的柴卸下来。于是，一群人抬着柴冒着雨回到了庙里。

背柴的和尚叫寂灯，耳朵不好使，是半个聋子。寂灯在这个庙里已经很多年了，除了已经去世的住持，没有人知道他的年龄，更不知道他的来历。

雨一直下，越下越大，当夜他们就在庙里住了下来。

第四章

第二天，雨没有小，一直哗哗下，他们哪里也去不了，困在庙里，听晨钟暮鼓。怀穆春说的去打鸟也泡了汤，但七儿并不忧虑，把雨当成了快乐的天地，那天她居然打伞在庙后采摘到了一兜蘑菇，她把蘑菇洗得干干净净，然后用清水煮了，让众人好好地吃了一餐可口的斋饭。

第三天午饭后，雨渐渐停了，他们就准备下山。这时，寂灯和尚突然出现在了他们面前，他拿出几只山芋递给他们说：

"庙里也没有什么东西，这山芋就带在路上吃吧。"

大家正在感激之时，七儿却梦游似的说道："我再去摘点蘑菇。"

于是，她又到庙子附近的树林里去，突然间，从林子里飞出一只鸟来。但没有飞多远，就突然掉进了灌木丛中。七儿一阵惊喜跑去将它抓在手里，回到庙中时，柳子谦告诉她这是只斑鸠，可比蘑菇好吃多了。

怀穆春大为诧异，他之前说为七儿逮只鸟，不想鸟自己就落到了她的手中。他想起当年他在咸草坡上也捡到过这样一只斑鸠，后来就发生了很多事。斑鸠是种神验的鸟，捡到斑鸠就一定会有事情发生。他看着七儿快乐的样子，有些不知所措。

就在这时，寂灯走了过来，他让七儿把它放了，说念佛之地勿动杀戮之念。

七儿一下就松了手，斑鸠仿佛已经苏醒过来，噗的一声飞向了天空。

此时，寂灯的嘴中念念有词，不停地拨动着念珠。

桥镇一进七月，头上像顶了盆火炭，热得人巴辣辣的。天上的云一动不动，整个镇上没有一丝风，只有那些熬盐作坊的烟囱飘着些黑黑的、懒洋洋的烟，拉卤的牛有气无力地转着。

暴热之后是暴雨的来临。其实，在怀穆春一行上山时，桥镇的天空便开始乌云密布，等他们下山时看见云层中的峨山，不禁有些吃惊，因为当地有句俗话叫"峨山现，雨水不断线"。

果不其然，他们走到一个渡口，才知道一夜的暴雨让洪水猛涨，而河水已经快要漫过河堤了。

怀穆春忧心忡忡："镇上不会被淹吧？"

七儿在一边乐了起来："那我们就不用回去了。"

柳子谦瞪了她一眼："那可不行，今晚还有你的戏呢！"

这时，就听见人说，江上已经看见好多具尸体了，都是从上游漂下来的。三人一听，不寒而栗，望着湍急的河水，耳边响起了一阵奇异的风声，七儿也慢慢觉得这洪水不是什么好玩的事情，脸色也紧张起来。这时，在河边观潮的人中有个白须老者，满脸沧桑，边说边摇头：

"唉，这样的洪水六十年没有涨过了！今天晚上水如果不涨了，明早起来，河水自然会下降；如果水继续涨，漫过了河堤，桥镇就要遭殃啰……"

本来河上平时都是有渡口的，来来回回，也很方便，但洪水一来，就只好拆渡，道路阻绝，行人只能望河兴叹。

怀穆春远远地望着对岸，看情况不妙，必须得尽快渡过去，突然跳上个高高的石包，对着人群大喊：

"船夫可在？谁能渡我们过去，开个价！"

这声音真管用，人们都朝他这边望来。

"现银二两！"有人随意地回了一声。

"好，就现银二两！"

这时，有个汉子直杠杠地回了一声："此话当真？"

怀穆春看了看对方,很精干,胳膊粗壮,心里便有了几分底。

筏子是把六七根三丈多长的粗大圆木并在一起的,用铁钉死死地扣住,洪水要想将它浪翻也不太容易,但撑筏子的人必须是力大无比,且深谙水性,知道怎么对付水中的浪头和漩涡,才能稳稳将筏子放到对岸,在这个过程不能有一丝闪失。

站在筏子上,七儿早已被吓得脸青白黑,一个浪头打来,她紧紧地抓住怀穆春的衣袖不放,她不敢睁眼看水,感觉水鬼会一把抓住她的腿往下拽。在这个过程中,怀穆春在她的耳边说道:

"不怕,抱住我!"

这样一抱,七儿感到稳当多了,而怀穆春却有一种异样的感觉,心中咚咚地跳了起来。

上岸时,船夫早已是汗流浃背了。临别时,船夫拿了钱,在手里掂了掂,很满足的样子,心想他在江里打一月的鱼也未必能挣这二两银子,便说:

"在江里撑了这么多年船,还没有遇到过这么大的水,可我还是宁愿不挣这钱好。"

"水势还会涨?"怀穆春问。

"竿都撑不稳,下面的水要吃人!"

"啊,真的?"

船夫点了点头。

怀穆春一回到家中便找到两个哥哥,说汛情危急,赶紧通知人把盐仓里的盐往高的地方搬。

此时怀穆松、怀穆霞正在燕禧堂中商量增加楻桶储卤的事,他们一看三弟闯进来以为有什么事情,却听到他的一番危言耸听,先是笑了,然后摇头,不以为然。在他们眼里,这位最小兄弟就是个闲人,家中的事情也轮不到他操心。对于洪水他们并非不关

91

注,实际上怀穆松还亲自到河边去看过几次,但他们认为洪水离码头还有两尺高,如果现在就搬,而水又没有涨起来,这样来回一搬,如此兴师动众,岂不是劳民伤财?

怀穆松脸上有些不屑,分明在数落怀穆春:

"三弟,你们带着戏子上山游玩,街坊都传开了……"

"这……"

"哎,算了算了,流言蜚语如洪水,过两天也就过了,你还是做点正经事吧!"

怀穆春被当头泼了盆冷水,心里不是滋味,他很想争辩,但又感到语言的无力,怏怏地走了。

(三)

涨水是在后半夜,水很快就漫过了河堤。

只听见一个声音在喊:"涨水了!水上岸了!"

整个桥镇顷刻之间慌乱了起来。花盐街上打更的崔矮子提着把钗,从上街敲到下街,一声比一声紧,敲得人心惶惶的。

这时,怀家的一个守盐仓的老长工也听到了这个声音,他撑起身子,刚把一只脚放到地上,便感到一阵冰凉,脚不由得一缩。

"水!"

他大叫了一声,马上意识到是洪水漫上了岸。他去找鞋,呀,怎么没有?等他把两只腿立在水中的时候,才发现水已经到了小腿肚,那鞋早不知道冲到哪里去了。他想,糟了,库房里的盐肯定泡进水里了!他马上便打上灯笼,光着脚,冲进了茫茫的黑夜中。

很多人都跟他是同样的遭遇，他们完全不知道水居然悄无声息地就来了，在他们的床脚下轻轻掀动，所有该浮起来的东西都浮了起来，东西南北全部调了方向，像被磁铁吸乱了的时针。

当时有个小孩习惯起夜，因胆子小怕鬼，不敢下床，大人就在床边安了个马桶，每晚只需站在床上屙尿。这夜，他又迷迷糊糊地站起来开撒，但尿没有落在马桶里，他听见的是屙到水里的声音，他以为自己是在做梦，又迷迷糊糊倒头便睡，其实马桶已经漂走了。接着，小孩就听到床发出吱吱嘎嘎的声音，他突然害怕起来，用枕头把自己的头压住，不敢听这些奇怪的声音，因为一听见它们，小孩就以为是鬼来找他来了。

不一会，一只大手突然伸进了他的被窝，拦腰一抱就往外面跑，小孩被吓得哇哇乱叫。等到了一个高坡上，大人才告诉他就在这里站着，不要乱跑。

说完，大人又迅速冲回了屋子里。小孩神情恍惚地望着刚刚发生的一切，搓了把快要流到嘴巴里的鼻涕，才知道这不是在梦里。接下来，他又看见大人回来了几次，每次都抱着各种各样的东西，堆到他的面前，堆得差点把他埋在了里面。然而最后一次冲回去的时候，小孩看见大人的脚是一瘸一拐的，每走一步都很困难，他扭伤了腿，但他仍然满脸是汗地往里面冲，心里怎么也舍不得落进水里的家当，因为那是他辛辛苦苦挣来的。但是，这次去后他就没有回来，房子咔嚓一声就散了架，将他压在了里面……

小孩坐在山坡上，天渐渐亮了，河边是一片哭声。

所有人都没有想到，一场凶猛的洪水来得那么突然，无声无息，在很多人的印象中，这洪水甚至有些轻飘。

不到三日,沿江受灾的难民突然涌到了桥镇。

怀荣三不顾家人的劝告,要亲自出去看看灾情。他一出门,就看见院子外面挤满了人,那些惊慌失措的人看到一个富态的老爷出来,便把目光齐刷刷地盯到了他的身上,让怀荣三招架不住。那些目光也慢慢变得红了起来,湿润了起来,好像要把他淹没掉,那些人仿佛在无声地告诉他,我们的房屋没了,粮食淹了,男人死了,妻儿散了,没有吃,没有喝……怀荣三有些看不下去,想转身回去,正要挪腿,这时他的左腿突然被一双小手紧紧抱住,并传来声撕心裂肺的哭声:

"老爷,救救我们这些可怜人吧!"

顷刻间,人群中哇的一声恸哭,迅速蔓延成一片呜咽。怀荣三转回身,觉得鼻子一酸,一颗热泪掉了下来。他躬下身,把孩子扶起来,仔细看才看出是个女孩,但脸脏得完全分辨不出男女。

怀荣三问:"小姑娘,你从哪里来?"

"眉州。"

"父母在哪里?"

小女孩哽咽起来:"都被水冲走了,如今只剩姥爷了。"

人群中有人说道:"她姥爷病倒了,就女孩一人在照顾他,哎,这么小的娃儿,遭孽哦……"

怀荣三马上把管家叫到身边,吩咐了几句。半个时辰后,管家带着几个伙夫模样的人走了出来,搭上棚子,摆上桌子,对人群大声喊话:

"我们家老爷说了,从今天起,要在这里开粥厂,大伙就有吃的了!"

人群中一阵骚动。不一会,便看见大桶的稀粥和一笼笼馒头端了出来,那些受灾的人便排着长长的队来取食。原来怀家已经在院子外开起了粥场,专供难民们能吃上一口热饭。不仅如此,他家还连夜在空地上搭起了一排排草棚,以便难民们在此遮风挡雨。那些吃上了稀粥和馒头的人,都对怀家的厚道感恩戴德。

这时,怀荣三又看见了那个女孩,就对下面的人说:"就把她留下来吧,等找到她的父母再送回去。"

其实怀荣三知道,小女孩的父母肯定是被洪水冲走了,是死是活难料。而她姥爷的身体看来是自身都难保,根本无力养活她,她其实就是个孤儿,但看她乖巧可怜的样子就算是把她收养了。

难民每天都把怀家大院围得水泄不通,因为他们知道只有这样的大户人家才闻得到米香。来的人越来越多,排得绕了花盐街几圈,但稀粥好像怎么都填不了极度饥饿和深不见底的胃。半月之后,粥也变得更稀了,照得出人影,只看到点切碎的青菜叶子,那些难民端着碗盛了粥都不想走,他们还想多舀点,师傅看见可怜的便添一点,但所有的人的脖子都伸得长长的,舀粥师傅就不断地说:

"这粥是用来吊命的,都匀着点吧!"

全部的灾民都围着怀家大院,在他们的心中,怀家是棵大树,也是他们的救世主。人越围越多,只有怀家才有粮食,只要怀家愿意把它那巨大无比的大锅里腾出一点米来,就能保证每个人吃到一口饭。但事实是怀家没有那么大的锅,只有皇帝才有,其实皇帝都没有,他只是在守着国帑空空的一只空锅而已。所以,当密密麻麻的人群涌来的时候,还有很多人吃不到一颗米。而挤不进去、吃不到的人开始呻吟、哭闹,在发牢骚,在愤怒地吼叫,甚至往怀家大院里扔石块,让怀家老小惊惶不安。

怀穆松看着这一情景,便赶紧把脸转了回去。他恨不得马上把粥场停下来,一想到那些难民像蝗虫一样涌过来,头皮就一阵发麻。

"衰世呀衰世……"

怀家的燕禧堂里回荡着怀穆松的叹息声,小孩子们一看见他就躲得远远的,他们觉得这个大伯的脾气近来坏到了极点,动不动就要骂人,看起来比谁都凶。不过骂归骂,怀穆松还得继续四处找米,刚开始怀家的盐还可以米盐互易,用盐去调换一些米,但后来盐也换不到米了。

怀穆松的眼圈变黑了,而头发又白了不少,他每天都在咬牙切齿地诅咒着洪水,也诅咒着那层层叠叠堵怀家大院的难民们。

半月之后,水才慢慢退了一丈,被淹过的地方重新现了出来,滞留在桥镇的难民无家可归,他们的房屋和家园早被洪水冲得片瓦不留。

这时,桥镇盐商肖富成的偏头痛又发了,因为他觉得一直太太平平的桥镇已经不太平了。在肖富成看来,自从洪水过后,桥镇都快成小偷盗贼的窝子了,但怀家的粥场是帮了倒忙,而如果停了粥场,难民们就没有吃的了,自然就会流散,当然他的偏头痛才会好转。

所以,每天肖富成走过怀家大院的时候,他都要往地上狠狠地啐一口痰,大骂怀荣三是假仁义,实际是祸害桥镇的盐商。而怀穆松也没有因为行善而欢欣鼓舞,他每天从花盐街上走过的时候,都是耷拉着脑袋的。他瘦了,憔悴不堪,长衫日渐空荡,日光下的影子也变得又瘦又长。

这一天,怀家一大家人聚在一起吃饭,但端上来只有腌菜和几块豆腐乳,见不到一丝油荤,而饭盆也换成了汤盆,里面装的是稀粥。一家人吃得沉默寡言,大家心里有数,连怀家这样大的家底都开始闹米荒了，外面的饥馑可想而知。吃着吃着，怀穆霞的小儿子不小心把碗打到了地上，只听见咣的一声瓷碗碎成了几瓣。大家都唰的一下盯着他，这个孩子从来没有受过这样强烈异样的目光，这在过去只是件平常的事情，但现在怎么全家人都盯着他，他一受惊吓，哇的一声就哭了出来。

"哭啥哭？"怀穆霞凶巴巴地吼道。

孩子哭得更凶了。

"滚出去哭，别在这里烦人！"

丫环便赶紧把孩子诓了出去，悄悄给他的口袋里塞了个煮鸡蛋。这时，怀荣三叹了口气：

"何必责备孩子，哎，要怪只能怪这天灾。"

"爹，如今拿盐去都换不到米，我跑遍了附近的米市，一颗米都找不到。"怀穆松眼袋深陷，但仍然带着些歉疚，"哎，咱们家的米仓都见底了！"

"也不怪你，这么大的灾荒，附近十几个县都受了灾，到处是灾民，到哪里弄粮食？大家也要准备过几天苦日子了，只是这粥场咋办？"

"我去找米！"怀穆春突然放下碗。

全部人都奇怪地望着他，眼睛里有种异样的光，在怀家没有人相信他能办成如此大事。

"你去？"大哥怀穆松乜了一眼。

"对。"

"不知天高地厚！"怀穆松露出轻视的神情。

"三弟，莫逞强。你就在家里好好待着，免得添乱。"二哥怀穆霞也在一旁说。

"我想去试试。"

"这可不是看戏玩票友,那么多人的肚子饿得咕咕叫,男人说话就要算数!"怀穆松的话又增加了几分蔑视。

怀穆春被大哥的话一激,反倒来了气,"我为啥不能去?"

怀穆松把筷子啪的一下拍到碗上,面带怒气。

桌子上的气氛有些凝滞。

"既然信誓旦旦,就让他去吧。"怀荣三说话了,他的话没有人敢违抗。

怀穆松闷闷不乐地走了,二哥怀穆霞也站了起来,拍了拍怀穆春的肩膀,叹了口气。

这时,怀穆春听见刚才被训斥了的孩子正在院子里嬉戏,他已经忘掉了刚才的不愉快,正同其他孩子在玩耍,而童谣的声音传到了怀穆春的耳朵里:

天老爷,快下雨,保佑娃娃吃白米;
白米甜,白米香,今年不得饿慌慌……

怀穆春独自一人来到河边,两眼茫茫地望着河水,他想吼,把胸中的憋闷全部吼出来。此时的他完全没有主意,刚才在餐桌上他只是一时冲动,其实他的心里一点准备都没有,也难怪大哥二哥不信任他。但是,既然已经信誓旦旦过了,现在后悔都来不及了,所以不管怎样他都得硬着头皮做这件事情,如果他不能办成这件事情,别人更会瞧不起他,他在怀家会永无抬头之日。但是,到哪里找米去?他能够想到的地方别人早就想到了,难道他想得出新地方?除非天上下米。

就在怀穆春茫然无措的时候,河面上摇来条小篷船,速度奇快,一眨眼的工夫就到了他的面前。

船上站着一个人，怀穆春一眼就认出是上次帮他们渡河的人。

"怀少爷。"那人先热情地先招呼他。

"是你，船师傅。"怀穆春有些吃惊，上回就是这个船夫说洪水要淹桥镇，没想到大哥没有听从他的意见，没有及时搬运盐仓里的存盐，让怀家白白损失了上千担的盐，便说，"多谢上次你渡我们过河！"

"不用谢，我得谢你的银子，当时家头娃儿正闹病，正愁没钱治病，这下就派上了用场。说句老实话，不为那钱我也不敢冒险渡你们过河呢。"船夫停下了桡，擦了擦汗。

这时怀穆春突然想到这些船夫成天在河里行走，说不定听说过些米粮的事情，便问："师傅，今天也有件事相求，你可晓得哪里能找到米？"

"米？"船夫满脸迷惑。

"对。"

"我只是个摇船的，哪晓得米在哪里？"

"米从河上运，你帮我打听打听，漕帮的那些船都到哪里去了？"

"哦，这样，你放心，我帮你打听。"

"如有消息即刻告我。"说完，怀穆春从身上摸出把碎钱给了船夫，"拿去给家里的娃儿买点吃的吧！"

隔了几天，人们已经把怀穆春说去找米的事忘得一干二净，而他也为自己的口出狂言而懊恼的时候，船夫突然来到了怀家大院。

那天，守门的家役来报信的时候，说是有个船夫在门外。怀穆春连忙让他进来，只见船夫穿着草鞋，背着蓑笠，像是刚刚从船上来。果然船夫告诉他有个米商要去叙府，准备搭他的船。怀穆春一听大喜过望，连忙问："太好了，那人啥时启程？我跟他同去。"

"下午就走，我要先到码头上去接人。"

怀穆春连忙返回屋内带上包裹，换了身行装，才郑重地说："师傅，若办成了事，我送你条渔船！"

船夫自然感激不尽，为了那条船，他拼命也要把这趟差事办好。一过午时他们就上了船，很快船就到了码头上，岸头正站着个中年人，方脸阔嘴，穿的是嘉定大绸长衫，套了件藏青缎面短褂，肩上挎个包袱，一看就是要出远门的商人。

看到船上多了个人，中年人有些诧异。不过之前的时候，怀穆春已对船夫说好了是远房亲戚顺路到叙府办事，中年人便不好拒绝。就在一上船的瞬间，比中年人更诧异的是怀穆春，他双眉一皱，感到此人似曾相识，但又回忆不起在哪里见过。

中年人叫张绍宽，也是桥镇人。一路上，两人慢慢地就交谈上了，时间也打发得快，多了个同路人倒是减少了不少寂寞，双方谈兴甚高，不知不觉就到了清水驿。当晚歇清水驿，他们下船后到岸上寻得小店喝上了一壶，酒中的话也更放得开，随意中也谈起了生意上的事情来。

"先生的路子广，买卖一定做得不小吧？"这时怀穆春问。

"现在的买卖不好做。"

"眼下大概只有大米的生意是只赚不赔。"

"哎，这也是迫不得已，饥荒年间做这生意风险太大……"张绍宽的脸上饱经风霜，酒让他的脸变成了绛红，"本人经商多年，过去在桥镇开过洋布庄，赚了些钱，但后来在江上遇了麻烦，一船洋布倒在了大水里，全部家当赔了个精光……"

他的话刚落，怀穆春突然回想起了当年桥镇上的那个福源祥洋布庄来，这个中年人不就是当年那个年轻的掌柜，他在空中撕布的动作是那样利落和优美。这在怀穆春童年时候留下了很深的印象。

"张掌柜，我想几船米生意就能赚得回个福源祥。"怀穆春突然说。

张绍宽一惊，对方居然还知道福源祥！

那个洋布店已是十多年前的旧事了，按年龄推断，眼前的年轻人当时也不过还是个孩子，他不由得仔细打量起怀穆春来。这时，怀穆春继续说道："桥镇人谁还不知道福源祥呢？男女老少都争抢福源祥的布料，我小时候还穿过店里的洋布呢！"

这句话说到了张绍宽的痛处，那时的风光已成往事。这时张绍宽端起酒杯啜了口，想掩饰自己的情绪："哎，都是过去的事了。"

有了这段话，两人的距离就拉近了。张绍宽看怀穆春颇有儒雅之气，又有同路的缘分，便给他讲起了米买卖的道行。他说："眼下哪里还见得到米，到处都没有米，但是只有一个地方有米，那就是官仓，但官仓的米本来只作赈灾救急之用，但官府里的老鼠多，米最终偷偷倒卖了出来，都到了商贾的号子里。"怀穆春听后大为吃惊，他没有想到怀家开粥场赈灾济难，而衙门里的人却把米偷偷倒卖出去牟取暴利、中饱私囊，难道他还要去寻找门路，到官仓那里去买米来周济穷人？

他的心里突然有阵愤怒。但他眼下迫切的事就是要找到米，其余的他还来不及多想：

"张掌柜，我家里是做盐巴买卖的，岷江码头上无人不知。如果信得过，能否把你的米卖给我，我正在到处找米。"

就在张绍宽有些犹豫的时候，怀穆春已经端起杯子，一口把

101

酒干掉。张绍宽被这豪气一激,便只好答应,本来他想的是再倒腾几下,可以赚到更多的钱。

三天后,一船米悄悄地停在了个僻静的岸边。

张绍宽说:"好吧,船上的米就是你的了!船只需靠在岸边,晚上就有人来,不愁下家。"

但怀穆春说:"我要把米发回桥镇,几百号工人还等着这米。"

米运到桥镇是在傍晚时分,沿路打着灯笼,灯火通明,搬运队伍一路延绵到怀家大院,煞是壮观。

此时围观者如云,大家的脸上洋溢着兴奋,因为他们又见到了白白的大米,这一船米最少又可以熬上三月了。人们又看到了希望,心里在默默地感激着怀家的善举,因为买这么多米得花大钱,在方圆百里没有几户人家办得到。当然,最震惊的还是怀家的人,他们没有想到平日里无所事事的三少爷,居然能够办成这样大的事情。当这个消息传到怀穆松的耳朵里的时候,他当是在说梦话,怀家所有人尽了最大的努力都买不到的米,这小子凭啥能买到了?难道他有三头六臂?怀穆松站在米船前反倒没有任何兴奋,皱着眉,心事重重。

粥场又有米了,这对那些饿得奄奄一息的难民来说,无疑是个天大的喜讯。碗里又有米了,闻得见大米的香味了,喝了粥,人的脸上也有些颜色了,难民们的身体也才有了一丝生气。

但肖富成的偏头痛更厉害了,他逢人便阴阳怪气地说:"怀家的簸箕比天还大,是吃不垮的,大家都去吃呀,不吃白不吃!"

但此时怀穆松一点都没有兴奋之色,他不断地叹着气:"衰世啊衰世!"

(四)

粥场没有断炊，怀家的喜讯也就跟着来了。

这日早晨，天才微微亮，通往桥镇的驿道上轻尘飞扬，远远地飞奔来一匹马，径直往怀家大院而去。原来是四川省赈捐总局的嘉奖文书一封，内容是对怀家筹办粥场的表彰。怀家大院门前一阵闹热之后，差役被留下喝了一碗酒，又封了个红包，差人便说："怀家做了这么大的善事，也要跟衙门要顶官帽戴戴呀！"

这是怀穆松从来没有想过的事情。过去桥镇也曾响起过几声鞭炮，不过是哪个人家中了秀才，但在他看来，那秀才还比不了个账房先生有用。这时，差役又说："不瞒你说，你家花的那些钱都可以捐几个监生了。你只需拿着这个嘉奖文书，去换个收执，就可以理明正分地要个名位，以后就可以做官！"

但怀穆松做梦都没有想过要去做官，也就没怎么把这事放在心上。

过了几天，怀穆松才突然又想起这件事，等他把井灶上的情况给父亲怀荣三汇报完后，才顺口提到上次差役说的事。怀荣三一听就来了兴趣，马上吩咐人去跑这件事，不出半月，怀家三兄弟便相继得到了名位。但怀穆松拿着那张盖有官印的纸，感觉除了听起来好听或者死后刻在墓碑上之外，好像别无用处。他觉得怀家花的可是真金白银，最后就买来了几张纸，实在是不划算。

又过了一段时间，黄振纶从江上来，兴冲冲地跨进了怀家大院，一见到怀荣三便开口道喜。原来黄振纶已经通过抚台衙门那里为怀穆春争取到了一个候补知县的名额，怀荣三一听大喜，便委托黄振纶帮忙加紧办理，至于所耗银两不在话下。

洪水完全退下去，已到了这年的九月。

秋收是无望了，沿江两岸弥漫着绝望的气息，远远望去，广袤的土地上一片萧瑟。有几条瘦得不成形的土狗在地里到处找食，它们在那些尸骨间嗅嗅闻闻，拱出些血肉模糊的东西，招来一大群苍蝇。树枝上站着几只老鸦，时而发出几声极为难听的呱呱声，时而拍动着翅膀在空中缓慢地飞着，冷漠地看着大地上的一切。谁都不会想到，一场百年不遇的洪水只是灾难来临的开始。

这时的桥镇变得冷清了许多，盐井元气未复，花盐街的店铺大多紧闭着，河上的盐船也显得稀稀疏疏。有人说，今年的盐引只有亏欠了，而这已是很多年没有出现过的事了。自从川盐济楚以来，桥镇每年输出水陆盐引达数千张，供应的盐上百万斤，征收课税亦是相当丰润，但一场洪水就把那些引票冲走了大半，盐灶开不起来，倒的倒，关的关，桥镇远近只有很少的烟囱在懒懒地冒着烟，工人们在街上游荡，他们想的是等到哪家井灶一开门就蜂拥而上，拼上口饭吃。

但就在这段时间里，花盐街上突然出现了两个奇怪的人，高高的鼻子、绿眼睛、黄头发。

桥镇的人从来没有见过如此奇怪的人，一大群小孩便围着他们转，当成了稀奇来看，桥镇好像已经很久没有稀奇可看了。

那两个人穿着黑色大氅，胸前挂着十字架，他们说自己是上帝派来的使者。桥镇的人不知道上帝是什么，毛大哥的解释是上帝就是我们头顶上的人，但是头顶上没有人啊！是的，疑问就是从这时开始的。

牧师为桥镇的人带来了治病的白色药片，但人们并不知道那些东西有什么实际的用处，于是就有人说吃了那些药片后人会变小，变得可以装进那些奇形怪状的瓶子里！传言让人惊悚不已，拿到药片的人把药片扔到了土里，过了几天翻开土看，发现药片突然消失了，他们紧张地摊开双手，那些能够让人变小的药片让桥镇不安起来。

不久，洋人又在桥镇的山头上修起了一幢尖尖的房子，称为福音堂，那些房子上镶嵌得有五颜六色的玻璃，老远就能够看到它的反光，把人们的眼睛都勾到了那里。这时有人又说了，那个尖尖的房子就是大药瓶，人一进去就会恍惚、缥缈。里面还有唱诗的声音，那声音也是那样恍惚、缥缈，但它掀开了桥镇人的耳朵，有人觉得不妙，便使劲地塞着耳朵，怕它们把耳朵带走了，带到了羊群那里。而羊群是不需要耳朵的，它们只会到处飘，在山里飘来飘去。人们再次感到了惶恐不安，他们想桥镇会不会被那个大药瓶一样的房子收走。

怀家撤了粥场是在第二年开春，被洪水冲到桥镇的人渐渐散去，有的回了老家，有的去了他乡，而流落在桥镇的已经不多，个别遭灾严重的，妻离子散的，彻底变成了无依无着的乞丐。当然，也有横了心的，干脆落草为寇，干起了杀人越货的买卖。

在关掉粥场那天，桥镇出了件离奇的事。

那天，桥镇附近的桐麻沟里居然出现了头豹子，这头豹子好生奇怪，不在山沟里待着，却往镇上跑，翻过红豆坡后，把几个正在山坡上放牛的孩子吓得屁滚尿流，开着趟子跑。"豹子来了！"的叫声惊动了镇上的人，很多人都不敢相信这是真的，豹子怎么可能从山沟里跑到大街上来了呢？这时，豹子已经离街口越来越近，正在东张西望之际，就听见嘣嘣的两声枪响，豹子顷刻间倒了下去，几个大汉小心翼翼地靠近它，看到豹子确实断了气，才敢用脚去踢它的爪子。

大街上都出豹子了，这还了得。当人们抬着豹子走在花盐街上时，街上围满了人，都在争相一睹这头毛皮漂亮的野兽。

人群经过怀家大院的时候，怀穆松从大门中出来不禁一惊，突然喊道：

"等一下！"

众人就停了下来，望着他。怀穆松几步就走到了豹子面前，摸了摸它的皮毛。

"这头豹子我买下了！"

怀家大爷的话不容对方迟疑。几个人相互对视了一番后讨价二十两银子。怀穆松也不还价，大声说："豹皮拿来做件皮袄，豹胆用来泡酒，豹子肉我请大家吃，抬走，今天晚上江声楼见！"

当天晚上，怀穆松摆了几桌，都是用豹子肉做的各色菜肴，但这头豹子出奇地瘦，剐出来看不到多少油水，厨子说刨开豹子的胃时，里面居然没有东西，看来这头豹子是饿得不行了，才到桥镇上来寻吃的。大家原以为可以尽兴吃一回野味，但没有想到吃的时候，众人都沉默寡言，心想如此凶猛的动物竟然落得如此下场，不觉悲上心来。怀穆松喝着酒竟然不住地摇头，感叹连豹子都要饿死，这世道都衰成了这个样子！便越想心里就越堵了起来。如此一堵，他很快就醉了，开始自言自语，他的心里是一团疑问，所以不断反复在说：

"他娘的，这豹子咋个还不如条狗呢……"

其实，怀穆松一块豹子肉都没动，但酒喝得太多了，他觉得就放纵一次吧，为了这头森林之王也要醉一次，它的憋屈跟他是一样的，空有一身豪气，却无用武之地。

第四章

当天夜里,所有的人都是烂醉如泥,喝成了没有骨头的蚯蚓。第二天早上,怀穆松只觉得头痛,酒劲还残留在身体里,但昨天的事情已忘得一干二净。他在怀家永远是值得信赖的长子,兢兢业业,忍辱负重,是怀家未来的一家之主。

怀穆松叫人送来一桶清水,他一头扎进了水桶里,连扎了几次,水泡连着他的毛孔吱吱吱地往上翻,他在水中睁开眼,看见了那些欢快的小泡泡,心底里突然翻出无穷的思绪来。他想,这大半年真的就像昨夜的那场酒一样,一醉千里,荒废得一塌糊涂!其实,他最想做的是赶紧清理被水泡过的盐井,重新修整码头和船只,把被中断了的盐业生产和运输恢复起来,他更愿看到的仍然是那个熟悉而忙碌的盐镇。

四野里绿色开始在生长、蔓延,由星星点点变成一簇簇、一茏茏、一片片,直到满山满崖、无边无际。而这些春意又拼命似的一点一点地往镇里挤:一大早,那些牵着羊、赶着猪、推着鸡公车的乡下人便稀稀疏疏地出发了,他们可能只是去桥镇卖点织的麻布、编的草帽、绑的鸡毛掸子、扎的几双草鞋,但他们是盐场成千上万盐工的生活供给线。所以当朝霞初露,桥镇的各种混响渐渐连成了一片,挂幌的、铺摊的、起灶的、掏火的、挑水的、砍柴的、磨刀的,忙忙碌碌的一天开始了。不一会,猪头、猪肠、猪蹄纷纷上了架,一排排地挂着,杀猪匠锋利的宰刀反射着天边暖暖的光线,并让这个迷迷糊糊的早晨透着些荤腥和生气。

天气渐渐躁动起来,远远近近的井灶也开始冒起了烟,拉牛把地磙子拉得咕噜咕噜转,卤水被汲进桶里哗哗哗地流;熬房里热气腾腾,盐饼在仓里整整齐齐地码得老高,过秤记数的账房飞快地拨着算盘珠,直拨得额头上露出密密的细汗;而码头上的板车正在装卸,工人上身赤裸仍然汗流浃背;河上密密地排着盐船,

107

船上载满了盐包子,它们会被运往遥远的滇黔湘楚……

差一点死去的桥镇又活了过来。

也就是在这个春天里,肖富成大宴宾客,他把桥镇上那个妖艳的女人凤香娶回了家,做了他的小老婆。

那天,肖富成摆上了十几桌宴席,又把戏班也请来唱了一宿。唱戏的时候,肖富成醉醺醺的,但一看到七儿,酒也就醒了一半。看着看着,竟然入了迷,两个眼睛珠子一动不动地望七儿,心想世上竟然有如此绝色女子,今日见到方才大吃一惊。肖富成急忙打听旁边的人,问那台上的小花旦有何来历,有人就在他的耳朵边上耳语了半天,两人不时发出淫笑声来。这一切都被凤香看在眼里,晚上在床上的时候,肖富成久久不能入睡,分明还沉浸在戏里没有出来。凤香突然醋意大发,在床一边说:"听说戏班过几日就要走了。"

"你听谁说的?"肖富成突然有些沮丧。

"管他谁说的它都要走,走一个少一个!"

"它走了,另外的戏班又会来。"

"我看你还想着那双狐狸眼睛吧,呸!"

第五章

（一）

　　桥镇不论怎么变，河边的"味道长"茶馆的生意好像从来也没有变过。每天茶馆都坐满了人，人声嘈杂，唾沫横飞。小道消息在唇齿间磨动，坊间的寻常故事在语言的升华中狂欢，又随着那泡得发白的茶水归于平常，而人们的头顶仿佛飘浮着什么无形的东西，它们在聚拢、挥发、消散。

　　这日天气晴好，怀穆春便约柳子谦去喝茶。一进茶馆，便看见毛大哥坐在里面，依旧嘴大耳阔、红光满面，身着一袭青大褂，折扇摇得不紧不慢。不过这次毛大哥一改过去高谈阔论的风格，正在同人窃窃私语。

　　过了会，怀穆春看着一群人神神秘秘的，好像也来了兴趣，想去听听他们究竟在说些什么，就把耳朵伸了过去，只听见毛大哥压着嗓子说：

　　"大伙说怪不怪？今年李树的叶子发出来不像李树的叶子，像啥子？像毛竹！诸位哥子，你们倒也说说，这毛竹又像啥子？"

但没有人回答,所有人都瞪大了眼睛。在毛大哥看来,那些人的想象力比一只麻雀也高不了多少,所以故意要吊一下胃口,这也是他的惯用伎俩。见半天也没有人应声,他便叹了口气:

"唉,谅你们猜一百次也猜不准,要是猜到了,今天的茶钱我买了。"

"毛大哥,咋个会让你破费呢?"有人就急了。

"那我就说了——"他故意把话拖得长长的。

所有的人都盯着他。毛大哥用眼睛巡视了一下四周,突然改口道:

"算了,我还是不说,大家回去慢慢想吧。"

人群中马上喧哗了起来,这当然不是大家要的结果,他们坐了半天,就是要得到明确的说法,也就是李树的叶子到底像什么?

"堂倌,给毛大哥换碗茶,茶钱算我的!"有人高声喊道。

"这就不好了嘛……"

毛大哥要推辞,但被人挡了回去。堂倌迅速将毛大哥面前喝淡的茶碗拿走,换了一碗新茶,开水热腾腾地倒进了碗里。

"好嘛,我就告诉大家!"

所有人的耳朵都凑了过去。

"不过,我今天说的话,请勿外传,切记切记。"

大家使劲地点头。

"李树的叶子像啥子?"毛大哥故意停了一下,然后继续说道,"像刀!"

"啊,李叶咋会像刀呢?"下面有人被热茶烫了嘴,狗一样抖着舌头。

"这你们就不懂了,卦师说这是上天垂象,有劫运先兆呀。"毛大哥一说,让人毛骨悚然。

怀穆春就在一旁笑了起来。他知道,大灾过后民间流传些稀奇古怪的传言不足为奇,毛大哥不过是在故弄玄虚而已。

那天回到家中,一进大院,怀穆春碰到两个从云南来桥镇办事的盐户,怀家的几个用人正围着他们议论着什么。本来怀家大院常常有外地的客户来,迎来送往是家常便饭,但这天的气氛总有些怪怪的,怀穆春又多看了他们几眼。

这天晚上他就做了个梦,居然梦到李树上结满了冷冰冰的刀。

隔了几天,怀穆春同柳子谦两人来到了桥镇外十多里路的郊外。抬头一看,半山腰的菜花才稀稀疏疏地冒出些黄花,榆树、杨树还是光枝枝的,地里弥漫着白菜烂叶子的味道。但这并没有影响他俩的好心情。一路上,他们看见田间垄头冒出的李花格外夺目,并非那天茶馆里传闻的,一切并无异常,甚至还有些绚烂,心想毛大哥真能扯把子。

正走着,远远地看见有几个人正向他们快步走来。走近一看,来者是一群外地人,穿着草鞋,肩背上斜绑着布裹,神色慌张。

"还不快逃,曹黑头杀过来了!"那群人中有人朝他们喊了一句。

"曹黑头是谁?"

"见人就杀的就是曹黑头!"

两人一听,顿时傻了眼。

不一会,他们又看到一些人急匆匆地往这边来。一问,都说是曹黑头来了。两人顿感情况不妙。

原来是一群人在四川边境上造反,一路杀将过来,且来势汹汹,官军都抵挡不住,他们连续攻占了好几个县城,马上就要杀到这里来了。听说匪徒掠占一个城垣,就把官吏和富人全给杀了,城头挂着一排排人头!

怀穆春突然想起了毛大哥讲的那个传言，难道毛大哥真的不幸言中？他还来不及细想，感到这件事情非同寻常，很可能真有劫运发生了，忙问：

"曹黑头现在何处？"

"快杀到牯牛坝了。"

"牯牛坝？！"

"没有官兵抵挡吗？"

"抵挡？他们连张擦屁股的草纸都不如！"

牯牛坝到桥镇不过七八十里地，两地间最多两日可达，如此说来，桥镇也危在旦夕。就在他们赶回桥镇时，只是须臾工夫桥镇已传遍了这个消息，所有人家都正在关门闭户，该跑的跑，该躲的躲，街道上人心惶惶，一片慌乱。

回到怀家大院，怀穆春看到家里已经得到了消息，正在做防备的准备，怀穆松把家丁和盐井上的工匠组织起来，有一两百号人，每人发了刀枪，准备守卫怀家大院，而家眷都让疏散到山里躲了起来。怀穆春想，曹黑头的人肯定是不计其数，连牯牛坝都失守了，武力必然不弱。而怀家是桥镇的大户，也是最容易受到攻击的地方，那些杀红了眼的土匪，怀家那一两百人如何能抵挡得住，这不是螳臂当车吗？

此刻，怀穆松正在埋头磨着大刀，刀刃在砂石上发出刺耳的"杀杀杀"的声音。

怀穆春站在一旁劝说怀穆松，但怀穆松像没有听见，磨得起劲。他磨一阵，又用手轻轻试一下，直到把一柄三尺长的钢刀磨得光芒四射。

这时，怀穆松的脸渐渐红润起来，神情高昂，把刀放在面前晃来晃去比试着，连说了几个"格老子"，最后把大刀放在一绺布上，轻轻一划，唰的一声布变成了两截。他似乎一直沉浸在自己顽强退敌的思绪中，过了会才放下刀，喝了一口水，漫不经心地说："三弟，你先去躲起来吧，这里有我！"

"大哥，连官兵都抵挡不了曹黑头的人马，我们的人行吗？还是赶紧撤吧。"

"嚯，笑话！他曹黑头不过是几个草匪而已。"

"乱世狂刀，我们不能白白送死啊……"怀穆春还想争辩。

"让我当胆小鬼？三弟，我是这样的人吗？"

"那我也留下来，让其他人都走吧。"

"你？哈哈哈……"

怀穆松的嘴角都笑得抖动了起来。

他把手中的大刀随手舞了一下，呼的一声劈下，红缨也随之在空中留下潇洒的旋子，然后用力一收，摆出个进退自如的招式，露出了他粗壮的胳膊来。

第二天，桥镇逐渐变得鸦雀无声，大清早的，街上空无一人。

井上的工匠全跑光了，往日繁忙的盐灶全部停了下来。但天还是那样蓝，云朵晶莹剔透，空气中混合着阳光、牛粪和花粉的味道。怀穆春并没有走远，他就在家附近找了个隐蔽的地方。他不愿意大哥一个人独守怀家大院。

桥镇的平静中有种末日的意味。而风声越来越紧，消息不断传来，到下午的时候，最让人不安的消息终于来了，驻扎在箭板场的两千多兵勇全军覆灭，首领是大名鼎鼎的都司邱振，他身经百战，没有想到最后在箭板场由于寡不敌众，惨遭匪徒杀死。

箭板场离桥镇近在咫尺！

黄昏时分，桥镇听到了几声土炮的声音，短促、沉闷。

空气瞬间凝固，云霞也突然浓重起来，像一盆鸡血泼到了天上。

此时的桥镇早已是座空镇，只有几只野狗在街上游荡。怀穆春不时出来去打探消息，刚开始时还能看到些慌慌张张的人，到后来就根本看不到人了。他一个人走在街巷里，有种很诡异的感觉，这个镇仿佛在瞬间就陌生得快认不出来了。他感到了空气中一种无形的压力，刀和枪正在朝他这里涌来，让他想逃，迅速逃走！他跑了起来，不顾一切地向镇外的道路上一路狂奔。

怀穆春跑得太快了，突然被一块石头绊了一下，人便直直地飞了出去，只听见嘭的一声，他重重地摔在了地上，等他坐起身子的时候，才哎哟哎哟地叫唤起来。

就在这时，怀穆春看到不远处有个人影，那个人摇摇晃晃地朝他走来。怀穆春惊了一跳，街上还有人？这时他想躲已经来不及了，身上一阵酸痛。待那人走近，他才看认清原来是桥镇上人人都熟悉的林疯婆子。这个女人原是个盐商的老婆，盐商破产后跳河死了，她人也突然就变得疯疯癫癫，披头散发地在桥镇上乱窜，她嘴角流着口水，念念有词。据说林疯婆子疯的时候才二十多岁，如今过了多少年谁也不知道，但在怀穆春的记忆里，顽皮的孩子们常常追着她，吐她口水，扔她石子，然后一哄而散。

街上房门紧闭，黑压压一片，只有林疯婆子还疯疯癫癫地在街上窜，她什么都不知道。但她知道饿，她肯定是在找吃的东西，如今的她只有跟那几条野狗抢吃的了。怀穆春又感到一阵疼痛，他的手被磨破了，脸上血色模糊，啐出一口全是血。

当他一瘸一拐走回怀家大院，站在大哥面前的时候，怀穆松被吓了一跳，急问："三弟，怎么成了这般模样？"

"哎，刚摔了一跤。"

"你回来干啥？"怀穆松有些恼怒。

"大哥，赶紧撤吧！邱都司的两千多人在箭板场被全歼了。"

"两千多人？"怀穆松一震。

"没有守住，堡垒都被土炮轰垮了，匪徒全冲进去了，一个不留，邱都司都被剁成了肉酱！"

怀穆松喉咙里咕的一声，心里顷刻波涛翻滚，脸上因为震撼而变得扭曲。

"撤吧，大哥，守不住了。"怀穆春急切地说。

"这，这么大的家业就不要了？"

"保命比啥都重要！留得青山在，不怕没柴烧。"

怀穆松的嘴唇紧咬着，面色铁青，还是站着不动，他心里想的是刚遭完洪灾，本想好好把盐井搞好，把损失夺回来。但叛匪又来了，这一劫连着一劫，到底何时是尽头？怀穆松表情痛苦，叹了口气，将手中握得紧紧的大刀落了下来。

一大群人撤出桥镇的时候，花盐街上响起了急促的跑步声。怀穆春夹在里面，但他看到了惊骇万状的林疯婆子，他心中一颤，马上叫上了两个壮汉，把她双手夹住，飞也似的将她带出了桥镇。

桥镇彻底变成了个死城。

（二）

曹黑头的队伍冲进桥镇的时候，天已经黑了，他们打着火把，把桥镇照了个通明。

黑暗中，一个矮壮的男人骑在马上，头上包着白帕，神情严峻，警惕地观望着四周。过了会，他把手中的长剑一挥，大声命令道：

"撤，上玉津山！"

顷刻间，大队人马旋风似的撤出了桥镇，刚才人马喧嚣的场景，瞬间又恢复了之前的死寂。

玉津山距桥镇不过三四十里，是一道天然的屏障，易守难攻，他们弃桥镇而转投玉津山，是因为桥镇的地形容易遭受攻击，从军事上看是个不太安全的地方。但桥镇的人们并不知道其中的原因，只当是叛匪借道而过，眼下已经脱离了险境。第二天，有人就悄悄地回到了桥镇，他们一看，桥镇完好无损，并没有被烧杀抢劫，好像什么也没有发生一样，只是在很多房屋上、墙上刷了很多标语，上面写着"不交租""不纳粮""打富济贫"的字样。看到这些字样的人都大惊了一跳，他们不敢把那几句话大声念出来，念出来是要掉脑袋的，但在心底里，人们早已是波澜起伏。

又过了两天，慌乱四逃的人们陆陆续续回到了桥镇，他们隐隐约约觉得，曹黑头的人马并不会杀穷人，他们杀的人是贪官和富豪，和穷人并不相干，一些人心底里暗暗松了口气。此时，桥镇的团练又迅速出现在了桥镇，他们拿着刀枪，在街上巡逻。街上的反标很快就被清水彻底清洗了一遍，只留下隐隐约约的痕迹，但人们心里的记忆并没有抹去。有人悄悄议论，说这样的反标只有陈胜、吴广那个时候才有，如今又出现了，这个兆头不妙啊，天下会不会要大变了？

但那些蛊惑人心的口号除掉后，桥镇又像往常一样，重新恢复了平静。很快就有消息传来，说曹黑头的人马已经往川南一带去了，官兵一路尾追，伺机剿灭他们。

乌云翻滚的天空只下了几颗雨，仿佛连地上的灰尘都没有打湿。

又一次看到街上贴满了反标的是打更的崔矮子。

那时隔曹黑头到桥镇已经一个多月，所有的人都认为他们再也不会来了，因为曹黑头起兵要的是天下，而不是小小的桥镇，所以他们肯定是向北，一直向北，往京城方向去了，那里才是皇帝住的地方，他们要夺的肯定是京畿重镇。

崔矮子在敲二更的时候，街上还什么都没有，夜色正在围拢桥镇，并变得越来越浓重。他敲着更，远处惊起几处狗吠，这是习以为常的情况，只有极少人家的门缝里还有几丝光，大街小巷的墙缝里只有些昆虫的叫声，偶尔会出现迅速躲进黑暗中的人影，崔矮子并不惧怕梁上君子。一般的情况他会咳嗽几声，给自己壮壮胆，也吓吓小偷，小偷一般都缩在黑暗角落里藏身，而崔矮子也习惯了装聋卖傻。

这天夜里，崔矮子照例在更点之间打个盹，看到灯芯又燃了一截，就披上衣服出门了。他走到花盐街准备敲三更的时候，突然发现不对劲，四处白花花的一片，大街小巷都贴满了标语："不交租""不纳粮""打富济贫"……，像雪花一样在飞舞。这一吓不得了，崔矮子手中的鼓咚的一声落到了地上，他连捡的力气都没有了，一趟子跑回了家，紧闭房门，钻进被窝里出了一通冷汗。

第二天一大早，到处都堆满了人，叽叽咕咕地在议论，那些盐井上的工人也不干活了，三三两两地议论昨夜发生的事情，他们神情亢奋，好像天下就要变了，而那些反标已经在他们的血液里燃烧起来。毫无疑问，又是曹黑头的人干的！难道他们真的要回来吗？这样的想法让有些人兴奋，激动万分，却让有些人沮丧，如丧考妣。

怀穆松的情绪低落到了极点，他把一家人叫到了燕禧堂商量对策，他们要讨论的就是如果曹黑头重新回来了怎么办。从古至今，凡举事的人都是靠劫富济贫来鼓动人心，像怀家这样富甲巴蜀的大户必然是曹黑头的人马洗劫的目标。但是，没有人拿得出主意来应对叛匪的到来，半日下来，所有人都沉默寡言，没有想得出任何办法，其实他们知道，要是叛匪真的来了，还是一个无奈的选择——逃。

又过了些时日，桥镇并无什么动静，而好消息却在不断传来，最大的消息是朝廷派来了六千湘军入川，与此同时，周边的官兵也在汇集，他们正在四面围追堵截叛匪，叛匪可能已经逃到川北一带去了。怀穆松的心情好了不少，他想一个大清王朝养着那么多的军队，军备完整，训练有素，难道还对付不了几个毛贼？桥镇就像搅动的池水，又最终要还原成一张镜面，把本来的面貌照得一清二白。

桥镇经这一年多的折腾，盐业的生产处于停滞状态，盐大使署也督促盐商加紧生产，把积欠的盐引补上来，因为销引不足，官吏也会受到朝廷的处罚，轻则降俸，重则降职。盐井上的工人也不在街上游荡了，他们又老老实实地回到了井灶上，该干什么干什么，因为不干活他们就只有饿肚子，那些蛊惑人心的口号再让人热血沸腾，但终究当不了一碗白饭。

很快就进入了初夏，河岸边开满了白色的水葫芦花，一片一片煞是好看。女人们用手拨开那些缠绕的水草，把脚伸进水里去，她们的脚丫被小鱼亲着、咬着，清亮的河水中晃动着鱼儿顽皮的影子。

行船两岸是一路好风光。坐在船上的正是从省城到桥镇给怀家带来好消息的黄振纶。他满脸春风，因为他已通络到抚台大人那里为怀穆春捐来了候补知县，官府的奏折已经核准，即日就要启程到贵州去署缺。

怀家有人要做官了，这个消息一下就传遍了桥镇。

那一天，怀家大院宾朋满堂、群贤毕集，一百张八仙桌把院子挤得满满当当的。厨房在头天就开始准备了，杀猪的杀猪，洗菜的洗菜，打酒的打酒，院子里灯火通明地忙活了一宿，第二天上午才算有了头绪。当然，这宴席一定是要搞得隆重和热闹的，怀家不是一般人家，那宴席也不是普通人家的宴席，鸡鱼鸭鹅、海参鱼翅、干果什锦应有尽有，厨子也是桥镇有名的，大家都明白，没有几道拿手菜是掌不了怀家勺子的。怀荣三对这次宴席异常重视，他吩咐下人不得有一丝马虎，菜谱得反复念给他听听，冷碟几盘，蒸菜有几道，大菜有哪些花色，汤有几盆，怎么个上法，都要一一道来，如此讲究，怀家才能不失礼数。

宴席开始的时候，怀家大门外放起了鞭炮，几十杆大鞭炮，噼里啪啦地响了半天，引得很多小孩在地上抢，个个脸上像被猫抓花了一样，衣服被炸出了铜钱眼，棉花朵朵绽放。当然，大人们的心也被挠得痒痒的了，因为怀家在过年过节时，都会请上戏班来助兴，今天也不例外，喝喜酒，看大戏，喜气洋洋。

怀荣三穿了件红绸袍子，银须闪烁，显得格外精神焕发。怀穆松、怀穆霞都在忙着应酬赴宴的各色人等，他们在人群中显得得心应手、游刃有余。只有怀穆春还在不知所措，因为他还没有想清楚是怎么回事，就要告别他过去的生活，到一个从来没有听说过的地方去做官了。所以，他的心底多少有一点荒唐和茫然的感觉。

宴席上，你来我去都在围着敬他，怀穆春很快就喝得晕晕乎乎的，喝着喝着，说话也开始不利落了。但他还有一丝清醒，他想他得赶紧逃出去，不然等会闹出笑话煞了众人的风景。借着夜幕来临，人们兴致高涨，福成班正在紧张化装的时候，怀穆春一个人悄悄地溜出了大门，想到街上去透口气。

走在街上，凉丝丝的风迎面吹来，吹得他眼睛发虚，腿发软，他头一歪，把喝的酒吐得个干干净净。吐了后，他感到好过了一些，便又往前走，步子跟跟跄跄像踩在橡皮上，走着走着，怀穆春咚的一声倒在了一个角落里呼呼大睡起来。

等他醒来后，不知道已经过了多久，只感到头里像灌了铅。

怀穆春看了看四周，街上已无行人，夜应该很深了。但他听到窸窸窣窣的声音，便感到旁边有人，这样想的时候就真的感到了一股身体的热气。他睁眼望了望，想仔细端详，但酒劲还在，眼前仍然缭乱。这人是谁呢？他把头侧过去，居然有些面熟。他努力想站起来，试了两下，有些力不从心。怀穆春估计旁边的人刚才可能帮助过他，让他靠在一个平坦的地方睡觉。嘿，这个人他在什么地方见过呢，他使劲拍了拍脑袋，但仍然是一点都想不出来。

怀穆春想，不会也是个醉鬼吧？他突然感到好笑，两个醉鬼碰到了一起！

"施主。"

怀穆春定眼一看，有些吃惊："您是……寂灯师父，真是您？"

寂灯点了点头，有些哽咽。

怀穆春重新坐回了原地，与他并坐在一起聊起话来。原来，玉津山被曹黑头的人马占了后，寂灯所在的庙子被他们据为营地，菩萨塑像被统统砸烂，和尚全跑了。鸟兽散后，谁也顾不得谁了，只管逃命，寂灯就独自流落到了桥镇，因为他过去曾在这里的盐井上做过工。但他出家多年，已无亲可投，实际上变成了个流落街头的乞丐。

怀穆春听完他的故事，不禁有些唏嘘。他想，能够在此相遇，也是个缘分，寂灯到了这般年龄，耳朵又聋，孤苦伶仃的，既然过去在盐井上做过工，不如就在自家的盐井上当个看守人，也好有口饭吃，总比流落街头好，等将来叛匪平定了，庙子修复了，再送他回去不迟。这样想着，他便把寂灯扶了起来，两个人摇摇晃晃地往回走。

怀穆春把寂灯领回怀家大院的时候，戏已经散了，凳子、椅子还没有来得及收拾，四处凌乱不堪。本来他是想趁今夜再看看福成班的戏，无奈酒醉他处。怀穆春想，七儿今天是演的哪出？她的唱腔还是不是那般清澈明亮？她的眼神还是不是那样水灵灵……

（三）

怀家择了黄道吉日，三天之后，怀穆春便启程去了遥远的贵州。

就在那几天中，怀穆春同他过去的好友一一告别，又专门去看了七儿，他听说戏班也打算走了，要到其他地方去跑场子了。那天，七儿正在院子里练嗓，咿咿呀呀地唱着，怀穆春走到墙外就停住了，他听了半天，眼里掉下颗泪来，拭了拭衣角，转身走了。

寂灯成了怀家盐井上的看守人，他不用再睡在街上了。怀家看他年纪已高，不堪重活，所以就只安排他每天在盐井上做些简单的杂活。刚开始的时候，怀穆松对这个来历不明的和尚有些反感，眼下正兵荒马乱，要出点什么事情还不是怀家遭殃。所以，他又吩咐人多留意寂灯，生怕出了什么纰漏。

但过了不多久，人们发现这个聋子和尚其实对盐井非常懂，才知道他过去当过盐灶上的匠人，对采卤、输卤、治井、熬煎常有高明之招，让怀家的盐井获益不少，比如过去产卤不旺的井，让寂灯出主意，在经过一番打捞、掏补、刁换之后，井况大变，咸泉大畅。虽然寂灯耳背，不善交流，但人们还是纷纷向他请教，以求学得一技。

但怀穆松仍然迷惑，一个好好的匠人怎么会去当和尚呢？像寂灯这样的手艺，完全可以不愁吃不愁穿，其他盐商要是发现还有这样的人，一定会把他当菩萨供起来，但他却选择了与青灯寒窗相伴，太不可思议了。

过了几日，怀穆松到井上巡视，又看见了寂灯，当时正有几个工匠围在他的身边，这个聋子好像也不聋了，正给那些人讲解什么。怀穆松心想，其中一定有什么隐情。所以，他就悄悄地站在背后听寂灯到底在说些什么。这时有个工匠正在问：

"寂灯师父，咱们桥镇凿得出多深的井来？"

寂灯伸出了三根指头。

"三百丈？"那些人惊讶地问。

寂灯点了点头。

"哪个有本事凿得出那么深的井啊？"

"过去有过。"

"那现在有没有这样的人？"

寂灯没有回答，只说了句："我也不知道，都上工去吧。"

怀穆松心里波澜迭起，他突然觉得这个寂灯身上藏有秘密，不是一般人。

那天回家,他就把这件事告诉了怀荣三,但怀荣三很迷惑,不太相信这个和尚真有那么神奇。正好不久镇上有个盐商想把井转让了,那口井每天只出几十担卤水,熬出来的盐也寡淡,亏本不起就想转掉。事情传到了怀荣三的耳朵里,他就对怀穆松说:

"听说镇上有口井要转手,你去瞧瞧。"

怀穆松听后摇头回答:"爹,那口井风水差,转了好几道手了,谁也弄不好,都是亏本的买卖。"

"要是口好井,人家还会转?"

"难道我家要去接一口亏本的井?"

"凡事因人而异,你不是说那个聋子和尚很神奇吗,就让他去看看嘛。"

几天后,怀穆松就带上寂灯去洽谈。到了井上,寂灯东瞧瞧,西摸摸,然后一言不发地回来了。怀穆松有些扫兴,回到怀家大院,怀荣三便问:

"情况如何?"

怀穆松摊了摊手说:"他啥都没有说,说明是口劣井。"

怀荣三有些不高兴:"不要妄下断论,你把和尚叫来,我亲自问他。"

寂灯就来到燕禧堂上,怀荣三问:"寂灯师父,刚才看的井能接下来吗?"

寂灯半天才从喉咙里咕哝出一句话,"东家,我耳聋眼花看不准,还是让其他人去看看吧……"

"你到底看了没有?"

"东家,我实在看不出好坏来。"

怀荣三挥了挥手让他下去,他想,这个老头愚钝如此,不过

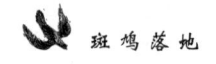

是个平庸之辈而已。

但怀穆松更加疑窦丛生,因为他相信寂灯模棱两可的态度,说明他认为此井不可凿,实际上是已经表了态。他还是坚信这个和尚肯定不是个凡俗之辈,因为他每次瞄井的方式都是与众不同的,那眼光不是普通匠人的眼光。那天晚上吃饭的时候,怀穆松一直心事重重,吃着吃着,他莫名其妙地说了一句:

"咱家咸草坡上的井还能重凿吗?"

怀荣三好像被什么刺了一下,疑惑地看了他一眼:

"怎么想起这件事了?"

"我只是随便问问。"

"都过去好多年了,唉……"怀荣三不愿再提伤心事。

"井废在山坡上好可惜呀!"怀穆松感叹了一句。

"哪个说不是呀,但又有何办法?"

"我看可以找个人来重凿!"

"哪个有这个能耐?说来听听。"

"就是咱们井上的那个和尚,我看他就行。"

"和尚?哈哈哈,连一口劣井都看不出来!江湖上的骗子多如牛毛。我告诉你,那口井当然可以重凿,但只有一个人能凿,他叫赵旺,除此之外没有任何人值得信任!"

怀穆松顿时哑口无言。怀荣三再也吃不进一口饭,放下筷子,拄着拐棍出了门。当天夜里,怀荣三失眠了,他又想起十多年前的事情,突然感到心口在隐隐作痛。他知道,若不把那口井打出来,他心口的那个痛永远也不会消失。

怀穆春在途中走了一个多月,终于到了柳城。

当他站在山坳上,远远地望见整个县城的时候,心都凉了半

第五章

截。说是县城，其实不过是夹在大山褶皱中的一个人烟稀疏的小镇而已。更让他吃惊的是，他一到县衙，发现现任知县并没有离任，人家依然稳坐在大堂上。原来当时说现任知县已经回籍丁忧去了确是事实，但此官回去办丧居然遇到了一件奇事，其父仅仅昏迷了一天，第二天居然从棺材里爬了出来，只是报丧之信已经发出，来不及追回。这位知县回到老家看其父病已好转，便休整了几日后又打道回府了。这些天据说知县大人心情颇佳，正在外出赏花的途中。

怀穆春站在县衙里，只看见几个杂役在门口打瞌睡，县衙大堂里冷冷清清，他想，这个县衙平日里一定是政务稀松，想必此地民生凋敝。

走出县衙正是黄昏时分，他走在柳城的街上，孤单的影子显得异常落寞。怀穆春想找家客栈落脚，找了半天才找到家叫青云客栈的旅店。但进去一看就发现房屋破陋，蚊虫飞舞，怀穆春便准备走，但客栈掌柜突然喊道：

"客官留步，冒昧问一句，你是来做官的吧？"

怀穆春有些吃惊，站在原处不知如何回答。

"那就住我的青云客栈吧。"掌柜继续说。

怀穆春不知所措。

"哎，现在的官啊，也不瞒你说，多得跟烂红薯似的。"掌柜的话里带着讥讽，又说道，"你想想看，咱们这穷山沟，物产不丰，不通舟楫，不守缺等官以图仕进做甚？不瞒你说，有的人就在这里等了半年，就住在我的青云客栈里！前几日才刚刚上任了县丞，就赶紧给老家报了喜，岂不吉利！"

怀穆春叹了口气，只好把行李放进了青云客栈。

那些天，天公也不作美，天上时时飘下一阵雨，怀穆春的心

125

情也跟那路上的稀泥一样烂洼洼的。他虽然知道是白来了，但他是风风光光来的，难道要灰头土脸地回到桥镇？怀家丢得下这个脸？所以，他一琢磨，就只好在这里待上一段时间再说。思绪甫定，怀穆春便给桥镇发了一封信，信中说的尽是好话，言此地山清水秀，禾壤肥腴，民风淳朴云云。

柳城城阙不大，人口稀少，除了赶场天，平日街上冷冷清清，怀穆春每日都在街上闲逛，跟他一样闲的大概是街上跑着的几条野狗。久而久之，他也就对当地的情况逐渐熟悉，怀穆春发现这个小城里有家杜记盐铺，便上去搭讪。一问，才知道那家盐铺卖的居然就是桥镇的盐，盐是用大船从桥镇运到叙府，再用小船经过赤水河转运到川黔交界的亭子坝，盐铺的主人从那里接盐，然后翻山越岭贩到柳城来卖，按引纳税。贵州不产盐，百姓常有淡食之苦，所食之盐主要以川盐配济，而柳城正好为桥镇盐场专供。

杜记盐铺的主人叫杜长贵，经营这家小店已有不短的年生，但他从来没有去过桥镇，得知怀穆春是桥镇盐场来的人之后，就交谈上了，相谈甚欢。第二天，杜长贵就买来些酒菜，两人在青云客栈里喝，摆一些东南西北的龙门阵。杜长贵是热心人，看到怀穆春一个人远离家乡，来到此地不免孤单，就又常常让人送去些瓜果，不久他竟然让怀穆春搬到他家去住，说正好有闲房一间。怀穆春本想推辞，但看到杜长贵如此殷勤好客就只好答应。

杜家就在店铺的后面，是个四合院，院子不大，两丈见方的天井，中间有个水缸，墙角还种着几株梅花。家里除了个小工以外就只有杜长贵，他膝下有一个小女名叫杜小琴，年仅十七岁。这女子平日里并不多言多语，颇为清秀，她常常帮着铺子里做些杂事，闲下来就在屋子里织绣，而怀穆春常常在房内摆弄文墨，只是偶尔会听见对面的门吱嘎一声打开或是关上了，他便会抬起头来一望，只见她的衣衫一角倏地消失，如此而已。

杜长贵虽然经营小本买卖，却没有更多的嗜好，唯一就是喜欢下象棋，而怀穆春小时候也曾经读过《橘中秘》《金鹏十八变》等棋书，所以两人也常常在一起玩一阵楚河汉界的棋战。下棋之时，杜小琴也偶尔来为他们端茶倒水，但并不在一旁观看，她做完即回到自己的房间。在怀穆春的印象中，这位杜家的千金也如那墙边的梅花，静雅而别致，自有一番幽香。他偶尔也会想起七儿，那个台上活灵活现的女子，是他永远也抹不掉的记忆，但是自从桥镇一别，要再见到的可能性已经微乎其微，心中难免有一丝惆怅。而如今七儿已经随着戏班流落到哪里了呢？在年龄上，七儿与杜小琴相当，但她们就是两类完全不同的人，一个在红尘中飞舞，一个在净土中生长，而当怀穆春看到杜小琴时，就会不自觉地想起七儿来。

自从怀穆春住进杜家后，生活有了照应，也就慢慢待了下来。他实际上根本不知道自己的下一步怎么办，是继续留在柳城，还是干脆回去桥镇。但要是回去了，那怀家的钱就真的打水漂了，但若是留在此地守缺，又不知道要等到猴年马月。所以，他就是莫名其妙地来到这里，然后莫名其妙地待下去，其实桥镇的人已经把他忘了，他就是一颗悬在空中的可有可无的尘埃。

（四）

两个洋牧师从桥镇逃走是在入冬前的一个夜里。

原因是头天有几个来路不明的人跑到教堂去闹事，教堂的墙上被刷上了大字标语——"不交租""不纳粮""打富济贫"，这些汉字就像一个个蹲在墙上的野兽，凶神恶煞地盯着人们，让人们隐隐约约地感到一种恐惧和血腥正在到来。

洋牧师的出逃，让桥镇人也预感到了什么。大街上三五成群，议论纷纷，盐场里的工匠也开始懒散起来，他们常常聚在一起，嘴里使劲地喷着烟雾，酒精让亢奋的脸扭曲，他们大声武气地说话，日妈倒娘，好像天下就要变了一样。但就这样，盐商不敢少给他们一个子，因为平时那些可以随意叱骂的工匠眼里都充着血，眼神里闪着寒光。

"曹黑头要回来了！"

这个消息在工匠中传递着，像平地上刮起的阵阵旋风。曹黑头的人马一直都没有出川，就在四川腹地忽东忽西、忽南忽北地奔突，所过之地犹如无人之境，官军拿他们一点办法都没有。不仅如此，曹黑头的人马越聚越多，据说现在已经有好几万人马了，号称顺天军，也就是顺应天意、替天行道的意思，大有不可阻挡之势，他们专杀官府和富人，抢了粮食和金银财宝都分给穷人，如今穷人翻了身，一样有酒喝有肉吃了。

风声越来越紧，怀穆松开始坐立不安，他被各种各样的消息困扰着。怀穆松吸取了上次的教训，他迅速吩咐人把家里贵重的财产全部转移到了最偏远的山里藏起，把家眷全部疏散到了乡下，要是曹黑头真的来了也好有个准备。但他还是不放心，因为那上百口的盐井是搬不动的，那才是怀家最大的财产。所以他尽量不让盐仓里存放过多的盐，盐船尽量放出去，不停靠在岸口，以便到时遭到不测能够顺江逃走。等做到万无一失了，怀穆松才稍稍放下了点心。

这天早上，怀穆松准备到井上去巡视一番，刚要出门，就听见有人来报，说恒泰井的工匠一个不剩全跑了！

怀穆松大吃一惊，恒泰井是口旺井，日产盐卤几百担，工人的伙食并不差，薪酬也仁厚，他们怎么会跑了呢？更让怀穆松吃惊的是，工匠都投奔顺天军去了！怀穆松连忙往恒泰井赶，他想去看看究竟发生了些什么。正走在路中，又有人来报信，说富安井的工匠也跑了！

噩耗还在一个接着一个传来：

咸海井的工匠也跑了二十几个。

济生井的工匠就剩几个老弱病残了。

贵源井只留下几头拉牛……

怀穆松血气上涌，差点没有站立得住。一天时间，怀家盐井上的工匠跑掉了大半，盐井几乎瘫痪了下来，留下的也人人张皇失措！不仅如此，其他盐井上的工匠也一起跟着跑了，每个盐商都哭丧着脸，桥镇盐场正在遭受一场巨大的地震，工匠的大量流失让古老的盐场仿佛在刹那间全部坍塌，平日里忙忙碌碌的花盐街突然变得冷冷清清。

他们想干什么？难道他们不想要脑袋，要跟顺天军去劫富济贫打天下了吗？

怀穆松把怀穆霞叫到身边，吩咐他赶快把怀家的人全部带走。他知道，父亲怀荣三年事已高，家中的主心骨就只有他了，所以怀穆松就只留下自己和少数几个可靠的人守着怀家大院，把盐井上的善后事宜处理好再撤退。怀穆霞一走，怀家大院顷刻间空空荡荡。

天黑了下来，肃杀的寒风吹得树枝瑟瑟颤抖。怀穆松心里突然升起一股悲凉感。他马上吩咐留下的人把屋里的灯都点上，霎时间，二十四个天井灯火通明，连成了一片，像是要过节一样鲜艳夺目。要是在往年，桥镇如今正是准备年货过大年的前夕，挂灯笼、贴春联，一派热气腾腾的景象，但眼下人心惶惶，谁还有心思去想过年的事。

"唉，要是往年，咱们桥镇的人就有戏看了！"怀穆松望着那些灯，自言自语道。

"是呀，这灯多好看啊！"其中一个人感叹道。

"老爷，要不我们高兴一下，来唱几段围鼓吧。"

说话的是魏碧山的三儿子魏宝，他现在已经是盐场护卫队的队长，他藏着一杆火力十足的歪把子枪，那是他一直想要为父亲报仇用的。

但怀穆松一想，这兵荒马乱的哪里去找戏班，对呀，自己唱不是一样高兴吗？但他心底冒出一丝凄凉，眼角滚出一颗滚烫的热泪来。

"好！兄弟们，家中还有一缸用豹子胆泡的酒，搬出来喝！"

"老爷，唱哪出？"

"就来《空城计》吧。"

"好呀，你唱坐在城头的孔明，我们演左右琴童，但那司马懿……"魏宝说。

"司马懿……司马懿真的会来吗？"

怀穆松答非所问，但大家都听明白了他的意思。

接下来，几个人就在屋子里尽兴地唱着，不一会儿，半坛酒下了肚。

这时，大门外响起了一阵敲门声，酒也醒了几分，他们想这半夜三更的，谁会来敲门呢？难道是外面的情况有变？他们到门口一看，松了口气，原来是那位聋子和尚。但怀穆松还是有些吃惊：

"寂灯师父，您怎么回来了？"

"我老了,哪里也去不了了,就来守大院吧。"寂灯答道。

"这不行,这里有我们在,您还是赶紧躲一躲吧。"怀穆松说。

"要不是三少爷把我留在怀家,吃怀家的饭,睡怀家的床,我早饿死冻死了!眼下这么大的宅院不能没有人守呀,正是用得上这把老骨头的时候!"

"这……"

怀穆松突然觉得有些惭愧,过去对他多少有些芥蒂,但没有想到在这个时候,一个出家人能如此仗义。怀穆松心中一热,伸出双手把寂灯搀扶了进去。

众人继续唱,酒继续喝,真的就很快入了戏,犹如末世狂欢。但聋子和尚不唱也不喝,他从怀里摸出佛珠喃喃自语。

怀穆春住进杜长贵的家里后,起居饮食自是方便,他也常常睡到太阳照顶。起床后用人会给他弄些吃食,倒也精细可口。他每天除了读些闲书,偶尔与杜长贵下几番棋,也没别的事情。其实他心里明白,在这柳城县候缺等官不过是自欺欺人而已。但日子一久,怀穆春也待得发闷,想出去走走。

正是秋高气爽季节,怀穆春暂别柳城县,独自一人前往永宁州,一路又将观感写得些诗句寄给了柳子谦。这一去,来回歇歇停停,也耽搁了一月时间,虽说沿途风光让人沉醉,但毕竟是在大山峡谷中穿行,舟船劳顿难免,且山野之中虎狼出没,也受了不少惊吓。

回到柳城,怀穆春突然发现身上发起了一团一团粉红的疹子,手一抠,疹子发得更多,越抠越痒。他想可能是途中接触了不干净的东西,用水洗净,一两日后自然会消失。但是,第二天一起来,怀穆春发现那些粉红的疹子并没有消失,反而变成了密密麻麻细细的水疱,他一抠水泡就破了,但破了的地方,很快又发出一大饼水疱来。

又过了两日,怀穆春感到那些患处越来越痒,并伴有阵阵刺痛,直搅得他坐立不安,痛苦难当。实在熬不住了,他才对杜长贵说了病情。杜长贵一听,连忙让怀穆春捞起衣衫,只见水疱已快布满腰身,甚为恐怖,大惊道:

"哎呀,这是得的缠腰丹!"

其实杜长贵并不通医术,但他所说的缠腰丹,就是民间说的怪病,大概是山岚瘴气所致,病情来势凶猛,如果水疱把腰缠上一圈,人必死无疑。而关键在于缠腰丹无药可治,一般的中药只能够起延缓的作用,不可能根除病疾,七日之后,如果水疱没有连成一圈,病会自然好转;如果连成一圈,就只有听天由命了。所幸杜长贵识得此病,而柳城里正好有一郎中有祖传单方,治这个病非常管用。

七日之后,怀穆春身上的水疱并没有连在一起,那药确实起了效,病就应该慢慢转好了。这天,怀穆春找来一面铜镜看了看,水疱已经开始在消,他终于舒了口气。但同时,他也被镜中的景象吓了一跳,短短七八天的时间,身上肋骨凸现,人瘦了一大圈。这期间得益于杜小琴的照理,她每天都细心照料着怀穆春,每天喝的药,喝的水,吃的饮食,换洗的衣服都是小琴照理。

又过了两三日,怀穆春靠在床头读书,小琴手里端着一碗鸡汤走了进来。怀穆春放下书,喝了一口,汤很烫,一时难以喝下,便与小琴摆谈起来。

"这两日,怎么没见你父亲?"怀穆春问。

"他去亭子坝了。"杜小琴回答。

怀穆春知道亭子坝是川盐入黔的口岸,他一定是去那里进货去了，又问："这一去要用多少时日？"

"一般六七日才能回来。"

"哦……"他有些恍惚。

"先生如果寂寞，我可以陪你下盘棋。"

怀穆春很惊讶，一个女子居然会下棋，实在少见。

杜小琴看他有诧异之色，连忙解释："小时候，父亲曾经教过我下棋，后来只要有闲暇，我就陪父亲下棋玩耍，先生见笑了。"

怀穆春不禁打量起杜小琴来，仿佛要看出她的与众不同来。

棋盘就摆在天井里，两人对坐，杜小琴倒也落落大方，并无忸怩之态，这一来二去，时间很快过去，盘上就剩下了一个残局。怀穆春不禁暗想，这个女子真是了得，棋力不在他之下，绝对是个聪明之人，能够在这偏远的山区小城遇到杜家父女，真是幸运。

杜小琴从小丧母，而杜长贵再未续弦，父女俩相依为命，但她颇为懂事，家务的料理全出自她手，如今杜家干净、舒适的环境全赖杜小琴操持。此时，棋盘上已到难分难解的局面，他要想赢下居然颇为吃力，而暗中他似乎感到对方有谦让之意，故意把棋局推向和棋一方。

怀穆春不禁想，有此棋德自然需要内心的善良、包容，不为输赢，方才有棋局的和煦生风，下一盘好棋不亚于遇到了一见如故的朋友。而他更进一步想，谁要是娶得这位女子为妻，真是前世修来的福分。

第二天一早，杜小琴正在店里忙碌，怀穆春在店外踱来踱去，若有所思。突然，他便对杜小琴说："家中可有笔墨，我写副对联挂在店面上，图个吉利。"

杜小琴连忙去找来纸张，又在一边替他磨墨，磨了半天才磨好，弄得她沾了一手。磨墨的过程中，怀穆春突然想画个梅花什么的,这清雅的女子跟这墨色倒有几分相容。突然他就想起了家中的那副对联来,便想正好贴切,不妨也贴在这里。

等对子贴上门楣,杜小琴不由得赞叹:"先生的字好漂亮!"

门框上新贴的对联是:春云夏雨卤声远,虚谷浮岚幽梅香。跟当年怀荣三在桥镇怀家大院里贴的那副一样。

第六章

（一）

马蹄声急促地响在桥镇的时候，天才刚刚亮。

那一晚，桥镇下了些雪。一下雪，整个桥镇都静了下来，一两声狗吠之后显得更静，静得无边无际。突然间，下雪声中出现了一种异样的声音，由远及近。雪中夹杂着急促的马蹄声。

"曹黑头来了！"

不知谁喊了一声，这声音大得掀翻了每个人的耳朵！

怀穆松还在沉睡中，听到喊声，嗖的一下翻身下床。他连忙穿上衣服，迅速跑到大门前，从门缝里往外一看，门外早已是人马攒动！

怎么一点预兆都没有？之前也没有得到任何消息，那么多人突然就涌入桥镇，官兵怎么没有人来提前报信？昨天团练还说如有动静，就会马上敲钟报信，及时通知留守人员疏散。他的心中咯噔一下，心想事情不妙。硬拼不过是鸡蛋碰石头，逃也来不及了，藏肯定藏不住，怎么办？他在脑子里迅速寻找办法。

只有装扮成留守的下人，看能否侥幸逃过这一劫。他赶紧回到燕禧堂，对留下的几个人吩咐了一番，一阵忙乱后，他们换上了件粗布短袄，扮成了仆人的模样。

门是被一根粗壮的木头给撞开的，拿着各式刀枪的人轰的一下涌了进来。

来人的头上都扎着白帕，腰束布带，脚上扎着绑腿，手拿大刀，杀气腾腾。

怀穆松一伙人被围在了大堂里。

"主人呢？"

一个高大的壮汉站了出来，络腮胡，满脸横肉，脸上有块明显的刀疤。

"主人早跑了，我们几个是留下守门的下人。"应话的是魏宝。

那个壮汉斜着眼睛挨个地打量了他们几个一番。

"你们不跑，是在等着死？"壮汉用手抹了一下锋利的刀口。

"我们只是看门的。"魏宝缩着颈子，身子颤颤巍巍。

"给富人当狗？难道你们不知道天下已经反了？反了！"

众人低着头，缩着双肩，不敢正眼看他。

"听着，顺天军就是一家人，都以兄弟相称，新来的叫新哥，早来的叫老哥！我奉劝你们杀了富人和贪官，一起打天下！"

"可我们的妻儿老小咋办……"

"呸，到死还惦记着家里的几根红苕！"

"我们就是贱、贱命一条……"

几个人都做出一副很委屈无辜的样子。

"看你几个也没啥用场，还不快滚，谨防乱刀劈死！"

刀疤上的几块肌肉在那个人的脸上颤动，瞬间黑云密布。就在几个人感恩戴德地拱手作揖后想迅速离开的时候，突然却冒出了个声音来："慢！"

站出来的是个瘦瘦干干的男人，稀疏的短须，像是这群人中的军师。怀穆松一看，好生面熟，却又想不起在什么地方见过。

那人的眼睛左右睃巡："你们几个不像下人，老实说出来！"

几个人诚惶诚恐地站着，不知所措。

瘦个子走到寂灯面前："快说！"

"他是守门的。"魏宝插话。

"你？"瘦个子男人又走到其他几个人的面前分别审问。

他把所有人都问完了，却没有问怀穆松。怀穆松瞟了他一眼，看到瘦个子正直直地盯着他，他马上把头埋得低低的。

"还有你，说！"

"我，我是厨子。"

"厨子？把手伸出来我瞧瞧。"

怀穆松只好把手伸了出来。

"哈哈，这样的厨子老子还是第一次见到！"

怀穆松打了一个寒战。

"厨子的手上连块疤痕都没有？我看你是坟坝头撒花椒——麻鬼！"那人又说。

怀穆松一惊，抬头望了一眼瘦个子，但他的眼睛不知怎么落到了他的手上。这不看不要紧，那个人的右手只有三根指头，缺了两根的地方醒目地露在外面！

怀穆松突然想起了多年前那个宰了两根指头的匠人来，那时他还没有担当起怀家的重任，对九指这个人也接触不多，但关于他记忆却是深刻的，难道他是九指？他又看了一眼对方，就在他想要在那一瞥中找到答案的时候，对方的眼光也射了过来，在空中交错。

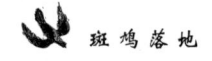

没错,就是他,他就是九指!

怀穆松感到胸中一梗,脸色大变。瘦个子好像也辨认出了什么,干咳了一声,想掩饰脸上瞬间出现的尴尬。但很快,九指凶狠的眼神里飘出得意来,只听见九指喊道:

"先绑起来!"

"不如把他们杀了,这样省事。"壮汉脸一黑。

"这些人还有用,先把他们关起来,待我慢慢来审!"

曹黑头的顺天军自从上次经过桥镇后,被官兵四处围剿,始终没有找到突破口,又不敢轻易北上,便掉头退守到了玉津山地区,想把富庶的桥镇盐场作为盘旋腾挪的根据地。

这时,九指在燕禧堂上踱来踱去,心里百感交集。这里是怀家过去日常会客、议事的地方,入堂就看见檐下悬挂的黑漆大匾,燕禧堂三个行楷大字刚劲有力。堂门口有一扇贴金雕花的屏风,图案是喜庆的龙凤呈祥。转过屏风,东南西北是四盏琉璃罩灯,堂内四周陈设着紫檀桌椅,地面是青色大理石板,半人高的青花瓷瓶里插着梅枝,疏影婆娑,整个大厅显得雅致、气派。

同样百感交集的还有怀穆松。只是柴房里漆黑一片,看不到他内心的变化,他感到凶多吉少,九指无疑也认出了他。此时,所有人预感到事情不妙,房屋里竟然出现了一片短暂的死寂,而内心早已是波涛翻涌。门缝里有一隙光透进来,仿佛只有那一隙光还是活的。

"九指这狗杂种!"怀穆松突然骂道。

"唉,这家伙肯定会恩将仇报!"魏宝边说还在边想着他藏起来的歪把子,那是他想为父亲魏碧山报仇的枪,但此时他完全动弹不得,只有把牙关咬得紧。

第六章

"那个人跟我们怀家有大仇吗?"其中有个矮小的小伙计,他不知道中间的是非恩怨。

"唉,怀家对他是仁至义尽,但结下的却是孽缘呀!"魏宝有些愤愤不平。

"是啊,要不是咸草坡上的那口井,也不会有今天的事情发生。"怀穆松说。

"东家,到底过去发生了什么事?"小伙计想刨根问底。

"唉,说来话长。"怀穆松叹了口气。

怀穆松就把当年开凿三百丈深大井的事情简单讲了一遍。

"要是当年按王贵老爷的话,找到了赵旺,哪有今天的事!也怪我爹轻信了这个九指,他是死不瞑目呀。"魏宝感叹道。

当年九指把咸草坡的井凿坏后,最后悔的是魏碧山,他没有想到自己竟然看走了眼,把九指引进了怀家的门,所以后来常常告诫他的儿子,要他们引以为戒,不要再犯他犯过的错误。这时,他们在柴房里挤着,你一言我一语地低声说话,但唯有寂灯没有吭声,耷拉着头。

门缝里透过来的光渐渐变得暗弱的时候,不远处突然响起了快步走动的声音。

吱嘎一声,门被推开了,几个大汉冲了上来,一把抓起怀穆松就往外推。

魏宝站起来冲上去,想阻挡那群人。中间一个人转身就给他一耳光,又走上去狠狠地踢了他几脚,只听见他的大腿一折,骨头像是折断了一样。魏宝哎哟地猛叫了一声,倒了下去。

小伙计赶紧冲上去顶着他,但无奈绳索把他绑得死死的,一点忙都帮不上。这时寂灯也冲了过来,几个人都围着魏宝,只听见他还在不断地呻吟，表情极度痛苦，嘴角上淌着血。

"还杀富济贫呢，一群土匪、流氓！"小伙计把牙关咬得咔嚓直响。

"怀家这棵大树就要倒了……"魏宝忧心忡忡。

"是呀，我们没有脸去见老爷啊！"小伙计哭了起来。

就在这时，寂灯突然情绪激动，凄厉地大喊了一声："是我害了怀家呀！"

大家转过头来望着他。

"我是罪人呀！"寂灯又凄厉地喊了一声。

"跟您没关系……"

寂灯长叹了口气："唉，我就是当年的赵旺！"

寂灯的话让所有人都惊住了，以为是不是听错了，不然就是这个聋子和尚有些癫狂了。

"赵旺？"

寂灯点了点头。

"就是老爷当年要找的那个赵旺？"

"是呀！"

"天哪，这不是做梦吧？"魏宝泪如泉涌，"赵旺老爷呀，大老爷可找了您好多年呀！"

"我是孽缘未尽呀！"寂灯泪涌而出。

接下来，寂灯便把他这些年的故事讲了一遍。

原来，当年他还是赵旺时，曾为一个财主凿井，后来财主的女儿喜欢上了赵旺，两人私订了终身，但财主根本不可能把女儿嫁给一个穷匠人，看到两人好上了，便想掐断这段情缘，逼女儿嫁给当地的一个有钱人家。但赵旺同财主的女儿是咬过手指头的，发誓不离不弃，就在对方来迎娶的前一个晚上，坚贞的女儿跳井自杀了，而赵旺在大恸之后万念俱灰，便上山当了和尚。这一去就是三十多年，没有人知道他的去处，更没有人会想到一个好好的匠人选择了青灯寒窗的寺庙。

寂灯讲完他的故事，所有的人都沉默了。他们都知道寂灯的故事太凄惨，那时候的赵旺已经随那个无名女子一同死了，在他们面前的就是一个耳聋的和尚。

（二）

九指认出怀穆松来后，突然感到发大财的机会又来了。

实际上，自从顺天军重新回到桥镇一带的时候，九指就已经感到形势正在发生逆转，朝廷马不停蹄地调集各路官兵向桥镇周边会集，这支集合了各种草莽力量的人马到底能够挺多久谁也说不清，不过形势逐渐对顺天军不利。实际上顺天军也是各种利益的集合体，刚开始时大家齐心合力，确有摧枯拉朽的神力，但随着战势的变化和推移，顺天军已经暴露出了很多致命的弱点，而这些弱点如果不得到及时纠正，就可能出现倾覆的危险。

九指明显感到了形势的急转直下，他正在焦虑是逃离还是留下的时候，怀穆松的出现让他眼前一亮，仿佛又回到了当年凿咸草坡上的井时的场景。那时只要他把井打出来，他就成为富人了，但他只因为一点疏忽，棋差一步而败走他乡，命运就是如此残酷！但现在，他翻身的机会就在眼前，真是造化弄人。

怀穆松被带到燕禧堂上的时候，九指挥了挥手，让其他人退了下去，单留他同怀穆松在屋子里。

九指在怀穆松面前踱了半天，才慢慢道：

"怀大公子，这些年你家的盐山是越堆越高了！"

怀穆松昂着头，没有理会他。

"当年我虽然为怀家卖命，但这么大的院子还从来没有看完过。二十四个天井果然名不虚传，我敢说，方圆五百里找不出第二个来！"

怀穆松仍然没有吭声。他当然清楚，怀家大院建造之初，单花草一项就耗费了上万两银子，桥镇人都私下说怀家大院那是皇亲国戚才能住的地方。

"唉，百万花花银才盖得出如此气派的大院子啊！"九指的感叹意味深长，又摸了摸他那手掌上断了后凸起的骨节，"不过，天已经变啰，住在里面的可能姓王也可能姓李，但就不姓怀了……哈哈哈……"

"凭啥？"

"问得好！但这个问题你得问问外面的那些兄弟，他们都是穷骨头，受够了富人的气，恨不得把富人千刀万剐！告诉你吧，这一路顺天军已经杀了好多富绅，刀上的血都没有干过！"

"你到底想干啥？"

"哦，我想一把火把这座院子烧了……"九指轻描淡写地说道。

实际上，九指在来到桥镇之后，专门去找了当年凤香的"红幌子"酒馆，那是他一辈子也忘不了的地方。但凤香早已不知去处，好不容易抓到个没有跑掉的人，才知道凤香早已嫁给了肖富成——这个肖富成他是熟悉的，当年不就是个开棺材铺的小商人吗？后来凿开了一口井后就踩到狗屎运了，他的女人也跟着肖富成过有钱人的日子去了。九指一气之下，当日就让人把肖富成的房子给烧了。

"……烧了,就变成了一堆灰,怀家就变成穷人了,哈哈哈!"九指笑得脸都抽搐了起来。

怀穆松咬牙切齿,脑门上的青筋在剧烈地跳动。

"不过……怀大少爷,你听着,现在能救你的只有我!"九指眼里闪过一丝狡诈。

怀穆松没有吭声,但他明显软了下来。

"如果我不救你,你活不过今夜。明天早上,你的脑袋就会被挂在镇头的那棵大黄葛树上!"

怀穆松盯着九指,对方的狰狞就像一股火焰在向他扑来。他的眼神软了下来,有点可怜巴巴的样子。

"你只需一句话回答我,是想活,还是想死?"

怀穆松仍然没有吭声,但他已经低下了头。

"如果想死,我马上就可以成全你!"

怀穆松猛然抬起头,眼睛里充满了哀求。

"我……我不想死!"他的嘴里迅速冒出这句话,但因为急切,便显得有些重浊和干涩。

"哈哈哈,你确实讲的是真话。要是死了,这些用不尽的财产全都不是你的了,那些盐井也与你无关了,还有你的老婆孩子,可能会更惨。但是,要是活着,你还是你,顺天军只是一阵风,过去也就过去了,它动摇不了怀家的根基,你照样可以过你的富贵日子!"

"你真的能救我?"怀穆松都快哭了出来。

"当然。但是,这是有条件的。"

"什么条件?"

接下来,九指就贴近怀穆松的耳朵说了一番。听完,怀穆松沉默了半晌,长长地叹了口气。

怀穆松当然是没有选择的，重新回到被关押的柴房的时候，他同九指的交易已经达成。在柴房里，怀穆松马上就对魏宝吩咐了一番，不一会儿，就有人来把魏宝松了绑，然后带着他出了怀家大院。魏宝一出大院，径直到了河边，早有一条小渔船等在那里。魏宝跳上船，就被人蒙上了眼睛，迅速离开了桥镇。

杜长贵一去就是七八天，按往常也应该是回来的时候了，如果不是遇到点其他事情，就是在亭子坝等货。

这几日里，柳城的天气也好了起来，蓝天白云，高远、缥缈。也不知为什么，怀穆春就有些想家了，他到柳城的时间已经不短了，衙门里没有任何动静，他的仕途遥遥无期。

这天夜里，怀穆春就做了一个梦，梦见了桥镇，他正和柳子谦等人在一起看戏。唱戏的不是福正班，而是新来的一个戏班。里面有一个花旦，但比七儿差得太远了，长相、唱腔均平平，特别是那一双眼睛，像吹黑了的灯芯，让整场戏没有一点亮色。戏完后，他同柳子谦去喝闷酒，喝着喝着，他就问柳子谦："福正班到底啥时候回来？"

柳子谦回答："他们不回来了。"

"为什么不回来了？"

"因为七儿被曹黑头掳走了！"

"啊！什么时候？"

"就是在你去贵州那段时间里。"

梦做到这里，怀穆春倏地就惊醒了。四周一片黑，但他头上是一片冷汗。

等他再醒来，已快午时，正洗漱时突然听见街上有阵喧闹声，便出去看发生了什么事情。只见一大群人吹吹打打往他这边走来，

第六章

这时,杜小琴也挤在门前看,怀穆春问发生了什么事情,杜小琴回答:

"晚上要演傩戏了。"

晚上的时候,怀穆春与杜小琴一起来到了一个空坝上,那里已经是人山人海,人们都在盼望着看一场精彩刺激的傩戏。除了天空一轮浅浅的弯月,四周慢慢黑了下来,空坝的中间燃起了四堆篝火,火越燃越熊,把四周映成了暗红。不一会儿,只听见三声牛角号吹响,呜呜呜的,像从悠远的地方传来。

全场静穆下来。一个身穿法衣,头戴面具的人缓步走到了空坝的中间,他先在一个纸糊的神牌前点上了三炷香,口中念念有词,接着三叩拜,然后开始做法事。不一会儿,人们看到他用火把神牌点燃,火势轰的一声冲上了半空中,霎时把天空照得通亮。等做完法事,那个人脱下了法衣和头上戴的面具,人们才惊奇地看清楚,原来是个瘦瘦干干、一把银须的老法师。

"他要上刀梯了。"小琴扯了扯怀穆春的衣袖。

这时,有人已经搭好了一层木架,刀梯上依次架着十二把锋利的长长的砍刀。刀口向上,像要把当空的月盘当磨石。篝火被泼进了一些松油,火势瞬间腾空而起,又是一片亮,映照着人们脸上的亢奋和激动。只见老法师把上身的衣服也脱了,光着身子,银须在风中飘动。

有人在一旁悄悄议论:"晓得不?这老头子有一百岁哩。真是老神仙。据说他身轻如燕,一天可以走到四川。"

这时,老法师端起一碗酒,祭了天地,又猛喝了一口,把它喷到那锋利的刀上,然后向四周的人抱拳行礼,便赤脚踩在了那白晃晃的刀口上。空气胶着、沉闷。老法师走得很慢,刀刃深深地扎进他的脚中,他每踩上一片刀口,一只脚便会悬在空中,而全身的重量便压在另一只脚上，人们仿佛都看到了刀刃的寒光闪动。老法师每抬一步脚，都会听见周围的一片唏嘘之声。

这时，怀穆春发现他的手被杜小琴的手紧紧地捏着，手心烫得像栳炭，冒出湿漉漉的汗水来。他想松开手，但却被她捏得更紧了。

回去的路上，他们谁都没有说话，但彼此都听到了对方的心跳。一进院门，杜小琴又牵住了怀穆春的手，两个人猛然贴在了一起。家中一片漆黑，他们站在小天井里，头上只有疏疏的几颗寒星。

杜小琴刚想去点灯，但被怀穆春挡住了，他一把将她抱在怀里，嘴唇贴在了她的额头上，然后顺着她的眼睛、鼻子滑进了她的嘴里。杜小琴有些不习惯，想躲闪，但怀穆春的舌头横冲直撞，寻寻觅觅。不一会，两块软糖就黏在了一起，再也分不开。也不知道过了多久，两人从水缸里舀了瓢冷水咕咕咕地喝了下去，还没有顾得上歇口气，两块软糖又黏在了一起，并迅速融化开来……

第二天醒来的时候，怀穆春还在沉睡。

杜小琴突然将门推开，惊慌地说："我爹回来了，他要见你，说有重要的事情。"

怀穆春一愣，不知道发生了什么事情。等他来到堂屋的时候，杜长贵早已等在那里了。大厅里，杜长贵神色严峻，让怀穆春隐隐感到有事情发生，果然，他告诉怀穆春一个不好的消息，说桥镇盐场被顺天军占领了。他这次进货不顺利，在亭子坝等了六七日居然没有等到一粒盐，运盐的船根本上不来，就是因为桥镇一带正在发生战乱。

怀穆春到柳城这几个月原以为一切都平息了，没有想到曹黑头又杀了回来。这一惊不说,他又担忧起桥镇的安危来,本来他在异乡等官早就厌倦了,要是全由着他的性子,可能早就拍屁股走人了。可当他渐渐适应这里的生活,并刚刚得到一位女子的爱的时候,桥镇却出大事了,怀穆春感到郁闷无比。但他眼下最关心的还是桥镇,他不知道战事接下来将如何发展。

"还有什么消息?"怀穆春问。

"传言很多,说是顺天军与官军要在桥镇打大仗了!要是顺天军胜了,今后的西南必大乱;要是官军胜了,这天下才保得住。"

怀穆春的喉咙仿佛突然被什么绞住了,噎得慌:"我得回桥镇。"

"你不想坐官轿了……"

"就是皇帝的轿子我也不敢坐了。"怀穆春说。

"唉,世道不太平,兵荒马乱的……"

怀穆春已是归心似箭,他回到房间马上就开始收拾衣衫,并吩咐随从尽快整理行李。待一切准备好,已近午时,杜长贵早已摆好了一桌饭菜,为他饯行,但此时却不见杜小琴的影子。怀穆春正在心事重重,杜长贵敬了他一杯酒说:

"穆春老弟,就此别过吧,以后你要是还能回到柳城,这就是咱们的缘分。日头不早了,你们酒后起行,半日可行三十里地,过乌龙渡,天黑前可宿赵官屯。"

出柳城,迎头就是山坡。刚上山坡,怀穆春远远看见一个人站在树林下,而人影很熟悉,走近一看是杜小琴。怀穆春赶紧把随仆支到一边等候,独自一人迎了上去。杜小琴一看到怀穆春就扑进了他的怀里:

"家里不便说话,我就到这里等你了。"

怀穆春心里一阵暖流:"小琴,桥镇那边只要没事,我很快就会回来。"

这时，杜小琴从身上摸出一张丝巾放在怀穆春的手里，他打开一看，上面绣的是一幅燕子迎春图。

缠绵了片刻，杜小琴推开怀穆春，说道："快走吧，路途还远。"

怀穆春刚走出几步，就听见小琴喊道：

"这里叫三望坡，回来时我还在这里等你！"

（三）

魏宝一出桥镇，便直奔怀家老少藏身之处而去。

上岸后，魏宝已经远远地看到官军正在源源不断地向桥镇进发，他们在距离桥镇不远的地方修筑碉堡、积木垒石，并安置了大炮、火球、喷筒之类的武器。不仅如此，通往桥镇的水路陆路也被封锁了，来往行人必须严加盘查，以切断顺天军的里外联络。

见到怀荣三后，魏宝便把他们在怀家大院的遭遇讲了一遍。怀荣三听后异常震惊，他没有想到二十年前的孽缘居然没有了结，九指的出现让怀家处在了更加危险的境地。但眼下救怀穆松要紧，他判断九指想要的就是怀家的银子，想狠狠敲诈一把怀家，然后带着钱逃跑，从此改名换姓退隐江湖。九指纵然可恶，但也无可奈何，怀荣三想的是，既然你九指要钱财，就只有成全你了，只要能躲过这一劫。

魏宝返回桥镇的时候驾着一辆拉粪的牛车，这是按照九指的计划来进行的。

通往桥镇的路设置了重重关卡，每一个关卡都会对他盘问一

第六章

番,还好,前面的关卡并不太严,他蒙混一下就算过来了,但到距离桥镇十里地的地方,守卫的兵弁马上拦住了他的车。这是距离顺天军最近的地方。一个腰上挎着大刀,满脸胡楂的营官走了过来,细细地扫视着他,然后他又走过去把车上的木桶盖打开,一股屎臭涌来,呛了他一口,便赶紧捂住了鼻子。

营官是个大汉,他盯着魏宝看了半天。他可能是觉得这个男人就是个老实的农民,一辈子就守着那一亩三分地,对他也就没有一点疑心。何况魏宝说翻过山坡就是他的家,那营官也就把他放了过去。其实,营官站在魏宝的面前时,就判断他实在不像是块打仗的料,估计连曹黑头也瞧不上这等弱小的兵。

说来也怪,这魏宝的身材不像他爹魏碧山高大威武,但就是他的矮小身材让他有惊无险地顺利通过了关卡。出了关卡,走了半里地,魏宝才用衣袖擦了把汗,他浑身都被汗水浸湿了,风一吹,打了个寒战。但他猛甩了牛屁股两鞭子,让牛加快了速度,过了几个山坡,又走了五里,直奔桥镇而去。

粪车停到了一个小树林中。怀穆松同九指的交易就在这个粪车里,大粪下面藏的全是白花花的银子!

这时九指说道:"银子就算交给顺天军了,如果哪天顺天军打到了京城,这车银子的功劳就是你怀家的。"

他把银子藏在了个隐蔽的地方后,便悄悄把怀穆松等几人松了绑,然后又给他们戴了腰牌,有了这个腰牌就能畅通无阻了。那天,趁着天黑,九指走在前面,有人盘问他就在前面应答,所有的暗语应答都毫无差错,很快他们就到了江边,九指说:

"江中如有船只来查,你们就跳水逃命,死了是天要收人!"

等他们一走,九指想,这笔交易就算搞定了。他还想,到手的这车银子,是他当年就应该得到的。但是,他现在的问题是如

149

何把它顺利运出去,他要迅速带着钱逃离这个杀戮场,去寻找他的人生逍遥之地。

官兵越聚越多,顺天军被迫撤离桥镇,准备死守玉津山。

官兵每日在放炮,震得人心惶惶,连林里的鸟儿都全部被震飞走了,他们想的就是把曹黑头逼到山中,然后一举歼灭。

顺天军还在往玉津山撤退,九指已无退路,必须选择。本来他是想等战势有利于顺天军时才偷偷跑,他轻易就能成功,但没有想到官军越围越紧,再等就没有机会了。此时,九指面临两种选择,一是跟随顺天军到玉津山死守,期待绝路逢生;一种是赶快逃跑,眼下只要重新变成老百姓,就还有生还的机会。但他得带上那车白花花的银子,那是他一辈子都想要的钱,为了那些钱,他砍掉了自己两根指头,所以那些钱就是他的命。没有那些钱,他还是穷人,而且还是朝廷追剿的逆贼,所以,他准备在撤离前逃跑,孤注一掷把那笔钱带出去,远走高飞。

那天,天气有些阴沉,九指摘掉了头上的白帕和身上的腰牌,这是顺天军的标志,他瞬间又变成了个普通百姓。

三转两拐,九指又去了藏车的地方,那地方真是隐蔽,没有人发现得了。他揭去了蒙在牛车上的树枝,然后架上了牛,摇了两鞭子,粪车不紧不慢地走着。这时,九指在心里盘算着各种可能出现的情况,每种情况将如何应对,但走着走着,九指的心底有种莫名的恐慌。九指突然有些悲哀起来,这样的情景怎么想都有点像当年打咸草坡上的那口盐井,那次也就只差那么一点点,但就是那一点点出了纰漏。妈的,难道宿命又出现了?九指心头像被针尖扎了似的,使劲往牛屁股上猛甩了一鞭子。

半个时辰就过了蜈蚣坡,过了蜈蚣坡不远就要到那个检查的关口了。这时九指看到路上多了些行人,也有推着鸡公车的,甚至还有一辆载着很多人的牛车和一辆拖着坛坛罐罐的马车走在他的前面,道路上浮泛着人声,这让他的心情好了不少。九指镇定了下来,他自有他的瞒天过海计,因为他的一只手只有三根指头,连刀都抓不稳,拿不起刀就不可能杀人,杀不了人咋能做叛匪?他想,只要他把手掌伸出来亮在空中,就可以顺利过关,当年他就是凭四根指头骗过了怀荣三,这次他要凭三根指头再次骗过那些愚蠢的官兵。

这样想着的时候,牛车就到了关卡,九指跳下车,站在了一旁,排着队接受检查。

他蹲到了地上,斜着眼睛看前面的车是如何通过的,只见几个士兵走上去,车上的人全部跳了下来,挨个挨个排着等候士兵的搜查,这群人中有男有女,男人高高地举着手,士兵用刀背在他们身上随处拍打,只要有金属的声音就立马拿下。

不一会,载着很多人的牛车便通过了关口。这时,一个士兵又朝着那辆拖着坛坛罐罐的马车走去,他东看看西瞧瞧,一会儿踮着脚,一会儿猫着腰。突然,士兵从车上抽出只土罐,猛地扔在地上,哗的一声散成了碎片,但里面什么也没有。车主马上哭丧着脸,冲了上去。这一惊让九指预感到不妙,这时就听见车主同士兵争吵了起来,吵着吵着,又听见一声响亮的耳光传来,士兵冲上前去伸手就给了他一下,车主捂着脸跳上了车,骂骂咧咧地赶着车过了关口。

这一幕让九指胆战心惊。但等不到他细想,他的面前已经走来了那个腰上挎着大刀的营官,营官面无表情,冷冷地问:

"从哪里来?"

"蜈蚣包。"

营官也像刚才那个士兵一样围着车东看看西瞧瞧。

"拉的是啥?"

"猪粪。"

"那就砸开瞧瞧!"

"别、别、别……"九指连忙拦住。

"为啥不让开?"营官眉头一皱。

"就是一车猪粪,砸开了要臭一路!"九指辩解道。

营官死死盯着他。他好像想起了几天前的那个矮个子,他也拉着这样一驾车,他的眼里就飘过了一丝云雾。

"你是农夫?"营官问。

这时,九指就举起了那个只有三根指头的手掌。他的手有些抖。

"农夫?三根指头能种地?"

"小的只能做些轻活。"

"还拿得动刀吗?"

"刀,早不拿了,就种点地……"

"看来你还是拿过刀!"

九指的脸变得煞白。

这时,营官走近粪车,大刀一挥,粪桶哗的一声裂开了个大口子,粪水臭气熏天地冲了出来,但等粪水一流完,就听见了咕噜噜的声音,营官用脚猛一踹,粪桶的木板顿时碎成了几块,只见白花花的银子哗哗哗地直往地上掉,所有的人看得目瞪口呆。

其实这件事情并无什么玄机,那个营官是个奇怪的人,他只知道动刀之人才会断手断脚,你只有三根指头,肯定跟刀有关系。他的疑心就是从这里开始的,而九指的噩梦就开始了。

怀穆春忧心忡忡一路奔波的时候，桥镇已经被官兵收复。

桥镇总算暂时平静了，但整个街巷显得毫无生气、奄奄一息。要是往年，腊月的时候，一大早就听见鸡叫了，那些鸡是专门为过年养的大公鸡，红红的鸡冠，舒展的羽毛，它们的声音高亢、雄壮，声音掠过了桥镇的早晨，并让这样的早晨阳气十足。还有那屋顶上晾晒起的簸箕，远远一看，小镜子似的，把那些四处游荡的人都照了回来，簸箕里成块的糯米晒成了粉，白白的粉里透出一股微微的米酒香，弥漫在大街小巷……

但今年是彻底没有指望了，年关里冷冷清清。而就在除夕的前一天，桥镇上突然尘土飞扬，一队人马冲进了桥镇，人们还没有回过神来，怀穆松已被衙门里的捕吏抓走了，只留下一纸牌票，上面写着：立拿叛犯怀穆松赴审。

桥镇的人都在纳闷，怀穆松这是怎么了？怀家到底出了什么事？

原来，九指在牢里把怀家送的那一车银子的事情全部招供，当然他的下场可想而知，最终逃不了朱笔一勾人头落地，按照大清律例，凡叛逆者均斩立决。据说在砍掉他脑袋的时候，要用一张布把两只眼睛蒙住，这样他就看不到刀斧手的面目，到了阴间便死无对证。不少人目睹了九指在刑场的全过程，后来有人讲述当时的情景说，只听见脆生生的一下，就那么一下，跟九指当年剁掉自己的手指头没有什么区别，人头落地就像剥开了颗花生壳那样简单。

而怀穆松被捕与和九指的交易有关，这也成为了逃不脱的罪名。给叛匪送钱财等于通匪，通匪的下场同九指是一样的。怀家没有想到被人讹诈后，最终还落了个不白之冤。怀穆松一抓进去，自然少不了苦头吃，通匪是罪不可赦，何况乱世用重典，不杀几个不足以震撼人心,朝廷这回是铁了心的要杀上一批。这样一来,怀穆松被押进死牢,只等秋季朝审后砍头了。

怀荣三已到了风烛残年,接二连三的灾难让他心力交瘁。他坐在夕阳的余光中,心中充满了悲哀。

坐到天将黑时,怀荣三突然吩咐把怀家所有的人叫到燕禧堂上。不一会,大堂里就挤满了人,大家都不敢发声,空气沉闷窒息。其实怀荣三就是想把一大家族的人都叫到面前,好好生生、挨个挨个地望望眼前的老老少少,看看他们当中到底有谁能担当大业,能够把怀家继续好好经营下去。他看了半天,不禁有些心酸,因为让他最难过的是,如果怀穆松遭遇不测,怀家这么大的家业让谁来支撑竟然一时没有答案。三个儿子中,怀穆霞谨慎有余,精明不足,难当大任,而怀穆春远在贵州候官,他的前程是在仕途上,难以顾及家中的盐灶……

"爹。"这时,怀穆霞叫了一声。

怀荣三的眼睛跟随着扫了过去,停在了他的身上。怀穆霞分明有些愁眉苦脸,大哥入狱后,所有的事情都落在了他的肩上,他才感觉到上面有人顶着是多么轻松。但如今全然不同了,他必须要站出来,父亲已老,家中的女眷子女无一能为他减少负担。就在这短短的两三月中,盐灶上的繁琐事不断,他已经被压得喘不过气来。

"你想说什么?"怀荣三说道。

怀穆霞突然觉得不知道说什么,也许是太想说了。

"说吧。"

怀穆霞摇了摇头,然后叹息了一声。

"我知道你想说什么,眼下镇上的井灶没有一家日子好过,熬不熬得过就看开春的行市了。你也不必太难为自己，总会有办法的。"

接下来，怀穆霞就把怀家大大小小的盐井、盐灶、舟船等情况一一道来。

怀荣三听着听着，就把眼睛紧紧地闭上了。他好像在听，也好像没听，等怀穆霞说完，他才挥了挥手，让众人散去。他自始至终都没有说一句话。须臾之间，燕禧堂上变得空空荡荡。这时只有慧英在他耳边说了句：

"老爷，我给您捶捶背？"

慧英是洪灾时，怀荣三收留的那个女孩，如今已长成个懂事的大丫鬟了。

怀荣三点了点头，慧英便轻轻地为他捶起背来，不一会，怀荣三就迷迷糊糊进入了梦乡。在梦里，他都没有真正轻松，他梦见自己一直在从井里绞一桶水，他使劲转着辘轳，但桶老是绞不上来，他用了全身的力气，直到累得精疲力竭。他想过放弃，但却不敢放松绳索，因为一放，桶就会咚的一声落到井底。就在怀荣三渐渐陷入绝望中的时候，怀家的大门被敲响了，守门人先是一愣，然后高喊起来，声音像风一样传了出去——

"三少爷回来啦！"

怀荣三在梦中突然听见了什么，他张开眼，还以为是梦中的场景，迷迷糊糊中有些失落。他刚要闭上眼睛，却又分明听到了一个声音急火火地传了过来。没错，他没有听错，是他的小儿子怀穆春回来了！

（四）

按照大清律例，凡是死罪犯人都要关在牢里监候，等秋审后奏请定夺，如果情实，那就在七月初一后行刑；如有矜疑，则由抚按御史再审，但死罪必须要皇帝御准后才能执行。如今怀穆松被关在大牢里，等待六月秋审。

这天，桥镇上一如往常地平静，风和日丽。

但突然不知从哪里传来了一声："曹黑头来了！"

所有人都被吓了一跳，惊慌失措，急忙关门闭户，只见到处人影窜动、鸡飞狗跳。难道那龟儿顺天军又回来了？这日子又要不安稳了？

但过了半天也没有看见个人影，就想是不是谁发疯乱喊乱叫，于是就又打开了门，伸出了脑袋。街上渐渐热闹了起来，大家都在四下张望。过了会，只见一大队官兵急匆匆地涌入了桥镇，中间夹着个囚车，里面关着个人，身材魁梧，看起来像块黑沉沉的石墩。

士兵神情严峻，刀剑护道，重重围住。

路人在一旁指指点点、议论纷纷：

——喂，那人就是曹黑头！

——好大一块石墩子！要是在古代，他就是张飞！

——唉，这天盖得清丝严缝的，哪有那么容易就想翻天！

——肯定要凌刑处死，惨得很哦！当头一刀，把额头上的皮撕开搭住两眼，再慢慢剐，一刀一刀剐，刀上无血，血全渗到了地下……

第六章

原来，在玉津山上的顺天军被围得弹尽粮绝，在突围过程中遭到了官军的埋伏，全军覆没，曹黑头被活捉，五花大绑后正准备送往巡抚衙门，途经桥镇时人们便看到了这一幕。这时，只听见人群中有人在欢呼，有人在叹息，也有人在偷偷哭泣……

怀荣三听到这个消息后，颤颤巍巍撑着身子起了床，在神龛前烧了炷香。

这时黄葛树下的"味道长"茶馆里正人声喧哗，毛大哥的身边聚集着一大堆人，连挎着篮子卖瓜果和苞谷粑的都听了进去，挪不动步子。

确实，毛大哥的故事没有不精彩的，他正在讲的是曹黑头有个相好，长得如花似玉，会唱戏，如果他曹黑头打胜了，这个女人就要当皇后娘娘，但她没那个命，曹黑头也没有那个命，他看到大势已去便想让女人先逃走，没想到他留给女人的金银首饰被官兵搜出，最后是女人供出了曹黑头的行踪。唉，红颜祸水哦……

人们听得津津有味，没有人怀疑故事的真假。

茶碗上热气袅袅。街上的人便慢慢地散了，镇上又渐渐恢复了往日的平静，只见林疯婆子一人在街上，没人理她，也没有人想过她怕不怕战乱。但她的世界里没有谁对谁错，也只有她会疯疯癫癫地自言自语："……曹黑头走了……哪个是曹黑头……曹黑头是哪个……"

阳光是那样炽烈，把桥镇照得白生生的。

有小孩子看到一只斑鸠飞来，在树枝上跳来跳去，他们用石头去打，一打它就飞走了。它在空中的样子有点像野鸽子，桥镇上的人都知道这样的谚语："鸠四两，鸽半斤，麻雀二两不用称。"

一切都过去了。

两个洋牧师回到桥镇，是在桥镇已经完全平静了之后，他们把被破坏的福音堂重新修葺了一番，那些五颜六色的玻璃窗又亮了起来，从窗子里又传出了那些让人缥缈恍惚的声音来，这已经是光绪二十五年后的事了。

肖富成的宅院重新修建了起来，对过去的损失肖富成有些耿耿于怀，但凤香则有些不以为意，她甚至劝他说历代历朝的皇宫不就是烧了又建，建了又烧吗？确实，重修后的宅院比过去的更大更豪华了，但比怀家的二十四个天井还是要差一些，这又是肖富成耿耿于怀的另一原因。凤香依然妖娆，耳朵上的两只大金耳环把桥镇都晃得摇摇摆摆。

怀穆春回到桥镇后，就没有再回到贵州，通融官府的事情全落在他的身上，只有等着秋审后大哥出狱，这中间不能有什么闪失。而这段日子里，他要做的就是把怀家那些关停的盐井恢复起来，并辅助二哥怀穆霞重振家业。怀穆春在空暇的时候经常会想起杜小琴，他想她一定也在想念着自己，但现在他根本无法顾及那个遥远的柳城了。

很快，怀穆春同魏宝一起走水路到了省城，他们坐的小船上有个大木箱，里面足足装满了一箱银子，看来他们是准备要下大赌注了。但外人哪里知道，那是他变卖了一口盐井的钱，怀家这几年不景气，连遭厄运，都在开始吃老底了。但此时的他思绪万千，怀穆春知道这次要比上次买米的事情难得多，前面的路一无所知，所有的希望都押到了此次未知的旅途上。

他这次是到成都去见一个叫马王爷的人，此人背景非同一般，与官场的关系深厚，可谓神通广大，督抚都要敬他三分。只要想方设法让他答应帮忙，救出怀穆松就有希望。

下船后，他们就去了一家有名的古玩店，花了五百两银子买了幅元代名家的真迹《竹石图》。第二天，怀穆春带着画去了马王府。马王爷一看到《竹石图》时，顿时眼睛一亮，马上就认出这是件宝贝，他反复地辨认着画上的每一个细节，笔画、诗文、题款，爱不释手，赞不绝口。

怀穆春说："这是我家祖上留下的，马老先生如果喜欢，就留下慢慢品赏。"

此时，马王爷从画中抬起头，意味深长地说道："多谢多谢！但我可不能夺人之好，饱饱眼福就行了。"

那天，从马王府中怏怏出来，怀穆春很是失落。显然，马王爷不愿接招，觉得有人敢于花这么大的代价，必有大事相求。此人世事洞明，绝非贪图财物之辈。但怀穆春又一想，马王爷自然懂得这幅画的分量，他做事讲分寸，正说明他是不凡之人。

几天后，怀穆春打听到马王爷不久要操办六十大寿的寿宴，怀穆春马上就觉得机会来了。马王爷早年在京城生活，喜欢听昆曲，而蓉城当时没有好的戏班能够演这出戏。怀穆春想，他要去请苏州有名的集秀班来演，只要在他寿日当天，为马王爷出人意料地献上了几出好戏，下面的事情就好办了。

此时他们已经打听到集秀班正在入川路上，于是吩咐魏宝抓紧时间去接，快马加鞭送人到成都，赶上马王爷的大寿。

寿宴当天，马王府张灯结彩，人声鼎沸，整条街都被马家的喜事搅得团团热气上涌。

怀穆春要把最大的、最特殊的寿礼在最关键的时候献上来，但时间一分一秒过去，从早上到下午，直到斜阳挂坡的时候都还没有见到戏班的人影，这可急坏了怀穆春，他想，要是错过了这个时间，之前的一切努力全都白费。寿宴的隆重可以说惊动了蓉城的几条街，各路人等纷纷来贺，车马几无间歇，鞭炮噼里啪啦不断，闹闹嚷嚷一整天。但到了黄昏时分，仍然不见集秀班的影子，此时的怀穆春心里好似快速弹奏的琵琶，十指翻动，五音奔突，只差琴弦啪的一声断成两截。

夕阳正在一点一点落到山坡后去，怀穆春只觉一股钻心的惆怅翻江倒海地涌来。他想完了，这事办不成，大哥的命难保了！

就在这时，突然门前一声大喝：

"集秀班为马王爷大寿献戏来了！"

怀穆春回头一看，大喜过望，是魏宝他们风尘仆仆领着戏班赶到了。

怀穆春马上吩咐戏班抓紧化装，又把班主招到一边，当下赏了二十两银子，说是日夜兼程的辛苦费，不在包银之内，又说要是演好了，让主人高兴了还会重重有赏。

夜幕降临的时候，戏台上幕帘拉开，马王爷一看傻了眼，《游园惊梦》里的杜丽娘映入眼帘，再一听声音，正是艳而不靡，婉而有情的昆旦玉喜，当年在京城她可是技压群芳的头牌角色呀。连演三天，精彩连连，让马王爷过足了戏瘾，不由得大喜，他非常感激怀穆春有此心思，做出了如此锦上添花的事。

寿宴办完后的第二天，马王爷就对怀穆春说：

"怀先生，我早就看出你心里装着事，这事不小吧。"

怀穆春便把事情的前后全讲了一遍。马王爷听完，只说了一句：

"集秀班的戏真不错，唱念做打俱佳啊！"

两个月后，塬上的菜花、桃花、李花已经轰轰烈烈地开过了，两岸郁郁葱葱，镶嵌着些小镜子似的秧田，下行的船在江上快行。一船白花花的银子已空空如也，但怀穆春换来了他要的结果，怀穆松的命保住了，秋审之后即可出狱。

第六章

又过去两月，怀穆松才被放了出来。但他的样子让人们大吃一惊，身体已经全垮了，一向强壮无比的怀穆松只剩下一把光骨头，牙齿稀松，两颊深陷，笞杖之后被丢进阴暗潮湿的大牢里，全身长满了褥疮。

怀穆松虽然保住了命，但他已是半死之人，不能再做任何事情了。看到大哥的状况，怀穆春忧心忡忡，以前有父亲和大哥在，他根本不用操任何心，但如今父亲已垂垂老矣，而大哥必须要长期休养身体，二哥做事少有大哥的魄力，很难独当一面，他感到沉重的责任正在压在自己身上，这种感觉是他过去从来没有过的。

一日，怀荣三把怀穆春叫到面前，同他闲聊起来。突然，他问道：

"穆春，你还记得咸草坡上的那口盐井吗？"

"当然记得。"

"那好，你今天就陪我到咸草坡上去看看。"

父子两人就坐着轿子去了咸草坡，到了那里，他们看到的景象让人顿感灰凉。到处是荒草，都有半人高了，里面穿行的只有鼹鼠、野狗和黄鼠狼，风一吹，就显出了颓败后的苍凉来。还能看到过去为打井修筑的井架，但早已朽败不堪，它还立在那里，像一具骷髅，有一群乌鸦站在上面。

"这些年的不顺就是从这口井开始的！"怀荣三道。

"但这座山的下面是座盐山，这是王贵老爷看过的，不会有假。"

"是呀，要是当年打出来，哪会是如此景象！"

"我一直在想，当年我在这里捡到过一只斑鸠，那到底是吉兆还是凶兆？"

"唉，罪过啊，老天爷一直在提醒我，但我没有理会到意思。"

"爹，您真的这样想？"

怀荣三叹了口气说："唉，井没有凿穿会得罪老天爷的，这是你王贵老爷说过的。"

"爹，人终得顺应天时。"

"是啊，如今赵旺也找到了，我想重新……"怀荣三的眼里放出一道光来，但他话说到一半就停了下来。

"重凿这口井？"

怀荣三点了点头。

"但……"怀穆春欲言又止。

"是啊，我也很担心，但如果现在不凿，恐怕我就没有机会看到凿开的一天了！这是我这些年来的一块心病。"

怀穆春沉默了半晌："爹，我已想好了，贵州那边就不去了，那个官不当也罢，咱们怀家这么大的家业得有人管，我还是留下来吧。"

"这不是断了你的仕途？这怎么行。"

"我命中就不是做官的料。"

"你难道不会后悔？当时可是花了一大笔钱。"

"以后好好把井灶经营好，钱自然会赚回来。爹，咱们不用想了，我已经决定了！"

怀穆春如此坚定，让怀荣三百感交集。

第七章

（一）

川盐济楚轰轰烈烈持续了几十年，川省内大大小小的盐场林立，川盐迅猛发展，与淮盐有平分天下之势，而那也是怀荣三的黄金时代。

但如今好景不再，盐场又倒闭了不少，只因川盐税赋太重。有人算过一笔账，每一张引票，从申领到开签截验，要缴纳的种种规费达二十余两，等盐运到湖北，各个关卡雁过拔毛，各类税费名目多如牛毛，什么义学、修路、保甲等等，又被收去五十多两，而加上正课、羡余、税厘、运足等正款，每引盐要被搜刮去近三百两银子，简直就是兔子钻进了刺笆笼，休想留张完好的皮毛。

山东巡抚丁宝桢升任四川总督后，他清楚如再不减轻商运中的各种苛捐杂税，盐商永无出头之日。于是他想出一法，将商运变成官运，官家在产地收盐，盐由官府统一运输，盐运上岸后再由商销，这样一来，中间的盘剥大为减轻。官运之后，那些倒闭的盐灶又开始冒烟。

到光绪末年,怀穆春已经把那些过去失去的盐灶又渐渐收了回来,咸草坡上的那口井也正在寂灯的带领下重新开凿,怀家似乎又有了一股生气。

有一天,怀家人在一起聚餐,怀荣三看到怀穆松、怀穆霞两家的孩子小的都已是少年了,便说:

"唉,膝下好多年没有喧闹声了!"

一家人都朝怀穆春看,他们都知道老爷子的言下之意,吃饭时只听见吞咽声,没有人说话。怀穆春的婚姻并不如意,之前与当地大户人家之女黄氏成婚,但多年过去,黄氏居然没有为他留下一男半女,后来得病竟然香消玉殒了。怀穆春的事业蒸蒸日上,天天在井灶上奔忙,婚姻子嗣上却不免有些落寞。

但替怀穆春说亲的事倒从来没有断过,那两天正好有人来说媒,这事就有几分眉目。原来女方的父亲乃是川省边岸盐务总办唐庐,负责川盐边引的官运,膝下有一女名玉簪,能攀附得上的人不多,所以姑娘年龄略微显大了,可人家要的就是门当户对,并不会降低身段嫁人。后来经人一牵线,居然两边都有意,不久就说到了婚嫁的事。

不过,这喜事也有些蹊跷,因为之前有人曾给怀穆春讲玉簪虽出自官宦之家,却是个姿色平平的女子,这让怀穆春多少有些不快。

有天晚上,怀穆春就做了个梦,梦见自己当上了知县,人们在怀家门前放鞭炮,噼噼啪啪爆个不停,大家都在开怀畅饮,但怎么都喝不醉。喝着喝着,七儿端着酒杯来敬他。不一会,杜小琴也端着酒杯过来敬他,最后才是玉簪来敬他。突然间,她们全都跑了,他赶忙去找,但一个也没有找到,他急得满头大汗。正

第七章

在这时，玉簪突然从一棵大树后把头伸了出来。怀穆春使劲看，他想看她到底长得啥样，但越看越模糊，模糊成了一片雾……

拜堂那天，怀穆春第一眼看到玉簪的时候就喜欢上了，不禁大喜过望。第二天，玉簪换去了凤冠霞帔，穿上了蓝衣紫裙，裙上缀有银铃，发出细碎的叮铃声。怀穆春心想，自己真的是捡了个大美人回来。

结婚后，夫妻俩的感情水乳交融，亲密无间。有一天，怀穆春同玉簪闲聊，给她讲起关于麻子的传言，玉簪扑哧笑出声来。原来这事有些阴错阳差，她有个堂妹小时候得了天花，脸上落下了麻点，确实有碍观瞻，但她两姊妹却很要好，年龄相当，长相也有几分相似，当时跟着媒人去送聘礼的人，本想是偷偷瞧一下唐玉簪到底长得啥样，回来有个交代，正好那天玉簪的堂妹也在，就把她堂妹当成了她。

玉簪一嫁到怀家，让怀家荡漾着一股新人之气。玉簪算得上冰雪聪明，人也落落大方，虽然是大家闺秀，但为人做事绝无大小姐脾气，倒是十分和蔼可亲。她很快便与怀家的管家、仆佣、厨师、园丁、杂役等熟悉起来，二十四个天井的大园子也被她料理得有条有理。有人说，怀穆春是瓜瓢上点灯，人生从此就亮堂了。

咸草坡上又聚集起了一大群工匠，热闹的场面出现在了荒芜的土地上。

在旧井基旁，一群木匠正在锯木钻榫，他们要把碓井的天车先立起来。而另一边，一群铁匠建起了炼钢炉，叮叮当当的打铁声响彻山谷，而所有凿井用的工具都将在那通红的铁炉中锻造出来。

寂灯对怀穆春说:"这是口黑卤大井,可惜被九指凿坏了!又过了这么多年,井下的情况谁也说不清,还得慢慢来。"

实际上,怀穆春对寂灯还是有些担心。毕竟人已年迈,耳朵又聋,他对井下细微的声响真的能够判断入微吗?他还是那个当年的好匠人赵旺吗?

一日,怀穆春正在咸草坡上巡视,突然,一个工匠在远处高声喊道:

"斑鸠、斑鸠!"

怀穆春一惊,快步上前。

"啥事?"

"我捡了只斑鸠。"那人有些兴奋。

"哪里捡的?"

"就在前面。真怪,这鸟自己就掉了下来。"

怀穆春抚摸着斑鸠的羽毛,纳闷起来。他想起了当年他在这个山坡上也捡到过斑鸠,父亲最早也是看见斑鸠落下来,才决定留在桥镇凿井,但那次王贵老爷病了,也落过斑鸠,却不是个吉利的迹象。他把这件事告诉了寂灯后,寂灯一听,却是异常兴奋:

"这是好事啊!鸟闻见了地下的盐,大吉大利啊!"

"过去怎么没有听说过?"

"我师傅的师傅曾讲过,桥镇最早发现盐就是斑鸠引来的呢!"

"真有其事?"

"地下卤气涌动,鸟就会落下来。"

"有这么怪的事……"

怀穆春有些感慨,他想起了很多年前他捡到的那只斑鸠,那是一只有肉的斑鸠;而隔着这只斑鸠,是他回不去的童年——但那仿佛是很久很久以前的事了,只有无形的岁月仍在山风中流走,

第七章

好像还听得见撕裂的声音。怀穆春抬起头,碧空如洗,地里有几株没有被割倒的麦秆正在轻轻摇曳,它们行将枯萎,但小小的影子被阳光照耀着,让这个秋天充满了宁静与温暖。

到了这年冬天,咸草坡上的井又有了不少新进展,在寂灯的努力下,淘井大见成效。怀家的盐由于有了唐庐的荫佑,产销两旺,再度威震滇黔边岸。

这年的农历十月玉簪生下一女,取名如月。带如月的慧英正是十几年前洪灾时,怀荣三收留的那个女孩。慧英从那场洪水后就再也没有见过自己的父母。玉簪一到怀家就喜欢上了慧英,让慧英跟在自己身边。

在怀家的媳妇中,玉簪贤惠能干,为人称道。玉簪颇懂相夫之道,她不到井上去,就知道井上的情况,她不认识井上的工匠,但她却说得出那些有本事的工匠的名字来。怀穆春每天从各处的井灶回来,只要眉头不展,便会把一些遇到的困难讲给玉簪听,玉簪好像也能为他想出些办法来,毕竟从小在官宦人家中长大,耳濡目染的是诗书。很多人说,怀穆春是娶了玉簪后才算终于修成了正果,两人相敬如宾,玉簪主内,怀穆春主外。从此以后,井上井下,堂里堂外,都被打理得顺顺当当,在桥镇盐场,怀穆春的威望很快就超出了他的两个哥哥。又过了几年,玉簪顺利生下个儿子,取名如茂。怀家得子,皆大欢喜,对怀穆春来说,则是锦上添花的事情。

怀穆松在床上躺了一年,又靠拐杖过了两年,才勉强能够单独行走。

在这几年里,怀家已经发生了很大的变化,让他想不到的是自己以前根本不看好的三弟,眼下已成为了怀家的栋梁,取代了自己过去的地位。怀穆春正当意气风发之年,而他都已经是五十来岁的人了,看上去也是老态龙钟。怀穆松有些徒叹命运的不公,长子为大,这是天经地义的道理,但现在一切都变了,他已变成了局外人,而怀穆春如日中天,怀家的未来已经落到了这个曾经文弱无用的三弟身上。

那几天,怀穆松坐着轿子去看了怀家的所有井灶,每到一处都是井井有条、热火朝天,很多工匠他都不认识,而有些老的工匠虽然同他打招呼,但脸上的热度是那样疲软,冷垮垮的,像杯不冷不热的水,分明是把他当成了个废人。如今的怀穆春已非当年,经营有方,兢兢业业,不再需要他的帮助,况且眼下怀家的一切是怀穆春说了算,没有人再去找他说事。

在回去的路上,怀穆松碰见了肖富成,他正带着一群工匠在街上走。

"松爷,好悠闲呀!"肖富成主动打招呼。

怀穆松有些尴尬。肖富成又说:"当年你是打猎高手,有空也带我去山上打几枪,看能不能打头猹子、野兔。"

"唉,今非昔比了!"

"也是,但我还想尝尝当年那头豹子肉的味道呢!"

怀穆松嘿嘿地干笑了两声。

肖富成是话中有话,他对怀家开粥场的事还一直耿耿于怀,便又阴阳怪气地说:"何必去惦记着那些盐井呢,不是我这人多嘴,你还是留把骨头来享清福吧,如今你三弟会折腾得很,也用不着你多操心了。"

"你这是什么屁话!难道怀家的事情我就只能袖手旁观?"

"看样子,只怕老兄是搭不上手了。"

"你是话里有话吧,我怀家的事也不需你去操心!"

"好好好，我多嘴，以后再也不说了。"

怀穆松的脸色更加阴沉下来，他心里窝着一口气，不想再与肖富成说话。

回到屋子后，怀穆松在自己的天井里长叹了一声，在屋子里闷了好几天。

（二）

也就在寂灯淘了一年多时间的时候，咸草坡上的那眼井终于见功了。

事情是这样的，那天，几个正在工地上的工匠只觉得脚下一阵轻，好像地面在上浮，银锭锉怎么都扎不下去了，这几个工匠一惊，以为出了什么差错，便赶紧把寂灯叫来。

寂灯一看，心里有了底，大声喊道：

"换推卤筒！"

换上推卤筒后，落下去不足三十丈就下不去了，提起来一看卤筒里全是白色的泡沫，寂灯用手沾了点泡沫到嘴里，他的舌头慢慢舔了舔，就不动了，众人望着他，只见他的脸色因极度严峻而异常难看。难道井出问题了？全部的人都望着他。寂灯突然转过身去，用衣袖拭了拭眼角。

众人大骇，都难过了起来，以为井又给凿废了，才让大师傅这般伤心。

"出卤了……"寂灯说。

声音很小，旁边的人谁也没有听清。

寂灯声音大了一些，但有些哽咽："出卤了！"

这一声众人都听到了，但他们还是有些不敢相信自己的耳朵，因为在他们的想象中，一口黑卤大井在出卤之日必然是轰轰烈烈，但现在怎么显得如此平静，太不可思议了！

又推了几十杆，泡沫渐渐没有了，每一杆提上来的卤水都取了装在不同的碗里，长长地排了几十个碗，一碗比一碗黑，到最后，卤水已经酽得像油，黑浸浸地发亮。

黑卤，真正的黑卤！

消息像风一样吹到了桥镇，整个镇上都沸腾了，这口前后打了二十多年的黑卤大井终于凿穿了。

这天晚上，怀家大院的二十四个天井全部亮起了灯笼，四下光彩夺目。

那天夜里，怀穆春专门吩咐人舀了一碗白白的米饭，上面盖了层香喷喷的卤肉，送到林疯婆子手上，让她美美地吃了顿可口的饭菜。林疯婆子已经老了，白发苍苍，她的手在颤抖，肮脏的脸上露出了惨淡的笑容，她的嘴里一直说着"盐巴菩萨来了，真好，盐巴菩萨来了"。这时，有个叫花子也闻到了肉香，眼睛发绿，想来抢林疯婆子的碗，林疯婆子把碗抱得紧紧的，拼命地喊道：

"我的，是我的，是盐巴菩萨给我的！"

一碗卤水里有三两盐，月推卤水一万担！这就是黑卤的价值。

咸草坡上的井见功后，每天都有很多人来看，想见识一下这个桥镇第一卤井究竟是啥样。来看的人都不得不折服，庞大的车房有两架大辊车对开，牛槽里养着三十多头牛，每一推筒得有八头雄壮的大山子牛上套，鞭子打在架牛的杆上，啪啪直响，牛群小步旋转，绞绳嘎吱嘎吱地紧绷着被卷起，每一杆下去两担卤水起来，一瞧那卤水的成色就知道里面的盐分含量。卤水黑黑亮亮的，有人用指头沾了一点放在嘴里，咸得发苦，但这就是上等的好盐。

紧接着，桶子匠把卤水送进枧池，枧管哗哗地把卤水送进煎房。而那边早已是炉火熊熊，卤水在煎锅里翻滚，几十口煎锅同时开熬，热气腾腾，哪怕是寒冬腊月，熬盐工都是赤裸着上身，却依然会被蒸得汗流浃背。

熬盐的过程中，盐锅四周渐渐泛出盐花，沸水咕噜咕噜地响，而水渐渐变成了蒸汽；盐渐渐在析出，越结越多，最后结成块足有五寸厚，宽盈四尺的大盐饼！就在将成之时，一般的盐灶都有道很重要的工序，为求卖得个好价钱，他们会往锅内掺入一些豆浆，去掉盐里的渣滓，盐也变得更白；也有往锅里放猪油的，沿着锅的四周缓缓将一勺猪油倒入，这样一来，盐不仅白，而且光鲜。两三个昼夜之后，一锅盐就顺利出炉了，熬盐工用长长的铁锹将它从铁锅里整块撬下，只听见咔嚓一声，盐饼同粘连在一起的盐锅裂出缝隙，一块盐饼少则四五百斤，要三四个大汉才能将盐饼翻倒出来，不出三日，盐饼数量颇为壮观，就像小山一样堆在盐房里，飘逸出一股浓烈的盐卤味，让围观的人惊叹不已……

那天，怀荣三把怀穆春叫到跟前说：

"穆春，昨天我做了个梦，梦到山上的那口井了。"

"这是个好梦！"

"它的名字我也想好了，就叫卤元井吧，这是我怀家第一口真正的大井，从今往后我怀家也要从头开始了。"

怀穆春感到了欣慰，他知道这口井代表了怀家的所有希望和未来，这个"元"字就是盐卤的梦想，既是元气初升，也是新的开始。当年怀荣三一直认为在千米下的深处，一定藏着两个惊心

171

动魄的汉字，现在他终于找到了。

从那以后，怀穆春对卤元井倾注了最多的心血，他每时每刻都在提醒自己这口井来之不易，所以，这口井上的工匠是他挑了又挑的，必须是井上能手。当然，他们的待遇也与一般的盐井有不小的区别，每月十斗米，日日保证有肉吃，让他们心甘情愿、尽心尽力地劳动。

但正当卤元井让怀家日进斗金的时候，寂灯却突然找到怀穆春，说玉津山上的寺庙已经修复，且卤元井已运转正常，他也该告辞回到庙里了。怀穆春很想继续留住寂灯，但他知道，现在的寂灯不是过去的赵旺，他在俗世的缘分已尽，能够帮助怀家凿成卤元井，已属上天的眷顾，如果想再留他就是贪婪了。

怀穆春很无奈，亲自把寂灯送到了山脚。临别之时，寂灯希望怀穆春把卤元井经营好，他说："我以前是半只耳朵聋，但以后我就会什么都听不到了。"

寂灯一走，怀穆松就出现了。

看到大哥坐在燕禧堂里，怀穆春多少有些吃惊，因为他已经好几年没有见过他坐在大堂里了。既然上了燕禧堂，就一定有事情，怀家只有重要的人物才能坐在燕禧堂上议事。这天，只见怀穆松穿的是豹皮夹袄，显得威风凛凛，这件袄子是用那次桥镇打死的豹子的皮做的，现在穿上，又有种不同寻常的意味。

"休整了这些年，三弟穆春替我做了好多事，多亏有他担待，怀家才有了今天的兴旺。如今我的身体已经恢复了，作为家中老大，也该出来做些事情了。"怀穆松拍了拍自己的胸膛，显得自信满满。

怀穆霞也在一旁附和："是啊，大哥早就该出来了，这是众望所归呀!"

怀穆春有些忐忑不安,便说:"大哥,郎中说你的身体不宜多动,还是要以休养为主。"

"不做事,我这身体就成朽木了!"怀穆松不以为然。

其实是怀穆松看到之前怀穆春已经把家业做得蒸蒸日上,他自己也找不到理由再介入,但寂灯一走,他就觉得机会来了。他的要求很简单,寂灯走了正好缺人,他就只经营卤元井,其他的仍由怀穆春打理。怀穆松想的是重新找回自己在怀家乃至桥镇的地位和名望,但这件事也是他们兄弟不谐的开端。

那日回来后,怀穆春心事重重地把事情的原委讲给妻子听了一遍,但玉簪笑着说:"既然大哥想单独经营卤元井,就应该让他去经营。"这天,她让用人给怀穆春煮了碗鲜茭汤,在吃的时候又说:"其实这样也好,这两年你也太劳累了,可以休整一下。"

喝完汤,怀穆春就把这件事放下了。

不再打理卤元井后,怀穆春轻松了很多,他甚至有很多时间带着一双儿女在院落里嬉戏玩耍,带他们去河边捉鱼虾,还在山林里教他们识鸟。那一天,正好有只鸟从他们的头上飞过,怀穆春就认出是只斑鸠,斑鸠的翅声总是很大,把树叶震得啪啪响。对他而言,斑鸠就是一种吉祥的鸟,他甚至有时会想,它是不是盐卤变的,是一种盐鸟。

那天在途中,他教如月和如茂念着那句谚语,他们大声念着愉快地下了山,声音在山里回荡。

"鸠四两,鸽半斤,麻雀二两不用称……"

这几年下来,怀穆春已经深谙经营之道,并对过去的井灶管理进行总结和提高,不仅在开凿疏淘煎制等技术上精益求精,在雇工账务、运销等也得心应手。但怀穆松接手卤元井不到一个月就感到棘手，这口好端端的大井好像同他作对似的，三天两头出毛病，不是井下梭东西，就是卤水不上杆。一月下来，产卤居然少了一千担，而又过了几个月，产量竟然比过去少了三成。

这是怀穆松完全没有想到的，产量的急剧下降让他忧心忡忡，他知道如此下去，人们对他的信任会完全失去。他百思不得其解，为什么三弟怀穆春经营时就是旺产，而到自己这里就是欠产呢？难道他的生辰八字同这口井相冲？一想到这，他就想起镇上的算命先生来了。

这个算命先生已多年未出现在桥镇，据说此人精通阴阳之道，前世今生均能一掐算准，让人不得不服，他浪迹江湖多年，最近才又重新回到了桥镇。但他一见怀穆松大吃了一惊，当年那个气宇轩昂的壮汉仿佛变了个人，印堂发暗，头发斑白，成了个不折不扣的老头。而算命先生早在来之前，就听说怀穆春从贵州回来后官也不做了，已经主持了怀家的家务，兄弟之间的微妙变化让他感到了怀穆松请他的用意。算命先生自然会察言观色，说道：

"穆松先生近年来颇为不顺啊！"

这一句话就说到了怀穆松的心里。他急切想听下面的话。

"不瞒你说，你已经走了五年的背运了。"

怀穆松一怔，连忙点头。

"唉，如今你仍然是乌云压顶啊！"

怀穆松低下了头。

"可有化解之道？"怀穆松突然抬起头来望着对方。

"这个嘛……有点难。"

怀穆松脑门上沁出了汗，他掏出手绢在头上不停地擦。

"不过……"

"不过什么？"

第七章

算命先生叹了口气，摇了摇手中的扇子。

这时，怀穆松把早准备好的一锭银元宝端了出来，放在了算命先生的面前。但那人并没有看，只是眼神缥缈地望着远处，有种高深莫测的意味，然后缓缓地说道：

"俗话说，竹子要一破才能两用。"

怀穆松不禁一惊，不明白对方究竟是何意，但他又隐隐约约地感到了某种无可回避的结果。

"愿闻其详。"他把耳朵朝算命先生靠了一步。

"我本闲野之人，对吉凶祸福、贵贱夭寿之类研修不深，仅仅是略有心得而已，何况人各有命，我岂能随便僭越！"说完，他把桌上的那锭银元推回到怀穆松一边。

"先生何必客气，你下面的话说与不说都由你，命中注定的东西就随它去吧。但这点钱是我的一点心意，还望收下，就算咱们交个朋友。"

怀穆松又把银元推了回去。

"既然穆松先生如此慷慨大方，我也不能辜负你的一片美意。这样吧，我写两个字，你来选择，选中的一个字你自己去领悟。"

当下让人拿来笔和纸，分别在两张纸片上写了字，然后折上，放在一只空杯中让怀穆松伸手去拿。怀穆松打开其中一张纸片，看到上面写有一个字：分。

算命先生叹息了一声，把另外一张纸片撕碎扔掉。出大门的时候，他回过身来意味深长地望了一眼这个偌大的院子，扬长而去。

半年一过，卤元井的产量每日只有几百担，怀家的人就开始不安起来，但怀穆松好像并不急了，相反是怀穆春急了起来。那日，三兄弟又坐在了燕禧堂里，怀荣三老态龙钟，睡眼惺忪，听由几个儿子争论，如今他基本不再管事情了。

怀穆春说："大哥，这卤元井近来产量不佳啊。"

怀穆松吸了口烟，没有吭声。

怀穆春又说："量下跌得这样厉害，我看还是请人来瞧瞧吧。"

"出卤也有旺淡季，一到冬天就会慢慢好起来的。"怀穆霞抖了抖长衫，不紧不慢地说道。

"但拖久了就会成疾，井病也不能延缓！"怀穆春有些急。

怀穆松突然冒了一句："我自有思量。"

两人陷入了沉默之中。这段时间里，他们三兄弟都在想着自己的心事，怀穆松仍然吸着烟，只是抽得太猛，呛了一口，咳得眼泪都出来了。怀穆春则瘫着身子坐在椅子上望着屋顶，突然又站起来，在屋子里走来走去。怀穆霞喝了一口茶，可能是茶水已经有些凉，他把含在嘴里的水吐进了痰盂中，在抬起头的过程中他看了看怀荣三，父亲仍然是老态龙钟，睡眼惺忪的样子。

"井的丰歉还是从长计议吧。"怀穆霞说。

"这可是我家的宝井，做成这样子你们就不着急吗？"怀穆春问。

"你急的不是这个吧。"怀穆松乜了他一眼。

"……什么意思？"怀穆春只觉头上一股血在涌。

"你不是就想自己单干吗？别人都不如你，怀家如今就你能干，我们可能都是你的绊脚石，不然你急什么呢？"怀穆松说。

"大哥，你怎么这样看人？"

"怀家大大小小几十张嘴，同在一桌吃饭，但人心隔肚皮。"

"是啊，说句实话，都有一家妻儿，谁又没有自己的打米碗呢。"怀穆霞也旁边帮腔。

"再大的树都要分几枝,我看这家干脆分了,各做各的,你也用不着为别人操心。"怀穆松说。

"不行!你们难道要把一条大船拆了吗……"怀穆春站了起来。

"你说不行就不行?家中谁是老大?不过我知道,现在怕是我的话你早就不想听了。"怀穆松的话中有种自嘲。

这时,怀荣三听见了他们的争吵,好像清醒了过来,一阵猛烈的咳嗽,咳得快要支不住身子,但突然从椅子上站了起来,颤颤巍巍地骂道:"分家?你们都疯了?败家子!只要我还在,谁也休提分家的事!"

顷刻之间,再也没有人说话,只听见窗外的知了在声嘶力竭地叫着。

一天,怀穆春一家人围在一起吃饭,但吃得沉默寡言,大家都没有心思说话,只有儿子怀如茂依旧调皮,吃着吃着,一不小心就把碗掀下了桌子,小家伙眼睛一闭,只等哐当一声瓷碗碎成几瓣。但众人都没有听到这个声音,正吃惊,却见一只猫喵的一声尖叫着钻了出来。原来是碗正好落到了捡残的猫的身上,摔下的碗居然完好无损。

一场虚惊。一家人继续吃饭,这时,怀穆春若有所思,喃喃自语:

"怪了,碗没打烂。"

玉簪说:"不烂才好。"

这年春节,怀穆春带上玉簪和儿女回岳家。

那天,翁婿相聚,席间唐庐告诉怀穆春一个消息,说黔边事务总局要在桥镇盐厂设立官运厂局,专门负责官盐的收购,桥镇所有的盐都要经过厂局才能运销引岸，厂局官员都要由边岸事务总局提议，报请川省总督任命。

这件事对桥镇盐场的影响不小，也就是说盐巴要收归官运，民间自由贸易将被终止。这一来防止了私盐泛滥，整肃了运销市场，另一来又提高了盐蕴门槛，加重了盐官的权力。

三个月之后，桥镇官运厂局的总办上任，一听原来是唐庐的同科故旧陈秉明，由他来主理桥镇盐区的收购和运输。此人曾在知县任上被参，落魄之际到唐家盘桓过一阵，住在唐家，对幼时的玉簪很熟悉，经常带着她玩。有了这样的人际脉络，此事无疑是对怀家有益，所以陈秉明一到桥镇的当天，怀穆春就把陈秉明请进了怀家大院，为他接风洗尘。

宴席间，陈秉明不断说起过去同唐家的来往，对唐家的感恩之情溢于言表，让在座的怀穆松和怀穆霞颇为尴尬，他们知道陈秉明一上任，怀家自然会沾不少光，更是如鱼得水，但陈秉明分明会为唐家说话，以后在桥镇谁又能同怀穆春抗衡呢？这样一想，他们更加惴惴不安了。

不久，怀穆春就把柳子谦请到了怀家当账房，因为他通晓文理，对账簿、文书、契约等了如指掌；又把魏宝升为管事，魏宝年龄跟怀穆春相当，从小一起长大，相互间很信任，所以忠心耿耿尽心尽职。有了他们，怀穆春自然放心了不少，而上下的人都心中明白他怀三爷的地位，如今他羽翼已丰，大事必须要经过他才能落榫，大老爷和二老爷的分量自然就轻了很多，被晾在了一边。

一天，怀穆春与唐玉簪在家中闲聊，他们谈到了父亲怀荣三已年老，不得不考虑一些以后的事情，怀家的未来应该提前有所安排。虽然怀家不能散，但庞大的家业还是应该做出具体的分配，

第七章

虽然目前短暂缓解了分家之虞,但亲兄弟明算账,不然将来会留下纠纷和后患。

自从官运一来,运销市场也出现了不少新变化。

按照川省官运新法,盐生产出来只能在产地送交厂局统一收购,然后分散运输到规定的引岸,再由商人购销。但每地的地价和行脚不一,收购价格便有差别,而到了引岸,就有行情的涨跌,于是,在边岸口出现了很多专门吃差价的投机商,他们把这样的买卖称为望盐。

这个望盐很有意思,即一船盐在发运途中就已经被买下,到岸后,由岸局发配,虽是挂牌公告,但是在核定成本后,把所有浮费加上后预先卖给了其他商家,有如西方之期货交易。而市场有淡旺季,春季有菜盐,夏季有酱盐,冬季有肉盐,每季的需求不同,价格随行就市。所以商人是在江的这头望着江的那头,判断着行情的变化,决定着每一单生意的盈亏。

桥镇的厂局设在花盐街上,临靠江边,每天这座建筑里都是盐商们在进进出出,他们要把井灶生产出来的盐送到这里等候验收,收购后的盐统一入库,再由官船运往引地。说来也怪,厂局一设,它附近的江声楼生意更好了,很多盐商经常聚在那里宴请。不久就听说这家馆子请了手艺好的厨子,食客趋之若鹜。

这件事让怀穆春很好奇,所以每次走过这家酒楼的时候,他都会让轿夫放慢脚步,往这个奇怪的店内投去几瞥。

那段时间,正是家家户户准备年货的时候,杀猪腌肉需要大量的盐,边岸供不应求,盐价走俏,等在厂局门外的人更多了。一天,怀穆春也不知道被什么触动了一下,便同柳子谦一起到了江声楼。一进去,就看见早已坐着不少人,怀穆春左右四顾,就看见了肖富成。这时,肖富成正同一桌人在闹酒,划拳行令的声音都传到了大街上。

渐渐地馆子里的人多了起来,不一会,怀穆春就看见那些进来的人多是候验的灶户盐商们,他们大声说着话,间杂着形形色色的表情,议论的大多是跟盐有关的事情,比如产量如何,成本涨跌,盐价多少,一壶酒下来,旁观者大致也对行情了解了七八分。

他看了看杯子里的酒,又望了望那些高谈阔论的人。但怀穆春没有想到的是这个江声楼很快就同他有了关系。

那一日,怀家大院的燕禧堂来了个陌生人,给怀穆春捎来一张纸条,上面写的是:"即请穆春仁弟今晚到江声楼一叙,张绍宽。"

怀穆春一阵惊喜,原来是当年帮助过他的那个张绍宽,是他让给自己一船宝贵的米,救活了无数的难民。但这一别好多年,居然相互之间杳无音讯,彼此都不知道对方在忙碌些什么,但这次他却找到了自己,看来是缘分不浅。

傍晚时分,怀穆春来到江声楼,张绍宽早已等候在了那里。他的变化不大,依然方脸阔嘴、白白胖胖的样子,只是鬓角多了几缕白发。原来,这些年张绍宽已经不做米生意了,而是转到了盐上面,因为眼下的米价获利甚少,远不如盐。但他做盐的生意也跟一般人不同,不开一井一灶,但仍然能赚不少钱,办法很简单,就是做望盐买卖。

那天,在酒酣之际,怀穆春问:"你倒说说,望盐买卖是如何做的?"

一说起这个,张绍宽如数家珍。按照官运规定,川省各厂局须按照各岸应行销的额引,并于五月、八月、腊月三个时候召开议事会，会同当地官吏及场商议定盐价，每月集中向盐商购盐两次，在盐价、运费上摊入应纳税课的正税和杂费，再交给商销。按照官核，一张盐票给商利是二十两银子，但盐有涨跌，购盐成本不一，其中的差价大有余利可赚。这两年下来，张绍宽在永岸、涪岸、仁岸等滇黔边岸安设了自己的人，两三日即可掌握几百里内的行情。

张绍宽一讲，怀穆春的兴趣就来了，又问："相隔这么远，张先生是如何获得这些消息的？"

"老弟，这还不简单？我有耳目呀。"张绍宽低声道。

"耳目？"怀穆春有些惊诧。

"是呀，我先问你，这酒如何？"张绍宽说。

"……好酒。"怀穆春仍在云里雾里。

"这是我从贵州仁怀用盐船顺道带过来的，专门供这家酒店。"

"这又是何道理？"

"好酒才能吸引人，我只需在一边洗耳恭听，啥消息不就都汇到我的耳朵里来？"

"那又如何把消息传递出去呢？边岸那边可是三日之内就要挂牌领引，靠船没有四五日到不了。"怀穆春仍然是一头雾水。

"嘿嘿，我自有我的办法。我养了一批信鸽，在官购之前就把这些鸽子送到桥镇，当日放走，盐价两日内就传回去，三天后那边一旦挂牌，我们就可以先手下单，神不知鬼不觉。"

怀穆春恍然大悟，他万万没有想到这江声楼同盐有关系，如此赚钱方式他还是第一次听说，看来这张绍宽真是个人精。

可以说，张绍宽的生意经是着着实实给怀穆春上了一课，过去倒是在古代军中有飞鸽传书的故事，但他利用信鸽来赚大钱，这是怀穆春完全没有想到过的。怀穆春想，如果用他的头脑再加上怀家的财力，不是可以成就更大的财富？这样一想，就有了新的主意，他当下决定开一家钱庄，就让张绍宽来当掌柜。

（三）

怀穆春自从离开贵州后就再也没有回去过，贵州对他来说，只是天上的一朵云，偶尔望望而已。他心里虽然也一直挂念着小琴，但眼下的情形已发生了翻天覆地的变化。他曾经给杜长贵写过两封信，但都石沉大海，音信全无，也不知道发生了什么事情。又过了很多年，怀穆春也渐渐对贵州的事淡漠了，同小琴的那份情缘也成了一段久远的回忆。

其实，自从怀穆春离开柳城后不久，杜家也发生了翻天覆地的变化。当时，杜长贵仍然经营着他的盐铺，小买卖平平淡淡。有一天，他在喝酒时突然问小琴：

"穆春先生走了多久了？"

"七十七天了。"杜小琴回答。

"你怎么记得这么清楚？"杜长贵吃惊地望着女儿。他清清楚楚看到女儿的眼里掉下一颗泪来。杜长贵好像感到了什么，但又不好多问，他只好闷闷地喝着酒。

第二天一大早，杜长贵就带着伙计准备去进货，临走时，他看了看门上贴的那副"春云夏雨卤声远，虚谷浮岚幽梅香"的对联，都有些破损退色了，又看到女儿站在门口恋恋不舍的样子，便说："穆春先生说他三个月内就回来，但他是回来做官的，我们是小户人家，挨不上什么边呀。前几天有人来提亲，我看对方家境不错，等我回来后就把这件事情办了。"

第七章

杜小琴心里一阵难过，但还是点了点头，便说："爹，我知道了，您快去快回吧。"

但这次杜长贵就再也没有回来。原来是在途中遭遇了不测，钱财被强盗抢了个精光不说，人也身负重伤，还没有抬回柳城就一命呜呼。杜小琴哭了三天三夜，然后把城里的盐铺打点后便回到了乡下，跟着亲戚过日子。但让她没有想到的是，她的肚子正一天一天大起来，她已经怀上了怀穆春的孩子。十个月后，杜小琴生下了一个男婴，自己为孩子取名叫怀望，因为她曾经告诉过怀穆春要在三望坡等他。

十二年后，怀望已经长大，杜小琴觉得应该把真相告诉孩子，也是为孩子的未来着想，于是对他说他的父亲在遥远的桥镇，现在你已经快成人了，应该自己去寻找自己的亲生父亲了。

一天，杜小琴把儿子送到三望坡，伤感地说：

"当年我就是在这里把你父亲送走的，今天我也把你送到这里，记住孩子，你是怀家的人，应该去投奔怀家！"

母子俩抱头痛哭了一阵，怀望才依依不舍地上了路。

这一天，桥镇的街上来了一个清秀的少年，衣衫简朴，身上挎着蓝花布包。

此时的少年早已用完了所有的盘缠，靠乞讨才走到了桥镇，但他的心里充满了希望。正是天黑时分，怀望找到了怀家大院，正要上去，就听见看门的家丁厉声问道：

"找谁？"

"找我爹。"

"谁是你爹？"家丁警惕地上下打量了一番他。

"怀穆春。"

"啥？三爷……呸，如果讨饭我可以赏你一碗，要是乱言乱语，谨防老子打扁你！"

"我找我爹！"怀望又说了一遍。

"滚，滚，滚！臭叫花子！"

家丁咚的一下把门关了起来。

第二天一大早，怀穆春早早地起了床，他站在天井里问仆人昨夜怎么传来了隐隐约约的喧嚷声，看门的家丁回答是有个小叫花子在外面闹腾。这么一说，怀穆春便不再留意，等用完早餐后，他便吩咐人备轿准备去盐井查看。出门的时候，他正要跨进轿子，突然看见门外照壁下倒着一个少年，他连忙上前，看到孩子正在酣睡中。家丁在一旁说：

"三爷，就是这野娃儿昨夜折腾了半宿。嘿，他还说他要找爹呢，笑死人了！"

"谁是他爹？"

家丁没有敢说出来，只是应付了一句："胡言乱语的，哪个晓得是谁！"

"哦，有这等怪事……"

"我看是饿疯了，等会我用黄荆条子把他赶走！"

怀穆春又看了一眼那个少年，眉目深锁，突然有些怜悯说："不要赶他，去找件衣服给他盖上，等他醒了，给他端碗白饭吃。"

怀穆春坐上轿子起了身，但走在半道上，他心里隐隐若有所动，连忙叫住轿夫往回走。等他回到大院门口的时候，却没有看见那个倚靠在照壁墙角的少年，他问家丁，家丁连眼睛珠都没有转一下，就回答说他已经自己走了。

其实家丁说的是假话。当时的情况是家丁怕麻烦，心想凭什么要白白送碗饭给他，要是他吃了赖上了咋办？便想把他赶走了事。当时他恶狠狠地走到照壁前,一脚把怀望踹醒,大声吼道:"快滚!"

"我要见我爹!"怀望揉了揉眼睛。

"我们老爷刚才来了,他说没你这个儿子。"家丁嘴角挂着嘲笑。

"……他说的?"怀望很震惊。

"是啊,实话告诉你,我都想给咱三爷当儿子呢。"

"让我进去,我要见我爹!"

"快滚,不要脸!"家丁眼睛一瞪,凶相毕露。

"呸,狗奴才!"

家丁勃然大怒:"敢在怀家门口撒野,看老子打断你的腿!"

周围已经聚拢了好多看热闹的人,家丁怕他继续闹事,给怀家摆摊子丢脸,便找了几个人把怀望绑了起来,扔到了镇头的人市口。

这天也怪,人市口上冷冷清清,只有一个运盐的盐老板来找搬运工,此人留着个山羊胡,蒜头鼻上密密地布满了红红的疹子,是个大酒糟鼻。他斜着眼睛挑来挑去也没有满意的,最后他走到怀望面前,把他肩上插的草圈一扯,便把他领了回去,家丁得到了五十个铜板。这时的怀望已经精疲力竭,便迷迷糊糊地跟着老板到了岸边,酒糟鼻便先给了碗饭他吃,看他狼吞虎咽吃完,酒糟鼻才对他说:

"你把衣服脱了。"

怀望纳闷地看着他,不知道他想干什么,但还是把衣服脱了,只剩件裤衩。酒糟鼻在他的身边转了一圈,看到怀望胸上几根细细的肋骨,便狠狠地丢了一句:

"这碗饭白给你小子吃了!"

"我不会白吃你的饭。"怀望犟着头,把嘴角的一粒饭抹进了口中。

酒糟鼻觉得这小子还有几分较劲,便说:"好吧,我暂时把你留下,但你要听着,从明天起每天要扛三船盐才有饭吃,少扛一包都休想动老子的筷子!"

得知有人寻父寻到怀家这件事的是怀穆松。

那天墙外发生争吵后,几个仆佣便在院子里聊闲话。但说者无心,听者有意,怀穆松无意中居然听到了,他一想,此事甚是蹊跷,又把当时守门的家丁寻来,仔仔细细问询了一番,料定此事必有隐情。

有了寻父这件事,怀穆松突然看见了希望,当即他便与怀穆霞商量,要尽快找到这个来寻父的少年。

但在哪里去找呢?当时家丁把人往人市口一送,只当送瘟神,就再也没有管他的死活,后来是被人捡去了,还是独自离开了桥镇谁也说不清。怀穆松想,那个孩子若是离开了桥镇,要想再找到他无异于大海捞针;若是留在了桥镇,就还尚存一线希望,但桥镇的盐场工人多达数万人,要想找到一个不知道名字、相貌特征模糊的少年也非易事。他们判断,既然是千辛万苦来寻父,一时半会不可能离开桥镇,可能还留在此地,而只要留在此地,就还有再找到他的机会。

而此时的怀望寻父不成,孤零零地一人待在桥镇,任由命运摆弄。

怀望的眼睛里布满了血丝,他太困了,也太饥饿了。这一千里路程他是拼着命走过来的,白天顶着毒辣的太阳,夜晚数着寒冷的星星,风餐露宿,蓝布裹里背的苞谷粑,他只好省着吃,每次都只能吃一小块，揉成粉状放进嘴里，让胃还能蠕动为止；他的脚被磨出了厚厚的老茧，厚得要用刀去割，割出来的茧皮有鞋底那样厚。但怀望心里想的是母亲，他必须要给母亲一个答案，他相信母亲是为了这个答案而活着的。

空船停靠在岸边，搬盐工赤裸着上身，他们把盐包下到船上，待装满了船，下一只船又接了上来。工人没有停息，只要停息下来，酒糟鼻就会大发雷霆，在他的眼里，那些工人就是牛马，喂了草就得干活。

但让酒糟鼻想不到的是，怀望这个看起来羸弱的少年居然连干了七天没有倒下，他那细得像根草一样的腰居然没有被压垮。他不知道那些力气是否真的是从那一把嫩骨头里冒出来的，因为这样笨重的活，连那些身高七尺的壮汉也难吃得消。

怀望从小就上山砍柴背薪，是个地道的苦孩子，年纪虽小，却要承担一个壮年男人的负担。自从当了搬盐工，他便没日没夜地拼命干活，一百斤的盐包他一天要扛上百包，才能换来饭吃，因为他只有一个信念，就是要活下来。

酒糟鼻是个吝啬鬼，最初他不相信怀望能替他卖命，他的算盘是只需半日，就让怀望自己滚蛋，正好可以抵了那碗白饭。但后来看到这孩子还有些用，便一阵窃喜，因为如此廉价的买卖实在是太划算了，他只花了五十个铜板！要是在其他老板那里，像这样好的体力，每日除了三斗碗白饭不说，还要在饭上盖一层肥肉，每月还得帮补几斗白米。那天，酒糟鼻假惺惺地对怀望说：

"老实干，除了我这里没有人会要你！"

开饭的时候，酒糟鼻破例给他加了根咸菜。

怀望在酒糟鼻那里干了一个月，每天除了没日没夜地干活，直到累得精疲力竭倒头就睡外，他的心里空空荡荡的，什么也没有，而这换来的仅仅只是没有被饿死。

他好像把寻找父亲的事情遗忘了。

日子一天一天过去，又过了一月，天气渐渐变凉，季节已入秋。那一天，怀望一如既往地赤裸着上身，跟在一队人的后面扛着盐包，轮流着把盐包码在船上。突然间，他好像闻到了一股他熟悉得不能再熟悉的东西，心里突然有些涌动。哦，是稻谷的味道！原来这条船刚刚卸了稻谷来装盐，船上还遗留着稻香。

这一刻，怀望的眼里落下了一行泪。他知道，这个时节要是在家乡的乡村，应该是收割稻子的时候了，母亲会在地头准备一个水罐，这是专门为他准备的，在他挥动镰刀把大片的稻谷割倒的时候，由于剧烈的劳作会让他的四肢不听使唤，浑身酸痛，但只要喝上一口水，再苦再累仿佛也就减轻了，因为他同母亲相依为命，母亲把他养大，他也要靠自己的力气养活母亲。

怀望闻到稻谷的味道就停了下来，他的思绪已经飞到了遥远的家乡。

就在这时，酒糟鼻的骂声传了过来："给老子滚，想偷懒！"

怀望惊醒过来，用手抹了把脸上的泪，又赶忙回到了搬运的列队中。但那夜，怀望失眠了，他望着天上的月亮出神，月亮像个玉盘，大得让他忧伤。

第二天一大早，酒糟鼻的吼声又开始响起，他不会让干活的工人多睡一会儿。怀望从一群男人横七竖八的大草炕中撑起身子，空气中混杂着一种臭烘烘的气味，怀望只觉得头昏脑涨，浑身乏力。所有人都出去了，他才拖着沉重的脚步出了工棚。那天，怀望扛着那一百斤重的盐包仿佛又沉重了许多，压得他喘不过气来，

第七章

眼里直冒金星，只觉口干舌燥，汗水敞开在流，人快要虚脱一样。

"快扛！跟着走！"

酒糟鼻的吼声在背后追着，怀望努力告诉自己：坚持，一定要坚持！再咬下牙就好了。但这样想着的时候，他的腿开始发软，脸色发青，完全迈不出步来。他想小步挪，但也不行，身上根本发不出力，他心里感到了一种可怕的念头。这时，他眼前突然一黑，咚的一声就倒了下去，怀望被背上的盐包重重地压在了地上。

"龟儿子，快起来！"

酒糟鼻气急败坏地骂着，但他走近去看发现怀望确实伤得不轻时，背着手就走开了。

一个老盐工想扶起怀望，但此时的他根本站不起来，只好把他移到一棵树下躺着。怀望在痛苦地呻吟，脸色发青。老盐工看怀望的伤情非常严重，不可能继续做工了，便走到酒糟鼻的跟前去求情。酒糟鼻盯了两眼怀望，估计情况不妙，才从兜里摸出几个铜板扔在地上，不耐烦地挥了挥手，让他把怀望赶紧带走。

老盐工背上怀望往镇上走，走到了一家药铺前，郎中一看，露出了鄙屑的神色：

"这点钱，连一味药都买不到。"

"您就可怜可怜一下这个娃儿吧，他无亲无戚，遭孽得很！"老盐工说这话的时候，两腿都差点跪了下去。

"白吃药，天底下哪有那么好的事情，药铺又不是粥场！"郎中讥讽道。

没有法，老盐工只好把怀望背了出来，但到哪里去？他是一点主意都没有。怀望的腿已肿得一点都不能动弹，老盐工只好把他放在街边。很快，街上就围了不少人上来看热闹，但那些人看了后便摇着头离开了，留下一阵叹息。

天黑了下来,围观的人渐渐散了,老盐工看到怀望痛苦不堪的样子,也落下了眼泪。但他只有在一旁守着他,眼睁睁地看着他在疼痛中失去知觉,昏睡了过去。过了两个时辰,他摸了摸怀望的手,冰冷,好像没有一丝温度。老盐工想,要是明早他不能醒来,就用那几个铜板去镇上买一床草席,把他裹了拉到郊外,随便挖个坑埋了。

天完全黑了下来。桥镇上的人都已回到自己的家中,街上只有些昏黄的灯光。

一个老头子端了碗水放在他们旁边走了。

一个老太太一瘸一拐地送来了两块苞谷粑。

老盐工抱着怀望坐在街边上,神情悲戚,泪水涟涟。

这时,一阵更声传了过来,崔矮子提着灯笼敲着锣缓慢地走了过来。待他走到老盐工面前,才发现有个人半躺在地上,他连忙走近一看,只见怀望在昏迷中发出沉重的呼吸,表情痛苦异常,忙问:

"咋个了?"

"他快不行了!"老盐工的泪水在眼眶里转。

崔矮子忙把怀望的伤处用灯笼一照,吓了他一跳,整个大腿肿得像根树桩。

"骨头断了吧?"崔矮子问,"家里的人呢?"

"他哪里有家,唉,遭孽哟!"

崔矮子蹲下身子又看了眼怀望,心里也涌起一阵怜悯之心,但他也没有办法,爱莫能助。崔矮子摇了摇头,站起身想摸摸身上看有什么东西没有,但摸了一阵,口袋里空空如也。他又摇了摇头,叹了口气:

"唉，苦娃儿哟，苦娃儿哟！"

崔矮子拾起灯笼，慢慢敲着锣走了。

到午夜时分，老盐工慢慢感到怀望的身体在渐渐发冷，他知道这样下去，等待这个少年的必定是死亡。但他一点办法都没有，他同怀望一样在痛苦中煎熬着，看不到任何一点希望。老盐工又呜呜地哭了好几回。

夜漆黑得像没有尽头，天上挂着几颗冰冷的星星。

就在这时，街头突然传来了马蹄声，由远及近。两匹马一前一后飞奔而过，前面的马刚刚过去却放慢了脚步，他好像看到了什么，把马绳一拉转了回来，须臾之间，就跳下两个高大的男人来。

老盐工吓了一跳，火把的强光把他映得睁不开眼。

"怎么回事？"对方问。

"这娃儿快熬不住了！"

"怎么不去找郎中？"

"郎中？唉，药铺的人连根草都不肯给！"老盐工又是一阵悲戚。

"快，把他抬走。"声音不容置疑。

"去哪里？"老盐工有些惊愕。

"教堂。"

（四）

第二天，当怀望睁开眼睛的时候，他看到的是个奇怪的面孔。头发卷黄，两撇大八字胡，但脸面光亮洁净，高高的鼻子轮廓四现，眼窝深陷，琥珀一样的眼睛深邃而宁静。那个人看着他微笑，怀望想张开嘴，那人却用手指轻轻捂住他的嘴唇，意思是让他不要用劲。

这时的怀望已经从昏迷中苏醒，他感到了剧烈疼痛，一动就会发出钻心的撕裂感。不一会，就有人来为他打针喂药，他的伤口已经进行了手术清创，受伤的大腿已经被夹板和绷带缠了起来。那个人穿着白大褂，戴着口罩，这是怀望从来没有见过的，因为在他的印象中，郎中都是靠把脉问询，然后在一片发黄的纸上用毛笔写上十几味中药的名字，再用土罐熬制来治病。但现在的他静静地躺在洁白的床单上，吞下的是白色的药片，但奇怪的是这些东西到了他的肚子里，疼痛居然减轻了。那个戴口罩的人正同一个有着琥珀一样眼睛的人在说话，叽里咕噜的，他一句都听不懂。他们说了一阵，有着琥珀一样眼睛的人转过身用中文对怀望说道：

"孩子，你要在这里待上一段时间了。"

"我的腿怎么了？"怀望急切地问。

"情况不太好，只有在这里好好调养一段时间。"

怀望哇的一声哭了出来，哭得好伤心，他想可能走不回贵州了，也再见不到他母亲了。

"孩子，不用着急，上帝会保佑你的。"

说完，有着琥珀一样眼睛的人走了出去。不一会，老盐工就从外面走了进来，他给怀望送来了鸡蛋、面包和牛奶。老盐工告诉怀望，昨夜救他的是教堂里的洋人，人们都叫他高牧师，当时他们是刚从外地办事后，在回桥镇的路上救了怀望，现在他就住在教堂的屋子里。

怀望听完老盐工的描述，心里还是有些惊诧，因为过去他听说洋人都不是什么好东西,他们会把婴儿的心脏剥出来吃了,把人的眼睛取下来炼丹……他想他的腿会不会被洋人用来做些什么。想到这,他不由自主地哆嗦了一下。

他又感到了一阵剧烈的疼痛。

但几天以后,所有的一切都在改变着怀望。

在医治的过程中,高牧师常常来看怀望,高牧师平时也穿着中国人的装束,蓝色长衫,脚穿皂靴,只是胸前戴着个奇怪的十字架,他每次在口中喃喃自语,手也在胸前画着十字。当初怀望还有些怕直视这个身材高大的洋人,但后来怀望心里明白高牧师并不是坏人,相反救了他的命,是他的恩人。所以日子一长,他在听见高牧师轻轻走出去的时候,也会忍不住去看他的背影。

那段时间里,怀望有些害怕和怀疑,也有些愧疚和感恩,而这些情感交集在一起不断地游移着。

渐渐地,怀望开始亲近起高牧师来,甚至他还盼望着看见那双琥珀一样的眼睛,因为那里面传递出的深邃与宁静都让他感到了一种安全,这是在他翻山越岭来到桥镇的日子里从来没有感受过的。在教堂的一个单独的房间里,怀望每天除了吃药打针,不再为食物忧虑,每天会有人把吃的东西送来,他的床单经常有人来清洗,衣服也会被换洗得干干净净,甚至闻得到新鲜的肥皂的气味。只是他的腿还不能动,行动还很不方便,只能静静地半躺在床上,但半月过去,他腿上的肿痛消去了不少,人的精神也一日一日好了起来。

又过了两个月,怀望已经可以拄着拐杖下床走路了,他的腿伤之所以好得如此之快,自然是高牧师的功劳。但身体在好转,怀望的内心却渐渐焦虑起来,因为他不知道腿好了后,今后该去哪里，天气渐渐寒冷了下来，季节已转入了初冬，高牧师给他送来了棉衣，怀望又想起了遥远的家乡，只有母亲才会给他缝制棉衣，她把节省下来的钱到集镇去买回棉花，然后密密地缝制。

这天，高牧师又走进了他的房间，他一见怀望就说：

"孩子，你好几天没有洗过头了。"

不一会就有人提来了水桶，这次是高牧师亲自动手，他把袖子一挽，就开始给怀望洗头。热水从怀望的头顶上淋下来的时候，他感到了一种从来没有的奇特感受，温暖的水顺着他的头发流过两颊，仿佛连内心都得到了熨烫。

怀望在水中偷偷地哭了。

洗完后，他坐在太阳下晒头发，怀望闻到了头发被晒酥后的那种清新气味。一阵风吹了过来，把他长长的头发扬了起来，头发在空中聚拢、交织、分散。他的思绪也随之飘得很远。

这时，高牧师也坐在了他的身边，轻轻地说："孩子，讲讲你的故事吧。"

怀望便开始讲他的故事，从他睁开眼看见这个世间开始，直到现在。但他的故事简单得不能再简单，就像其他山里的孩子一样，要是他有一个从小就见到的父亲，他的生活就完全同山里的孩子一模一样了，但他不是一般的山里孩子，他还有他不知道的故事，所以他的眼里常常充满了忧郁。

这天，怀望独自一人在屋子里，他打开了那个他随身携带的蓝花布包，拿出里面的一张丝巾来，上面绣着柳叶和两只燕子，这是母亲让他要亲自交给父亲的东西，他不知道中间蕴含的意义，但他相信这里面一定有种美好的东西，怀望看了一阵又把它折好重新放到了布包中。

怀望望着外面的天发愣，天空中正飘着小雨，亮晶晶的雨丝让天色更加灰暗。寒冷的冬天就要来了。就在这时，他听到了一阵歌声，他知道这是唱诗班在唱颂歌。在教堂的这段时间里，他已经听过了无数回这样的歌声，现在他开始相信，歌声中有种祥和、清澈的力量在回荡，它缥缈、神奇，就像他家乡高高山峰上的那一缕缕云霞，他只能仰望着它们，并在不经意间泪流满面……

第八章

(一)

缪剑霜点燃了一支烟，烟雾顺着他的手指弥漫了出来。

那是一支哈德门香烟，在桥镇这样的地方很少有人抽得上这种烟。香烟盒摆在桌子上，面皮上是个穿旗袍、烫了波浪头发的时髦女郎，下面还有四个醒目的字：郁馥芬芳。在桥镇，人们大多是抽叶子烟，长长的烟杆足足有三尺，抽得满屋里都是烟雾，昏天黑地。这时就听见有人在咳嗽，有人在擤鼻子，有人抠着头皮或是抖着坐皱了的长衫。只有缪剑霜身着西装正襟危坐，西装的左上别有一枚孙中山先生的像章。

他轻轻地吐着烟，听着那个老者讲故事。

其实缪剑霜过去也来过桥镇，当年他是陪英国人丁恩来的桥镇，那时候的他还仅仅是盐务稽核总所的一个小小秘书，而丁恩是盐务稽核总所的洋会办，掌握着全中国的盐务大权，缪剑霜就在他手下做事。当时的缪剑霜年轻好学，记忆力非凡，对中国所有复杂的盐场分布、法律条款、税制设置以及盐政变迁等都如数家珍，有他在身边，相当于是本活字典，为丁恩在中国的盐务施政提供了方便。

那时的丁恩已快六十岁了，缪剑霜陪着他几乎走遍了中国的大小盐场，当然桥镇就是他们行程中的一站。丁恩把那次考察的成果写成了一部《中国改革盐业报告书》，据说这部书影响了现代中国盐业的发展，但他的那个时代一去不返了，他早就回到英国老家安度晚年了，如今中国的盐业有什么真正变化，缪剑霜的心里也没有多少底。

缪剑霜想着这些的时候，烟灰突然掉了一大截在地上，他才发现中间思绪纷飞的时间太长，赶紧用食指点了点烟头，感叹道："时间真是快啊！"他嗟叹的是这次离他最早来桥镇已经有二十多年，这段时间里发生了太多太多的事情，他已从一个青年变成了个中年人，光阴荏苒，其间多的是无奈。

旁边的人并不知道他在想什么，还以为他在感叹这个故事呢。这时只听见讲故事的老者接话道：

"唉，故事还得慢慢讲啊……"

实行官运之后，望盐生意在各地做得风生水起，作为川中大盐场的桥镇，各种各样的人都汇聚到了那里。每到官盐局收盐的那两日，花盐街上车水马龙、熙来攘往，官盐局门口更是热气腾腾，人挤得满满当当。

根据大清的盐法，卖盐必须要经过四关，也即履行截四角法。但凡领引的盐商要销盐出省就得先交出引票，由盐司审查票据后，加盖大印，截去平字角，此为预验；然后商家还要过验盐这关，一般是根据抽取包盐的盐质优劣，由盐局定等，分为甲乙丙丁，每等价格不一，引票由检验人员盖印截去上字角，此为二验；在运输途中，还有抽验关口，这一关主要查盐斤有无短缺，须称掣无弊才能放行，引票被截掉去字角，此为三验；盐到引岸后，还得等候当地盐局查验，查验合格才截去入字角，此为四验。一张引票要四角都盖章截角后才算完成了交易，而在这个过程中，盐讯早已经传到了彼岸，盐未到岸就要先挂牌，摘牌者领盐商销。

官运之后，商销大畅。桥镇每到收盐日都像过节一般，那些卖了盐拿到银票的盐商灶户自然欢欢喜喜地去抖馆子喝酒，或是下春院寻乐，还有一些盐商则打字牌、掷骰子、搓麻将、押银宝，搅得个乌烟瘴气，反正这一日的桥镇是声色犬马，市侩浮泛。

这一天，镇上来了个卖蛇的人，围了好大一圈人看。只见他把蛇装在麻布口袋里，口袋不停地拱动，如果要看菜花蛇，他伸手一摸，猛地扯出根蛇来，那一定就是菜花蛇；如果要看乌梢蛇，只见呼的一下，空中会飞旋着条黄色的线条。有个小孩非常好奇，问有没有竹叶青，那人便又把手伸了进去。他贴着耳朵听，不一会，只见他突然一用劲就把蛇夹了出来，那蛇全身翠绿，瞪着金黄的眼睛，吐着蛇芯子，在人前立了半尺高。

那天天黑的时候，看热闹的人才渐渐散去。但后来就听见有人说看见卖蛇人把蛇全部放到山坡上，蛇瞬间就消失了；第二天，又有人看见他吹着奇怪的口哨，那些蛇又不知从哪里重新爬了出来，乖乖地钻进了他的口袋里。

因此桥镇上就有了不少奇奇怪怪的传闻，这让人们总有种不安稳感，都在说那个卖蛇人不寻常，他的身上带着某种妖术。而这样一说，所有人都想去看看这个卖蛇人，其实他们都怕那些每天放出的蛇是不是钻到了自己的屋檐下。

这天，江声楼里来了两个陌生的面孔，来者一高一矮。要是在往常，人们可能会打量一下这两个不速之客，但如今人们正在热议那些各种关于蛇的传闻，谁也不会多盯他们一眼。

他们一进门，店小二李五就迎了上去，他边安置桌椅边唱菜名，只听他声音洪亮，嘴里就开了花。正是晌午时分，来江声楼的人渐渐多了起来，那两人对每个来者都会斜着眼睛细细打量一番。过了日央之时，人们也慢慢在酒足饭饱后走出了酒楼。看酒楼里人所剩无几，那两人才唤来堂倌结账，走出了江声楼。

第二天中午，那两个一高一矮的人又出现在了江声楼里。还是同昨天一样，两人又点了几碟小菜，一壶酒。这天正是桥镇厂局的购盐日，因为每月只有两次，盐商们都非常重视这个交易的日子，而卖了盐，收到了银票的灶户们都会兴高采烈地到江声楼来喝上几杯，江声楼的脆皮鱼和姜爆鸭丝堪称一绝，酒也来自有名的烧房，这里就成了回水沱，那些财大气粗的盐商，都会在这天邀朋呼友大摆筵席，场面可能延续到深夜。

喝了一阵，矮个子呼了声堂倌："小二，再来一壶。"

李五把酒送来时，高个子摸出两个铜板塞在他的手里，问："今天好热闹，哪家在吃大户？"

李五一看到赏钱，便有些得意："咸源号的大掌柜肖富成呀。"

"哦，我们是做铁器买卖的，正要找这些大掌柜谈盐锅生意。"

"他可是咱们镇上的大户人家，据说藏了三坛金银财宝，全埋在地下！"

"你怎么知道？"

"镇上的人都这么说。"

李五走后，两个人点了点头，很快离开了酒楼。江声楼上觥筹交错，划拳猜令，沉浸在一派喜气洋洋的气氛里。

这天，酒宴一直延续到了夜晚降临，过了戌时，人们已陆续散去，而肖富成酒喝得不少，到了二更亥时才走。他结完账，哼着川戏，摇摇晃晃走在街上，前面只有一个家仆给他打着灯笼。

大街上清清静静的，只有一丝儿风吹着，胡记药铺还在房檐下留着盏灯，那是为半夜里闹病的人留的。

走在半路上，肖富成突然感到尿涨，趁着黑扒开裤裆就开撒，一阵风吹来，热尿的臊味飘进了他的鼻子里，让他清醒了一丝。这才定神一看，撒尿的地方正是刘寡妇的门前，肖富成一慌，赶紧拔腿就跑。他知道，要是刘寡妇知道有人在她门前放肆那还了得，全桥镇的人都知道这个婆娘横，惹上了不得了，会口吐白沫、满地打滚！但就在肖富成离开刘寡妇家门口，在前面百米远的地方，突然腿一软，又在裤裆里飘出了杆尿来，而酒已就醒了大半。

肖富成被劫的消息在第二天早上传遍了桥镇。

原来肖富成在喝完酒后回家中的途中，刚要进院门，就被早埋伏在他宅子附近的蒙面大盗劫持，家中的金银财宝被洗劫一空。

劫案一出，四处都在议论纷纷，江声楼的小伙计李五也去凑热闹，但一听说是肖富成出事，脸色陡变。他心里开始不安，他怀疑起昨天的那两个人来，因为那两个说是做盐锅买卖的人一直在打听肖富成的事。但他不敢声张，趁没有人注意，把藏在兜里的两枚铜板赶紧扔进了阴沟里。

怀望的伤彻底治愈是在三个月后，他已经完全可以自由行走了，不仅如此，他的身体也结实了很多。这天，怀望告诉高牧师，他要去寻找自己的亲生父亲了。走出教堂的时候，高牧师摸了摸他的头，嘱咐怀望：

"去吧，不要害怕！"

怀望重新回到怀家大院的时候，他在墙外站了半天，心情忐忑不安。他甚至想，如果这次再遇到上次那个恶狠狠的家丁，他就死了这个心,因为如果再把他扔进人市口就惨了,那他真不知道该怎么办了。

怀望在高高的围墙外走来走去。

这天,怀穆松正好从院子里出来,他准备到卤元井上去。当他跨出大门的时候,怀穆松本能地往四周望了望,他看到一个少年在不远的墙边来回走动,低着头,心事重重的样子。怀穆松并没有在意,他跨上轿子,起身出发。刚走了半里地,怀穆松好像想起了什么,忙让轿夫停下来,只说了声"回"。轿夫快步往回走,但回去的时候,那个少年不见了。

怀穆松急问守门的家丁:"刚才门前的那个少年去哪里了?"

"我没有在意,一会就不在了,老爷。"

此时的怀穆松已经看到了希望,自从突然看到了那个要找的少年后,他就相信这个孩子是真实存在的了,而他的身上一定有着一段奇特的经历。他更相信,这个少年一定会再次在桥镇出现,他们之间不会再失之交臂了。

其实,怀望刚才在大墙外犹豫了半天,他看到那么高的围墙,突然之间就失去了勇气,他感到这个地方不是他要来的地方。怀望从小在山里长大,大山里没有围墙,这道三尺高的墙隔着两个完全不同的世界。怀望彻底泄了气,这回是他自己打倒了自己,所以他快快地回到了教堂里时,只想去跟他的恩人高牧师告别,然后踏上回贵州的路。

高牧师看到怀望回来,并没有感到什么吃惊,只是带着他去晚祷。晚祷之后,怀望的心绪平静了许多,把他的想法全部告诉了高牧师,他说他是回来跟他告别的,因为他不再想见到他的父亲。

高牧师听完,在胸口画了个十字说:"孩子,凡事都是主安排好了的,你父亲近在眼前,你为什么不去见他呢?"

怀望相信高牧师,仿佛也相信命运的安排,他仿佛又有了些勇气。

出事之后,肖富成被吓破了胆,变得神神癫癫。

他嘴角流着口水,一见人就用手比着自己的脖子砍,一副惊恐万状的样子,这都是被劫后留下的后遗症。肖富成的生意一落千丈,前后两次遇到大劫,单靠凤香也难支撑生意,便把大部分的井转了人,工匠也辞去了大半。

又过了半年,这半年是安安静静过来的,再无什么新闻。

一天早晨,天还蒙蒙亮,肖富成家的一个杂工起得很早,他每天都要从后院的井里打水起来把石缸装满。

这天,他把木桶放进了井中,但辘轳上的绳索怎么也落不到底,于是他便把桶绞起来,桶里居然一滴水也没有。杂工很纳闷,心想是不是井里的水干了,便借助点微弱的光把头埋进了井口。咦,他发现井底好像浮着什么东西,但又看不清楚,便找来一根长杆插下去,一戳,感觉不对,里面好像浮着什么东西,软软的。又戳了一下,还是软软的,他判断里面肯定有东西挡着,怪不得提不起水来,他便找了根洋蜡点上,仔细一看,吓得把蜡烛都掉进了井里,随即便听见他的一阵惊慌失措的狂嚎:

"有人跳井了!快来人呀!"

等所有的人都惊恐万状涌到了井边,把人打捞起来一看,原来是肖富成落井死了。

这是怎么回事呢?说来也滑稽。那天半夜,肖富成做了一个噩梦,惊醒后便大呼小叫起来。凤香被他一折腾,就骂了他几句,肖富成一恼怒就起身出了屋子。但他神不知鬼不觉就走到了井边上，恍惚间他伸头一看，里面铺满了银子，便伸手去捞，哪知道站立不稳，就栽了下去。其实井里哪有银子，那是月光倒映在水里，让肖富成看花了眼，他以为他损失的那些银子被人藏在了井底，这究竟是由贪变痴的结果。

（二）

怀穆松与怀望的见面虽然有些偶然，但这个过程仿佛是冥冥中的安排。

那是一个早晨，怀穆松起得很早，他正在院子里摔鸟，那是他训练鸟的一种方式。据说把笼中的鸟关久了就会懒，一懒就成天耸着毛，难看得像害了瘟的阉鸡，所以必须要翻来覆去摔，这样就可以赶走鸟儿身上的懒虫，跟在笼子外一样活蹦乱跳，充满了朝气。

摔鸟也是耗力气的事情，一阵下来，怀穆松摔得自己的膀子都有些酸痛。他又坐下来喝了几口早茶，用了几块早点，这才起身出门。按照怀家的讲究，在大门的内侧有个候轿的走廊，轿夫们都在那里等候主人，怀穆松只需一抬脚蹬上轿子便出门，外面的人是看不到轿子里的人的。

这天，他跟往常一样坐进了轿子里，轿夫一伸腰，只听见轿子吱嘎一声闪了下，怀穆松习惯性地往前倾，接下来便是轿夫大步跨出门槛，连续的几个动作都有些大，把人都颠得有些晕晕乎乎。就在这时，他听见外面传来了一个怯生生的声音：

"三爷……"

怀穆松撩开帘子，看见一个少年站在自己的面前。

"三爷！"少年又喊了声，但声音比上次小了很多。

"你找三爷？"怀穆松问。

"嗯。"

"你是谁？"

"我，我是三爷的儿子，我叫怀望！"

怀穆松一下就明白了，这正是他要找的人！

他看见这个少年身上挎了个蓝花布包，带着异域的色彩，这一定就是那个从很远的地方来的孩子了。但怀穆松不能明白的是这个少年为啥喊三爷，其实这是怀望从上次那个门役那里听来的，那个门役就喊怀穆春三爷，他推测三爷就是怀穆春，怀穆春就是三爷。所以怀望这次便等在门口，想着见到轿子出来就喊三爷，三爷肯定是坐轿子的，只要他一喊就可以找到三爷，这回他变聪明了很多。

怀穆松马上就把怀望带到了一个僻静的地方。在一间敞亮的屋子里，怀穆松仔细地打量着眼前的少年，他的容貌确实跟怀穆春非常神似，这样的神似在举手投足间暴露无遗，这个朴实的山里孩子没有撒谎，按时间推算，这一切都应该发生在怀穆春到贵州候官期间。怀穆松不禁大悦，此事对他而言太重要了。

事情既然揭开了盖，迅即弥漫开的便是一锅腾腾的热气。

接下来，他让仆人给怀望煮了碗葱花鸡蛋面，怀望吃得津津有味，怀望看到怀穆松对他那样和善，心里就没有了任何芥蒂，他觉得这面太好吃了，让他找到了家的感觉。看到他狼吞虎咽的样子，怀穆松又让人煮了碗来，怀望又呼呼地吃进了肚子里。

吃完面，怀望被安排在了怀穆松自己院子的一间厢房里住下，怀穆松又告诉怀望，说他的父亲怀穆春正在外地办事，要两日后才回来，让怀望好好休整，不要乱走，等着给大家一个惊喜。实际上，怀穆松想的是等待宗祠聚会的到来，他相信到时的震撼是平地里的一阵狂风，会让一棵巨树上的鸟儿忽然惊起。

两天之后，怀家宗祠举行聚会，这是怀姓族员例行议事的日子，怀家的老老少少都相约去了祠堂。

那天，怀荣三、怀穆松、怀穆霞、怀穆春先后来到了祠堂里，他们先是给祖先的灵牌磕头上香，然后按辈分分坐了两边。这天的议事并无特别的内容，谈论的都是些无关紧要的事情，比如井上的生产情况，田里的物产如何等等，因为近来怀家并无婚嫁丧葬方面的红白喜事，所以大家喝着茶，抽着烟，晒着稀稀疏疏的太阳，只等挨到午时的聚餐。这时，一直沉默寡言的怀穆松突然从椅子上站了起来，走到了大堂的中央，大声说道：

"今天，我要告诉大家一个好消息，咱们怀家又要添丁进口了。"

此言一出，众人一阵喧哗，以为怀氏家族又有哪房哪家的娃要呱呱坠地了。但怀穆松说完，却没有继续讲下去，而是快步走出大厅，须臾间从外面带了一个眉目清秀的少年进来。大家不知究竟，望着怀穆松发愣。

"这个孩子叫怀望，既然姓怀，自然有些来历。这样，现在你给你亲生父亲磕个头吧。"

怀望被带到怀穆春的面前时，怀穆春的脸色骤然大变。

空气瞬间凝固，所有的人都盯着这个陌生的孩子，眼睛鼓得大大的，不知道发生了什么事情。但炽烈的气氛烧得人思绪飞扬，难道这个孩子身上还掩藏着什么惊天的秘密？

就在怀望跪在地上向怀穆春磕头的时候，怀穆春喊道："慢！这是……"

"三弟，他就是你的亲生儿子呀！"

"荒唐！"怀穆春站了起来。

"荒唐？我当初也觉得荒唐，但谁造的孽谁知道。好吧，我说了不算，还是让这个孩子自己讲吧。"

这时，怀望从他布包里拿出一张丝巾来递给怀穆春，怀穆春打开一看，上面绣的是柳条和两只燕子，同他保存的那张一模一样，他一眼就认出这确是杜小琴亲手所绣，而眼前的孩子莫非就是他同杜小琴那一夜……怀穆春只觉头上一热，脚下一个踉跄，跌坐在了檀木圆椅上。

怀望的事情一出，怀家全乱了。

玉簪一气之下回了娘家。那些天怀穆春没有在大堂上露过面，他怕别人用异样的眼光看着他；他走在井灶上，那些工匠也在一边议论纷纷，好像他做了什么大逆不道的事情，他知道桥镇上也一定传遍了风言风语。

这天，怀穆春一人来到茫溪河边，清澈的河水倒映着他孤单的身影，河面上正有一些运盐的船在航行，远处漂来一条遮篷船，摇船的人很远就喊道：

"三爷。"

原来来人正是很多年前渡他过河，后来又搭他去叙府买米的船夫，这条船正是怀穆春在办好事后送给船夫的。

"是船师傅呀！"

这么多年没有见面，如今一见倒有几分亲热。船头坐了个孩子，手中拿着一根竹竿，不断地在水面上打捞着什么。

"快磕头，要不是当年三爷给的钱治病，你早就没命了！"

孩子马上把竹竿放在一边，就跪在船板上给怀穆春磕起头来。

"起来，起来，不必拘礼。"怀穆春问，"多大了？"

"十三了。"孩子回答。

怀穆春这时就想起怀望来,他应该比怀望大一点。孩子正在河面上捡盐渣,那些上船时落到水里的盐碎块都漂在了水上,他们用特制的竹竿一吸,就把盐渣吸进了竹筒里,一天下来,如果运气好,可以捡到几斤盐,比打鱼还挣钱。

"以后这船就等他来撑了,如今一涨水,就撑不动了,水上泡了这么多年,一身是病,不行了!"船夫说。

"也好,子承父业。"

看着船夫健壮灵活的儿子,父子俩娴熟协调的搭手,怀穆春突然心里涌动起什么。他想,怀望应该也有十二岁了,他来到桥镇,以后不也是要子承父业吗?怀望毕竟是自己的亲生骨肉,虽然外面人言可畏,那是时间和环境造成的,一时还难以改变,但怀穆春想随着时间的推移,一切都会发生变化。也就在这一刻,怀穆春从心里已经把怀望领回了家。

这时,怀穆春突然想去玉津山,他想去庙子里看看寂灯,他想去看看红尘外到底是怎样的一种生活。

那天,寂灯正坐在大殿的廊柱下晒太阳,他的眉毛都全白了,倒有些仙道的意思。那几天里,怀穆春除了听听庙里的晨钟暮鼓,便只是跟寂灯闲聊。夜晚来临的时候,他看到明月静静地落进窗子里,让他心若止水。又过了几天,怀穆春好像已经忘记了桥镇的一切,他想自己可能已经在香火缭绕中忘记了凡尘中的一切。但有一天却发生了些变化,那天一大早,他突然就醒了过来,立即翻身下床,待穿上衣衫才发现是在庙子里,坐在床榻边一片茫然。这时,钟声响了起来,又到和尚们早课的时候了,怀穆春想,要是在桥镇,那里早已是忙忙碌碌的景象,而他也将坐上轿子四处巡查,开始新的一天。他的心里又涌动着那些支离破碎的东西。

这天夜里，寂灯突然跟怀穆春讲起一件事，说当年跟他们一起来庙里的那个女子不久前到庙子里来过。

"七儿？"怀穆春脱口而出。

七儿早已从他的记忆中消失了，但寂灯一提，他便忙问发生了什么事。寂灯告诉他，现在的七儿早也不是过去的七儿了，如今她已不唱戏了，曹黑头占领桥镇后她就被霸占了，后来官军抓住了曹黑头，七儿的结局也可想而知，最后是被关了十多年才被放了出来，头发都白了，变得像个衰老的女人。

寂灯最后感叹了一句："红颜薄命啊！"

怀穆春问："七儿如今在何处？"

寂灯摇了摇头。怀穆春深深叹了口气，他的心里难受了好一阵，他没有想到茶馆里毛大哥曾经讲的那个女人居然是七儿，那个名震桥镇的花旦竟然落得如此下场！

但怀穆春想，七儿为什么要到玉津山的庙里来？她有什么值得挂念的事情吗？这样想的时候，怀穆春就感到这样的问题实际上也应该诘问自己。突然间，他就想起了杜小琴，她不是也正被命运捉弄？怀穆春的心里突然为之一颤。在柳城时的一幕幕往事又浮现在他的心里，院子里的梅花、盐铺上的对联、惊心动魄的傩戏……那个清新淳朴的女孩如今变成什么样了？她会经常站在三望坡上眺望桥镇吗？是的，这些都不是已经远远飘走的云彩，它们已经变成了一场狂潮来到了他的身边，把他推进了波澜起伏的漩涡中。

"七儿她……"

怀穆春还想问，但发现寂灯已经起身走了，四下浮着一片白白的月光。

第八章

（三）

怀望终于盼到了高兴的日子，他穿上了新衣新鞋，就要回贵州把母亲接到桥镇来了。

当然跟他一起去的还有另外两个精干的伙计，他们抬着一顶崭新的轿子，带了足够的盘缠，那是怀穆春专门安排的。走之前，怀望到卤元井上去装了一小袋盐，他要把它带到贵州去，让母亲相信他真的是到了桥镇，见到了自己的亲生父亲，同时他也要用这袋盐去外公杜长贵的坟上祭祀。那是一袋白白的、细细的、亮晶晶的花盐，怀望捧起它的时候就仿佛听到了教堂里传来的赞美诗，这样的感觉让他惊奇到了极点，他没有想到相隔那么远的距离，声音竟能飞越过来。

那是他第一次站在咸草坡上，有种震撼在摇晃着他。

怀望听人讲过，很多年以前，这个山坡上飞着一些鸟，但它们一到这里就会掉下来，那是因为大地上卤气涌动，卤气通过鸟儿在召唤人们。这座山是座盐山，站在这座山上的人都有他们的故事，就像怀望一样有自己的故事，就像手里的每一粒花盐一样，有着它们的故事……

当怀望风尘仆仆往贵州赶的时候，桥镇盐场就发生了牛瘟。

发现牛瘟那天，怀穆春起得早，他正准备去井上查看，突然就见几个人飞奔进了院子，站在他的面前神色紧张、噼里啪啦地翻动着嘴皮子。他还没有听完，就跟着他们往外走。

怀穆春最先赶到的是顺龙井，那是离怀家最近的一口井。只见井架下围着一大群人，几个盐工正在把死牛拖到架车上，他们准备把这些死牛拖到远远的地方挖坑深埋。井主一脸悲戚，说前天牛还是好好的，昨天起来就发现牛不正常，请兽医来看，说是得了软脚瘟，喂了药也没有用，今天就倒了。

怀穆春又去了遇海井，那是离怀家最远的一口井。但情况相似，虽然还有几头牛活着，但也奄奄一息，盐井老板哭丧着脸，说这几头牛是半个月前刚买的，来的时候膘肥体壮，才上了几天枷担就死了。他买牛的钱是刚借的，欠了一屁股债。

他再去了昌德井，那是一口远近闻名的旺井。但没有见到井主，盐井一片死寂。喊了几声才从一个草棚里钻出个人来，问是怎么回事。那个人讲，井主已经牵着剩下的牛远走他乡了，就留了个杂工看守，老板说是不躲过这一劫，只有倾家荡产了，到时连跳江都来不及。

情况已经很清楚，盐场的牛正在发生大瘟疫。

回到怀家大院，怀穆春马上把所有盐井的管账、管事、灶头、兽医等汇聚一起，商量对策，迅速采取措施，防止牛瘟的侵扰。怀家的几百头牛迅速都被灌了药，牛槽也消了毒，牛的饲料也严加管理，不许任何外来人员接近牛，并在每口井的牛棚设置专人，负责仔细观察牛的状况，一个时辰报告一次，如发现异常，及时通知。但就这样也不可能保证万无一失，无奈之下，怀家已经陆陆续续有几十头牛被牵出去宰了。

兽医过去遇到牛瘟一般是采用中药秘方，把中药熬出来往牛的嘴里灌，但这样的土方法见效很慢。牛瘟的传染性非常强，一日不除，病毒就会迅速传播，随着苍蝇蚊虫、脏水四处传染，如洪水猛兽。形势一天天恶化，人们便赶紧牵上成群的牛开始逃离桥镇。牛群拥挤在狭窄的道路上，牛蹄扬起的灰尘，几里路都看得到。十日之后，镇上的牛全被牵往别处躲了起来，盐井几乎全瘫痪了下来，街上变得冷冷清清。

牛瘟过去是三个月之后的事了，桥镇的人拿牛瘟一点办法都没有，只有等和熬。这三个月中，桥镇盐场也等于得了场大病，很多盐商不堪重负便将盐灶转让出去，而盐工们也挣不到钱，随处可见唉声叹气的人，怀穆春算了笔账，怀家因为这次牛瘟少出了十万担盐，损失巨大。

这年的秋天本来丰收在望，树上结满了柿子，灯笼一样，要是往年孩子们早就爬树采摘去了，但这年大家都没有心思顾上柿子，已经熟透的柿子像鸟粪一样打在地上。

等天气凉透了，才有人把牛重新牵了回来，井上才又响起了吱嘎吱嘎的拉绳声，而这时，从光绪年间川省实行的官运制已经完蛋了。

分家的事情再一次摆上了桌面。

这天，怀家的男人们按照惯例都不约而同地来到了怀家祠堂。等人都到齐了，怀穆松便把分家的事情提到了面上，这天他又穿上了那件豹皮褂子，每当他一穿上这件霸气的衣裳时，人们都会感到有些不同寻常。

开场是怀穆松主持的，他慢慢地说道：

"今天要讲的只有一事，家父年事已高，兄弟几个都已成家立业，儿女成行，该是谈论分家的时候了。"

大家把目光放在怀荣三的身上，但他已经年迈，耳聋眼花，看上去几近昏聩，这样的情景让怀穆松和怀穆霞有些有恃无恐。人们又把目光投向了怀穆春的身上，大家知道，他才是怀家真正的主心骨。

怀穆春对这件事早有准备，便说："我认为现在还不是谈分家的时候，大家还应该三思而行。"

"高堂在上，大家当面谈谈有啥不可？"怀穆霞说。

"近来咱们怀家也出了些事情，我看照现在的情形，现在不谈，以后就谈不清了……"

怀穆松的话一出，下面的人迅即像是开了的熬盐锅，叽里咕噜地翻滚着热气腾腾的盐卤。

怀穆春脸色大变，他想不到大哥如此针锋相对。怀家就好比一栋房子，它需要的是最坚固的梁柱，他不是想争权夺利，独霸怀家的家长地位，而是其他人暂时还不足以担当重任，难孚众望。同时他也知道，单靠一个人也做不成大事，要做大事业必须要积蓄所有的力量，小门小户的狭隘想法有害无益。

"在这个家里，大事情只有爹说了才算。"怀穆春站了起来。

"俗话说，皇帝爱长子，庶民爱幺儿，还真是这样！"怀穆松说。

"我看还是分了好，免得打肚皮官司。"怀穆霞补了句。

就在他这样想的时候，却看见怀荣三颤颤巍巍地站了起来，碗里的茶水晃了出来。

"我看你们比我都糊涂了吧？分家？这二十四个天井能分得开吗……"

大厅里瞬间变得鸦雀无声。每个人的表情瞬间凝固，烟雾在屋子里弥漫；几只燕子在梁枋斗拱间穿来穿去，好像是在抢着衔回暴风雨前的最后一点泥巴和食物。

怀望回到柳城的时候，他想到的是母亲杜小琴一定在三望坡上等他，因为在他离开家乡去桥镇的时候，母亲就是从三望坡上把他送走的。

但是，当他站在三望坡上的时候，却没有看到母亲的身影。怀望匆匆地往家里赶，三望坡离他的家还有三四里地，但短短的几里路让怀望心急如焚，他不知道出了什么情况，母亲说好在这里等他的。

怀望又加快了步伐，那个专门用来接母亲的轿子在山路上一闪一闪，发出了吱嘎吱嘎的声音，听起来是那样单调和沉闷。翻过一个山坡就能望见家门口的那棵梨树了，母亲应该就站在树下，小的时候，每天母亲都站在树下呼喊他，只要她一喊，风就能把声音送到他的耳朵里，他也就会从麦地或是树丛中伸出脑袋来，那是他最幸福的时光。但现在他仍没有看见母亲，怀望的心里有种巨大的不安，而这种不安在夕阳西下的时候被无限放大了。

三步并作两步走近屋门，怀望突然感到了不祥之兆。篱笆的四周长满了杂草，门上的锁锈迹斑斑，屋梁上没有挂着哪怕一串玉米，院坝里也没有一只鸡鸭，仿佛一切都在静默中发出破败的气息。这样的景象绝不是他走之前的样子，他本来是兴冲冲地赶回家的，甚至他还有些荣耀，因为他找到父亲了，而且这次是专程接母亲到桥镇去享福的。但现在好像突然变了，迎面而来的是一盆冰水。

杜小琴是在怀望离开她之后三个月去世的，当时她几乎每天都到三望坡上去等怀望，有一天突然下起了暴雨，她在回去的途中全身淋湿，又在山坡上摔了一跤，滑到了山坡下，她本身就虚弱的身体经不起这样的折腾，回去后就一病不起，亲戚来照应了几天却一点不见好转，她一句话都没有留下就走了。

那天，怀望跑到三望坡上去哭了半天，他后悔自己去了桥镇。要是他不走，母亲肯定不会这样，他可以保护母亲，但没有想到三望坡就是绝命坡，它埋藏了母亲的青春和深情。

第二天，怀望去了母亲的坟头，他把那袋从桥镇带来的花盐撒到了坟上。

这年冬天，按照怀家的辈分，怀穆春把怀望的名字改成了怀如望，如望正式成为了怀家的一员，这样他便和本族的兄弟姊妹生活在了一起。

怀穆春又专门给他请了当地有名望的私塾老师。怀穆春说："如望，你就好好念几年书吧。"

（四）

怀家大院还在闹分家风波，一场火灾就降临了。

这天夜里，桥镇的人们正在睡梦当中，突然听见有人惊慌失措地大叫："失火了！失火了！"

很多人以为是花盐街上起火了，纷纷跑到街上，但他们并没有看到街上有任何火光。正在纳闷之际，才有人喊，是咸草坡上的盐井起火了，要人们快上山救火。

怀穆春一听说是山上，心里咯噔一下，心想不会是卤元井吧？他不敢稍有停顿，速速带领人向咸草坡奔去。

在路途上的时候，看见有人往镇上跑，人影憧憧，他拦住其中一个人，急问是发生了什么情况，那人在匆忙间上气不接下气地回应：

"咸海井上起了大火，大火正在蔓延，已经把旁边的逢源井、新盛井全引燃火了！"

怀穆春大惊，还想问个明白，而那人已经跑远了。

第八章

这几口井正挨着卤元井,情势十万火急。

怀穆春加快了步伐,等他带一帮人冲到咸草坡上的时候,大火已经蔓延到了卤元井旁边,寒风猎猎,而从山上往山下望去,已是一片熊熊火海。

怀穆春大惊,这火不是小火,而是漫天大火,火势摧枯拉朽,所过之处无一井架房屋能幸免,顷刻间就可以让百丈高的天车倾塌。这时,山上的火在翻天覆地滚动,如此大的火势要想保全盐井简直是异想天开,唯一的办法是保住井基,诸如灶房、柜房、偏厦、牛栏、枧管等已经来不及施以援手了,只要保住了井基,以后还可以恢复。

但井基如何保全?怀穆春突然想起了山坡上的卤池,里面装有上千担的卤水。

"拿斧头来!"这时,怀穆春大声喊道。

只见怀穆春迅速跃上那个高高的卤池,挥起大斧将池壁砍破,瞬间卤池倾盆而下,轰的一声向卤元井冲去,像凶猛的潮水一样将井基淹没……

"卤元井被烧了!"

此时,一个工匠飞速跑进了怀家大院,怀家的燕禧堂上早已站满了坐立不安的老老少少。

"什么?卤元井……被烧了?"怀荣三只觉天旋地转,脚跟不稳,一下倒在了地上。怀家瞬间乱成了一片。

等怀穆春下山的时候,已经天明了,咸草坡上一片狼藉,不少地方还冒着一股股浓烈的焦烟,把天空都烧成了块废墟。这片山坡上大大小小的盐井有几十口,如今只有卤元井残败的井架孤零零地还矗立在那里,而其他的盐井大多数已被烧毁,不少人站在山坡上傻傻地望着，两眼发直，也有人在掩袖拭泪，悲痛欲绝。

怀穆春悲痛欲绝，说不出一句话来。

满山遍野都变成了焦土，他的胃在痉挛、疼痛，让他慢慢地蹲了下去，吐出一口黑痰来。

听见卤元井被烧了，怀荣三就倒了下去。他躺在床上奄奄一息，没有经受住这个噩耗的打击。他一动不动，亲人们围着他，但他目光呆滞，可能在弥留之际追忆着逝去的年华。这时的怀荣三会想起王贵，就是那个眼睛瞎了的好人给了他一条明路，但王贵没有看到卤元井的凿成，在九泉之下都带着遗憾，当然这个遗憾也是他怀荣三的遗憾，他为此多付出了二十多年的代价。而赵旺，哦，那个可怜的出家人寂灯，他做了尘世的最后一件事，让卤元井成为现实，但如今卤元井又遭受了大火的摧毁，这正应了井无百日安的古训啊！

唉，这口卤元井怎么就像人的命运一样曲折多舛……怀穆春不停地拍打着自己的胸口。

思绪像破碎的船片浮满了水面。

"狗屎郎中"已经很老很老了，他比怀荣三还老。他挂着拐棍，连轻飘飘的药包都拎不住了，人们看到的他只是个老眼昏花的垂垂老者。

这时，"狗屎郎中"坐在怀荣三面前，他不是来看病的，他只是想来说几句话的，想安慰一下怀荣三。但"狗屎郎中"全白了的胡子只动了动，在地上落下好大一块阴影。

这时候，怀穆春已跟跟跄跄从山坡上回到了家里，他来到床边，轻声说：

"爹，卤元井的井基保住了，以后可以重修。"

怀荣三的眼里很快溢出了颗泪水来，在眼周的皱纹里慢慢浸润开来。

　　这句话仿佛是他一直在耐心地等待着的，如果没有这句话，他可能还会一直等下去，就像当年王贵老爷子在临死前等待打出盐井的消息一样。这时，只见怀荣三的喉咙里一阵涌动，但什么话都没有说出来，便突然被哽住了。瞬间空气凝滞，一切变得静谧，包括从窗户外透进的那束光都暗藏着一种虚空。

　　那颗老泪顺着他的脸颊终于掉了下来。

　　就在这颗泪落地的时候，所有积聚的悲伤一下就爆发了出来，仿佛盐山塌了下来，带着阵阵呼啸。怀荣三的手落到了床下，这样的告别其实就是放弃。人最终都得放弃。他的一生都在寻找盐，盐就是他的命，当年王贵说过他是命中有盐的，他是带着盐命来的，但为什么这命却是如此多舛，命定的事情也会有那么多坡坡坎坎？这时候，怀荣三的那颗泪在空中掉落的过程中，它分明还带着一些不安，而众人的眼泪蜂拥而至，让那一点不安更加迷乱。

第九章

（一）

怀荣三走后，桥镇落寞了好些年。

正是改朝换代的年代，男人忙着剪辫子，女人忙着放脚，科举已经废除，年轻人的出路已不在苦读入仕，各地的商业正在蓬勃兴起，军阀混战暂时得到平息。人们觉得民国复兴之后，新时代已经到来，海清河晏远远胜于四分五裂，每个人的心里都同时感到了失落和兴奋这两种情绪的来袭。

这年，怀穆春的两个儿子也已快长大成人，他也顺应了潮流把他们都送到了国外。按照怀穆春的理解，既然废除了科举，就应该走出私塾去学西方的文化。当然读书也是一项投资，跟做买卖也差不多。

送走了两个儿子，怀穆春又把陈秉明送上了船，因为官运制度解除后，桥镇厂局也随之解散，陈秉明变成了旧时代的遗老，只好回故里养老了。

那日，怀穆春在江声楼为他饯了行，两人痛痛快快地喝了一次，他感谢陈秉明多年来对怀家的关照，但两人喝得不禁有些悲凉，大有雨雪霏霏故人去的意思。回到家中，怀穆春突然走进了退省斋里，这间正房自从父亲去世后就一直空着，由于长久没有住人，空气中弥漫着一股潮湿霉臭的气息。他知道，当年父亲就是在凿卤元井失败后专门辟出这间屋来省思人生得失。怀穆春在房间中站了片刻，觉得他此时的心境与当年父亲的无奈是一样的，仿佛很多事情都有些力不从心了，无力再去应对这个纷繁的世界。

他又选了个日子，穿了身素净的长衫去请怀穆松和怀穆霞，三个人坐在燕禧堂里，怀穆春慢慢说道：

"父亲去世这么多年了，咱们就把家分了吧。"

他们没有吭声，对望了一眼。他们没有想到这个时候怀穆春居然自己提出了分家。

怀穆春又说："咸草坡上的那口废井就留给我吧。"

这年春天，怀家三兄弟就分了家，已经颗盐不产的卤元井被分到了怀穆春的名下。

英国人丁恩来到桥镇是在一个冬天。

丁恩是从安南穿过云南到达四川的。这个洋老头身材壮实，精力充沛，他穿着件灰呢短大衣，戴着顶黑呢帽，脚踏牛筋皮鞋，手上提着一根精致的拐杖。他一到桥镇，便被一群小孩追着看，大家以为是发生了什么事情，都跑去看，结果围观的人越来越多。

丁恩是盐务稽核总所的会办，中国盐务大权在握，其实桥镇的人根本不知道盐务稽核总所是什么东西，但他们看到丁恩一来，当地的官吏们恭恭敬敬地跟在后面，就明白此人来头不小。丁恩此行的目的其实是到桥镇盐场来做调查的，他要了解盐场的状况。之前他已经走遍了东部沿海重要的盐场，他要为中国制订一份详细的盐业改革计划。

丁恩到桥镇的第二天，就把桥镇的大盐商们召集在了一起。

那天，丁恩边听边问，主要问的是一些盐井的场产、税收、引岸、配运之类的事情，但问得非常仔细。聚会结束后，丁恩想去盐井上看看，有人就提议让他去怀家的井上看看。怀穆春就说："好吧，我就带丁恩先生去看看桥镇最好的一口井！"

丁恩兴致很浓。但等他们一行走了半天后来到咸草坡上时，看到的却是一片荒芜的景象。

"这难道就是桥镇最好的井？"丁恩问。

"是的，它曾经就是桥镇最好的一口井。"

"怎么会是这样？"

"是啊，它在几年前被一把大火烧掉了。"怀穆春回答。

"但我要看的不是口废井。"丁恩有些恼怒。

"它不是废井，下面的卤水每月最少能产一万担，方圆百里没有哪口井比得过它，只是需要重淘，我就是想请丁先生来为我出出主意的。"

丁恩的脸色好看了一些："哦，原来如此。你说得没错，但这得需要治井专家和专门的设备！"

"丁先生，我相信只有您能帮我这个忙。"

"我也希望这口井能够起死回生。"丁恩摊了摊手。

丁恩刚走不久，桥镇盐务稽核支所就来了个叫华禄爵的法国人。

华禄爵来后，人们习惯称他洋助理，也就是洋助理员。同时上任的还有个叫罗昌的中国人，是桥镇盐务稽核支所的华助理员，被人称为华助理。当然，在稽核所里是洋助理说了算，所有的事情都得听从洋助理安排。

第九章

华禄爵一到桥镇就给怀穆春带来了好消息，说治理卤元井的盐井专家不日就会到桥镇来。

这件事情是丁恩考察桥镇盐场后，正好见到四川盐务总办龚心湛，之后便提及了此事，而华禄爵一到四川也拜见了龚心湛，龚心湛便把这件事情告诉了华禄爵，华禄爵一听是丁恩所托，上司的任务是不能怠慢的，便把此事满口答应下来，并称一月之内就可以让专家启程到桥镇，三月之内恢复盐井的生产。

来人叫保得成。

保得成是半年前到的上海，一到中国就取了现在的这个名字。其实他的法国名字叫巴图文，按照谐音就叫了保得成，据说是个拉黄包车的车夫给他取的。

事情有些蹊跷。巴图文在法国混得并不好，干的是既累又笨的活，这早让他心生厌倦，想换种活法，正好他听说去中国有发展的机会，于是他就到了上海。但最早到中国后，巴图文并没有找到好的事情做，待在上海无所事事，眼看着身上带的钱也所剩无几，就开始四处想办法。就在这时，他想起了他在巴黎时认识的华禄爵，于是保得成就给华禄爵写了封信，想看这个朋友能否会帮上忙。没想到他的信寄出不到十日，居然就收到了华禄爵的回信，不仅如此，还给他带来了喜讯，说是西南地区有个叫桥镇的地方正好需要他，是个相当不错的美差，路费可先汇他，但务必尽快赶到云云。保得成正在一筹莫展之际，没想到真的天上突然掉了馅饼，便准备动身往四川走，跟他一同来的是艾玛。

保得成是在凯乐舞厅认识艾玛的。艾玛当时在舞厅里当舞女，两人很快就搞在了一起。

保得成和艾玛两人是坐的头等舱到的汉口，又转船到重庆，到了重庆后船泊江边停歇一夜。这时保得成同艾玛在船上憋了四五天，便想到岸上去轻松一番，说来事情也怪，他们居然在码头附近发现了一个外国轮船水手经常聚会的地方，两人便进去尽情地狂欢了一夜，结果是喝得酩酊大醉，到第二天醒来时已过午时，客船早已经开走了。无奈之下，保得成便突发奇想，翻看地图心想重庆到桥镇也不过几百里路程，当地骡马市上的马并不贵，而华禄爵给他预支了一笔钱，现在看来是绰绰有余，便买了两匹马，又问了路程，一路奔向桥镇，所以在路上又耽搁了七八日时间。

到桥镇的当日，怀穆春大喜，鞭炮锣鼓相迎，他在燕禧堂设宴款待这位远道而来的洋人。

但几天之后，保得成在井上转了一圈后，眉头深皱，他不能想象中国人使用最原始简陋的工具居然打穿了千米深的盐井，而就是这样的盐井供给着无数人的盐食。他望着那些天车高耸的盐井，仿佛是在蛮荒时期的原始部落。

华禄爵之所以想起让保得成到桥镇来，是因为保得成在法国的时候是一名机械技师，在他看来对付中国的土盐井绰绰有余。但是事实并非如此，面对如此陌生的盐井，保得成没有一点主意，因为他根本无法下手。但就在他正犹豫是否继续待下去的时候，怀穆春让管家给他送来了一笔不菲的酬金，一看到钱，保得成刚到桥镇的不适瞬间就荡然无存了。

接下来，保得成开始琢磨起盐井的结构来，他得出的结论是国外的油井和中国的盐井这两者之间大同小异，相信只要有钻机，一切都可以迎刃而解。于是，他就对怀穆春说，要修复卤元井，得先购置相关钻机器材，而这些东西中国没有，只能到美国通用公司去买，找白理洋行就可以办好。

怀穆春知道洋人的机器确实了得，他虽然没有见过，但听人讲过，说西洋之所以发达，就是因为有工业，而工业就是有那种轰轰叫的铁家伙，康有为就说过"今为机器之世，多机器则强，少机器则弱"的话，而他的话连皇帝都曾奉为圭臬。

但怀穆春还是有些犹豫。按照保得成的预算，要买齐这些东西得花几万两生银不说，从海外运到偏远的桥镇还要费一番力气。修复一口井要花这样多的钱，在桥镇恐怕找不出第二家盐商愿意干这事，他们宁愿让井永远埋在那里，也不敢冒如此大的风险。但如果放弃，卤元井将无法重见天日。

保得成还说了，这次修复后的卤元井将成为桥镇的第一口机器汲卤的盐井，一月提卤量可增加一倍，也就是说可以从之前的一千担提高到二千担，这个数字无疑又是相当诱人的。但问题是机器可以从海外购置，电从哪里来？桥镇至今还在点洋油灯。保得成又说了，电可以自己发，在西方早就用机器在发电了，用蒸汽机就可以发电。一切又是那样迷人。

（二）

购置机器是个漫长的过程。

没有机器，保得成就闲着没事可做，除了去找洋助理华禄爵以外，便是骑着他的枣红马在桥镇周边四处游荡。

很快又到了一个礼拜日，华禄爵邀请保得成去他公馆里参加私人聚会，保得成把艾玛也带着去了。保得成对外人都是说艾玛是他远房的表妹，来桥镇前在教会办的幼婴堂里做事，精通汉语，这次是给保得成当随身翻译来的。

桥镇盐务稽核支所的洋人们住在一个风景秀丽的半山坡上，当地人称为洋公馆。这个洋公馆是个富丽堂皇的西式建筑，绿树环绕，两层小洋楼上有环廊和月台，公馆内有舞厅、池塘、网球场和游泳池，别有一番洞天。

那天，保得成和艾玛按时到了洋公馆，只见里面已经来了不少男男女女，既有不同国籍的外国人，也有不少衣衫华美的中国人，是当地有头有脸的士绅。草坪上布置了长桌，桌上摆满了丰盛的食品和酒水。保得成自从到中国之后还没有见到过如此气派的聚会场合，心里不免有些恍惚，想不到竟然在中国内地偏远地区还有这样的场景。

那一天，保得成便喝得有些尽兴，身子开始发软，香槟就让他脑子里开满了馥郁的百合，六星瓢虫飞舞，软绵绵的阳光洒落……当他从沙发上醒来的时候，人们已经在舞厅里跳舞了。保得成有些诧异，他感到自己仅仅只是打了个盹，就看见华禄爵正同艾玛在热烈地翩翩起舞，而两人完全是黏到了一起。保得成有些恼怒，但一点办法都没有，他强烈地压抑住了自己，完全把自己当成了绅士。

保得成毕竟是知趣的人，借口身体不适先离开了洋公馆，华禄爵只是隐晦地笑了笑，一点没有挽留他的意思。至于后面的事情他不愿去想，反正那天晚上艾玛一直没有回去。

从那次以后，人们便看见一个洋人骑着匹枣红马在镇上转来转去，这个长着大络腮胡、神情不羁的家伙就是保得成。当然，他看上去有些傲慢，但实际上内心落寞。得意的时候马尾总会扬起一阵轻尘，落寞的时候马蹄响起懒散的踢踏声。但镇上的人都热烈地望着他，觉得这是个稀奇的人，有人还会指着他的背影说："看呀，那是怀三爷请来的洋人！"

从那以后，保得成很少到洋公馆去，常常在屋子里喝闷酒。

那天，保得成又独自一人喝了不少酒倒头躺在床上，要是没有人喊他，他可能会在酒精里沉沉睡去，但这时艾玛却回来了。

艾玛回得很晚，嘎吱一声把门轻轻打开的时候，保得成居然神不知鬼不觉地醒了。他从床上爬起来，一把抱住艾玛，用力将她按在床上，使劲去扒掉她的衣服。但就在这时，他闻到了艾玛身上的香水味，那是个陌生的香味，他敢肯定这是她过去从来没有用过的香水。那香水是如此浓烈，想挡都挡不住，也许是他的心情在夸大那蔓延过来的让他有些喘不过气来的味道，并让他瞬间就产生了疯狂的征服欲。

这时，保得成恶狠狠地把鼻子使劲地钻进艾玛的身体里，想闻出那个暧昧的秘密。不一会，保得成就在一阵猛烈的摇晃中感到了口干舌燥。完事后，艾玛头发凌乱，靠在床边吸着烟，边吸边骂："你这个混蛋！"

"哈哈，不然华禄爵先生怎么会成为正人君子呢？"保得成在一旁大声坏笑起来。

"混蛋！"艾玛狠狠地扔掉烟头。

第二天一早，艾玛就收拾行李准备离开，保得成披着皮衣，嘴里叼着支雪茄，环抱着手在门边看着她。过了会，他主动走过去说道：

"艾玛，这戏还得演下去，不是吗？"

艾玛头都没有抬，继续收拾她的东西。

就在这时，怀穆春走了进来，洪亮的声音穿堂而入，大声说道：

"保先生，机器到了！"

保得成有些吃惊，因为他知道按正常的时间，从美国发货到香港，再转运到桥镇，最少也得三个月才能把东西运过来。但现

225

在才两个多月时间就把设备运到了桥镇。

"机器在哪里？"保得成问。

"在岸边，正在搬运。"旁边一个伙计回答。

一行人又急急忙忙地赶往岸边。这时，艾玛又变成了保得成的远房表妹和随身翻译，他们之间仿佛瞬间就达成了某种默契。

蒸汽机运到桥镇的那天，岸边观者如云。

工人们小心翼翼地把机器从船上卸下，又架在两根三丈长、碗口粗的大木杠上，几十个强壮的男人前后用力，河岸边号子声声回荡，震天裂日。

机器是用大红绸子遮住的，后面还跟着一行人敲锣打鼓，像迎送新娘一样把机器送到了怀家的盐井上。一到井上，怀穆春揭开红绸，已经被油漆漆得亮亮晃晃的机器出现在人们的眼前，他用手摸了摸这个庞大的家伙，贴着机器边仔仔细细看了半天，嘴上啧啧不已：

"嘿，真的是头铁牛！"

按照保得成的说法，在机器安装好后，卤元井半年内就可修复，而修复后的盐井将使用机器采卤，生产效率将翻倍，获利大大提高，这在桥镇将是史无前例的事情。

怀穆春选了个黄道吉日，在咸草坡上放了三大杆红红的草炮，轰轰烈烈地干了起来。不到一个月时间，新的天地二车重新展现在人们的眼前，那个被烧得光秃秃的山坡上又冒出了一只壮观的井架来，又过了两个月，配套的建筑设施也基本修缮，而枧管的铺设迅速地展开。为此，魏宝专门到泸州去采购了大量的南竹，大船运回后篾匠们连夜破竹，将竹节打通，再用麻绳将复合的竹筒缠得密不透风，表面涂上桐油，将之紧固密封，一根根精心制作的枧管就等着首尾相衔,将井中的卤水输送到远远的卤池中。枧管所到之处,就能见到怀家的卤水流过那里,而这枧管流动的哪里是卤水,简直就是滚滚的真金白银。

这一年春天,怀家大院里树上结出了鲜红的樱桃,那是玉簪嫁到怀家后栽的。这天,她同几个女眷、丫鬟忙活了半天,摘下几篮樱桃,给每家人都分上了一些。孩子们吃了樱桃又把籽粒埋进了土里,说是等它再发芽,过上几年又会长出樱桃树来。

到了秋天,院子里的桂花也香了。起初是一丝,幽幽的、细细的、绵绵的,藏在空气里,但似有似无。不久,这一丝味儿便开始发酵,越来越浓,浓得整个院子都香透了,飘出了院子,就像是整个桥镇的人都闻得到。

就在这年的秋天,怀穆春在祠堂里召集家族会议。

怀穆春知道两个哥哥分家后的大致情况,总的状况是不尽如人意。如今怀穆春是蒸蒸日上,而两个哥哥却是每况愈下,这些年下来,江湖上只认他怀三爷的字号,而他的两个哥哥变得无足轻重,像地方上架桥修路、兴甲办学的事情都轮不上他们。其实,怀穆春过去就认为小门小户的思维不足取,虽然分了家,但可以按股份方式经营,成立一家大公司,怀家还可以继续做大。

(三)

保得成每天都是骑着他的枣红马去咸草坡,他叼着根雪茄,不紧不慢、踢踢踏踏地穿过小镇。

钻机越钻越深,小镇上的人也觉得这个洋人越来越稀奇了。

不久,就传来华禄爵和艾玛出事的消息。

那天，艾玛到上公馆同华禄爵幽会，两人已经黏黏糊糊很久了。华禄爵迷上了艾玛的舞姿，他们喝着芳香的香槟，留声机上的指针在唱片上滑动，微微荡漾的涟漪，拍打着轻轻涌来的优美乐曲。他们紧紧搂着，脸贴着脸，直到跳到筋疲力尽，双双倒进藏红色的大床上。

华禄爵平时是个温文尔雅的人，西服熨得笔直，头发梳得一丝不苟，一看就是那种受人尊敬的绅士，他一点也不像保得成那个举止粗鲁的混蛋，他们简直就是两路人。但是他们居然认识，而保得成也是由他引荐来到了桥镇，这不得不说多少还有些缘分的因素。当然，艾玛同保得成的相识也是萍水相逢，她就是个舞女，交际花，如果不是在上海的那一段阴差阳错，她也不会跟着保得成跑到这个小地方来。但现在，她同华禄爵搅到了一起，世界真的有点不可思议，她甚至有些感激保得成这个粗鲁的家伙，让她继续扮演着清纯可爱的远房表妹形象……

天上下起了雨，雨让他们如胶似漆、难分难舍。

那天，两人玩尽兴后，华禄爵看到天空阴暗，就执意送艾玛下山。于是两人便坐着轿子一前一后走在山道上，但刚走出不远，就出现了意外，华禄爵被十几杆枪围住了。轿夫见势撒腿就跑，那些人只朝着空中放了一枪，而华禄爵和艾玛的眼睛被迅速蒙上，消失在了雨蒙蒙的深山里……

但第二天艾玛就被放了回来，土匪放出话来，三日之内交出五百根金条，不然就要撕票。警察们知道这帮土匪劫持的目的，一定是盯上了盐务稽核所每天收解的大批盐款了。

劫案一出就惊动了朝野，这是土匪们想不到的。据说华禄爵被劫后，北平方面威怒毕现，要求川省警察厅务必破案，不然会引起国际关系的紧张，甚至扬子江的洋人军舰会直接开到桥镇外的岷江上。

第三日，一个神秘人物便出现在了桥镇，他同土匪头子见面不到十分钟便起身告辞，当日华禄爵就被送回了洋公馆。其实，那些劫匪之前根本不知道这些洋员非同小可，要是真的有什么阴差阳错，那些人可能会吃不完兜着走。华禄爵毕竟不是当年的富商肖富成，那些土鳖强盗毕竟见的世面还是少了点。

劫案甫定，保得成就去探望了华禄爵，他是骑着枣红马去的。

其实华禄爵并没有太大的变化，西服依然笔直，头发仍是梳理得一丝不苟，保得成还注意到他的皮鞋也是刷得亮光光的，完全没有落进过匪窝的样子，但可能是受了点惊吓，眉宇间稍稍有些萎靡不振。华禄爵在屋子里踱来踱去，并不想多谈论刚刚发生的事情，对保得成的好意也不甚了了。他们谈了一阵，华禄爵明显有些不耐烦，便说：

"你不忙吗？巴图文先生。"

"忙呀，但你的事比井上的事情更重要，我就是专程来看你的……"

"我个人认为，把井修好才是你最重要的事。"

这时候，盐务稽核支所的税警队长走了进来，华禄爵就给保得成使了眼色，示意他离开。本心是想去安慰一下华禄爵，没有想到讨了个无趣，他突然有些恨起艾玛来。

保得成在回去的路上，看见小镇的青楼上斜倚着几个花枝招展的年轻女人，她们都好奇地盯着他。而就在这种一瞬间的对视中，仿佛在隐晦中传递着风情，尖尖的小脚，身上飘逸出头膏和胭脂味。

保得成从马上跳了下来，走进了那个看上去有些奇怪的地方。

但是，在那张充满了汗味和腥臊味的绣花大床上，他浑身的黑毛把那些女人吓到尖叫，从她们惊恐的脸上，他感到自己被当成了个凶猛的怪物。保得成有些无奈，突然就觉得这个小镇并不是他的，异乡感油然而生。

这天早上，保得成还在迷迷糊糊的睡梦中，就听见有人来敲门，说咸草坡上的井出了事故。保得成惊慌失措地往山上赶，等他赶到井口，工匠正围在那里，他们看上去一筹莫展。

有个工匠说，当时只听见嘭的一声巨响，钻机就停了。

保得成埋着头看了半天，发现是钻机上的活环被打断了，钢管被绞在了井里。他走上去使劲拉了拉，纹丝不动。

鼓捣了半天，保得成早已是满头大汗，双手沾满了油污，人显得有些狼狈。

其实，遇到这样的事情，保得成在此之前连想都没有想过，他从来没有考虑过活环被打断的事，因为在他的逻辑里，钻机是一直向下的，无坚不摧的，它会一直钻到千米下的地层，直到把盐卤钻出来。但是对于一个对井下的淘、捣、补、取技术一无所知人来说，钻机在倾斜的情况下，是非常容易断裂的，而断裂之后要想取出被打断的活环将是难上加难。

这时，工人们围在一边叽叽咕咕地议论，他们望着这个气急败坏的法国佬，有些幸灾乐祸，因为他们听说保得成吃生牛肉，用雪白的牛奶洗澡，怀家还专门给他请了打扇工，把他伺候得像先人板板一样。但工匠们从来就没有喜欢过这个趾高气扬、自以为是的洋人。

突然，就传来一个声音："马跑了，马跑了！"

人们一看，是枣红马跑了出来，受了惊似的往山下狂跑，也不知道它是怎么把马缰解开的。保得成来不及想就赶紧去追，他朝着马的方向跑去。这时,工匠们顿时乐开了花,他们一点都不同情这个急得快要疯了的洋人,他们好像已经忘了井下发生的灾患。有个上了点年纪的工匠点上了杆叶子烟,那种浅蓝色的烟弥漫在他的头顶,很多匠人就围在了他的身边,听见他说:

"唉,怀家的这口井从来就没有伸抖过!六十年前打这个井的时候,我还横着抹鼻涕呢!"

"难道是风水不好?"有人问。

"告诉你,这口井是过去的盐巴老爷王贵相中的,他从来没有看走眼一口井!"

"咋个就没有安宁过?"

"唉,哪个说得清嘛……"

不一会,大汗淋漓的保得成回来了,他没有把马找回来,就坐到一块大石头上喘着大气,沮丧到了极点。

保得成的脸色很糟糕,那种被抑制的愤怒让他变得有些狰狞。这时,保得成抽出支雪茄猛抽了几口,然后把它扔到地上,狠狠地用皮鞋把它踩得稀烂。其实,保得成的脑袋里也在迅速地转动,他在寻找解决办法,而这时能够帮助他的只有华禄爵。

保得成急急忙忙往洋公馆赶,但到了那里并没有见到人影。正要出门,就听见盐务稽核支所的华助理罗昌走了出来,大声喊道:

"是保先生吧?"

保得成回过头有些诧异。罗昌也很吃惊地说:"华禄爵先生已经调走了,我是来告诉你的。"

保得成摊了摊手,好像一无所知。

"是这样的,因为那次劫持事件,上面已经把他调到海州分所去了。他是今天早上启程的,接任的是英国人乐基先生,他将在一周后到任。对了,我还是有些纳闷,你是华禄爵先生的朋友,难道他走之前连这件事都没有告诉你?"

保得成脑袋里嗡的一下蒙了。

他急急忙忙往怀家大院赶,他想去找艾玛,但回到屋子里看到的却是凌乱的场面,显然,艾玛已经跟着华禄爵去了遥远的地方,但她给保得成留了封信,上面只有几句话:亲爱的巴图文先生,因为种种原因来不及说再见,咱们后会有期吧!你的表妹艾玛。

"婊子!"

保得成狠狠地骂了一句,又目光呆滞地在屋子里待了一刻钟,他往杯子里倒满了香槟,然后一口饮尽。

他知道自己的桥镇之行已经结束了。

第十章

（一）

卤元井停下来后，怀穆春除了白白花了一大笔钱外，留下的只是保得成扔下的烂摊子，他再也不敢轻信洋人，他将井口严实地封闭，搭了个草棚把机器遮好，只留下个人看守了事。但这件事对他的打击很大，他想起当年父亲怀荣三任用九指带来的恶果，而现在他又遇到了保得成这样的家伙，怀家为了这口卤元井耗费了几十年的光阴，其中的曲折艰辛难以诉说。

那天，怀穆春把卤元井的工匠都请到怀家大院里吃散伙饭，走时一人发了三斗米和两块大洋。

等人一散去，就有个工匠牵着匹马回来了，怀穆春一看，正是保得成的那匹枣红马。正在诧异，那个工匠说：

"那天就是我把马给踹跑的，如今井也不凿了，就给三爷您牵回来了，好漂亮的一匹马呀！"

怀穆春就把枣红马放进了马槽里，同其他马关在一起，只是偶尔会骑上它出去打猎，但有一次他在骑着它在林中走的时候，居然听见有个小孩在喊"保大爷来了",这样的叫声让他郁闷万分,回来后他就再也不骑这匹马了,让人把它送给了驮盐的马帮。

又过了些年后,怀如望和怀如茂两兄弟先后从国外回来了。怀如望先是去了天津塘沽,在一家精盐公司当上了技师,这一待就是数年。而怀如茂回来后,也在外面闯荡,他在上海待了一段时间,目睹了上海金融银行业的发展,那时的怀如茂正值而立之年,最后他回到了桥镇,说服了父亲怀穆春,着手把宝庆钱庄改造成一家新式的盐业银行。

桥盐银行的兴办是桥镇的一件大事。按照怀如茂的设想,他们要办的银行是按照股份制的方式来运作,而股份要吸纳桥镇的各大盐商,这样他们的钱才可能在银行里周转,把更多的商户引进来,有了存款、放款、汇兑、贴现、抵押等业务后,银行就是一个庞大的资金储水池。通过一番组建,桥盐银行的董事会成立了起来,怀穆春被推举为桥盐银行董事长,张绍宽任桥盐银行的总经理,怀如茂担任协理。不到两年时间,桥盐银行通过三次扩股,资金由之前的五百万变成为了两千万,成为了当地盐商最重要的资本渠道。

有了这样的气象,怀穆春自然就想起了咸草坡上的卤元井来。

在怀穆春看来,怀家不能没有这口井,它简直就是怀家的心病,好像不把它治愈,怀家的其他产业做得再好也难言成功。

那一日,怀穆春同怀如茂一起来到了咸草坡上。两人慢慢地在山上走着,怀穆春若有所思,便说:

"如茂,在我小的时候,你爷爷曾经带我到这个山坡上来,我就在这里捡到过一只斑鸠。"

"我还记得,当年您还给我们讲过的,说它的头上有块白毛呢。"

"唉,一晃就是好多年了。"

怀穆春的眼里弥漫出一种雾状的东西出来。"后来寂灯师父才道出了其中的原因,是卤气上升冲了鸟儿的头,它就掉了下来。想想看,那是多旺的卤气呀,所以当年王贵老爷才说下面是座盐山!唉,可惜我们到如今也只能望着这座山兴叹呀!"

"爹,为什么我们不继续想办法开采这座盐山呢?"

"怎么没想,我们怀家想了几十年,但……"

怀穆春眼里潮湿起来。

父子俩很快就走到了卤元井旁,四周杂草丛生,人一动便有昆虫在草间跳溅,怀穆春心情沉重了起来。这时,便听见了狗叫,很快从旁边一个简陋的草棚里冲出来个人,那人手里拿着根木棒,但一认清来人后马上就丢掉了木棒,并回头喝住了狂吠的狗。

"哎哟,是三爷呀……"

怀穆春点了点头,上去拍了拍那人的肩膀,他是怀家请的看守人。这时,怀穆春让他把遮在机器上的草席揭开,马上就闻到一股刺鼻的铁锈味。

"三爷,您好久没来过了,这机器我给您看管得好好的,那些毛贼都被我的木棒打得不敢来二回,只要有我在,您就放心,一根螺钉都不会掉!只是……"

"只是什么?"

"只是这样下去,它会一直锈下去,这好好的机器就变成一堆废铁了。"

"师傅,肯定不会的,它很快就会重新转起来的!"怀如茂向前站了一步,用手去抚摸那个机器。

"那就太好了,早就盼望这一天了!"

下山回去的路上,怀穆春告诉怀如茂,当年他祖父怀荣三就是因为一只掉下的斑鸠而留在了桥镇，怀家同斑鸠好像有着神秘的关系，仿佛冥冥中有着老天的暗示，所以无论怀家有多少井，但这口卤元井是怀家的命，卤元井不修复，无以面对先人。而这次上山来看卤元井，怀穆春已有意让儿子们来接手，他知道，这是怀家的第三代人站在了咸草坡上。

"卤元井荒芜了好多年了，这口井一直埋着，先人们在地下也睡不安稳呀！"怀穆春说。

"爹，但这次重新淘井您不用找别人，就把我大哥叫回来吧。"

怀如望在天津工作，其成长也很快，他见到了先进的盐业生产。所以，在他的意识中，他认为桥镇的井盐在川省堪称举足轻重，但制盐技术不仅落后，而且根本没有盐的加工产品。而他亲眼看到精盐的生产，而且盐碱化工也发展得相当不错，但为什么在桥镇落后的生产技术没有人去改变？古老的盐业真的是一潭死水？所以，怀如望想不仅要思考盐生产工艺的改变，还要思考盐的深加工，这可能就是今后盐业发展的道路。

其实，怀如茂早就想在盐业资本上有所作为，怀家虽然办了桥盐银行，吸纳了一些资本进入，但规模仍然不大。他想的是把盐业作为基业，应用金融方式将生意做得更大，到时去办更多的工厂，精盐厂、碱厂、化肥厂。

两兄弟的想法虽有不同，但殊途同归，最关键是他们实际已经在为怀家勾画未来的蓝图了。

（二）

在归途上的怀如望成熟、稳重，头发剪得很精神，干干净净的中山装穿在身上，显出一股英气。

那天，他站在船头，桨声在翻搅着他的心情。他搭乘的是夜行的盐船，到桥镇天刚蒙蒙亮。怀如望的心中好似有种压抑着的激动。他的眼光在四处搜寻，在迅速地把记忆与现实进行着对接，他有欣喜也有失落，因为他看到的桥镇在他离开的这些年中几乎没有任何改变！

桥镇的早晨是宁静的，几只早船在河面上漂着，河面上薄雾轻起，两岸榕树成荫，大片大片的倒影幽微而亲密。

河边一大早就会有人的踪迹，在清新的空气中，忙碌的一天开始了。有人在河边挑水，有人在岸边等渡，女人们搬来大木盆，在光滑的石头上槌打衣服，有时用木槌，有时用脚踩，冰凉的河水倒映着她们的身影。水上的船是静悄悄的，它们从桥镇出去了，又回来了。白白的盐、白白的大米、白白的蚕茧装满了船，这些白白的东西就像天上的云，飘来飘去，而水位的升降只在堤坎上留下了痕迹，那么浅浅的一线，青苔就在水的去留之间生长着，发出一股潮湿的气息……

所有来到河边的人，抬头就能看到那些远近林立的壮观的天车。这是小镇一道奇特的风景。而这道风景中，怀家的大井架最为醒目地耸立在人们的眼中。每天，当天色蒙蒙亮的时候，父亲怀穆春都会早早起来，他要亲自到他的盐井上去巡查一番。每到一个盐井，怀穆春都会详细询问盐井的情况。出卤是否正常？枧管有无破裂？拉牛有无疫情？盐锅有无渗漏……

怀如望对这样的细节太熟悉了，他把盐井生产的每一个细节都熟记于心，但在他看来，这样的生产实在太原始了，太落后了！所以，他感到要改变这一切，而这种改变也许要从他这里开始。这时候，怀如望不由自主地抬起头来，他看到一缕阳光正在从那些高高的天车中穿射过来，金灿灿的一片，但那天车是如此奇特，此时看上去根本不像是大型木架，倒更像头高大的巨兽，头角锋利，带着一种古老而桀骜不驯的姿态直刺蓝天！突然间，他就感到血液在加速奔跑，眼睛也开始潮湿起来……

回到桥镇，怀如望很快就投入到了工作当中。

在回桥镇之前，怀如望其实早在关注桥镇的盐场发展，他已经从地质调查所看到了最新的勘查报告，报告中已经探明了桥镇盐场分布有大量黑卤，并蕴藏有石油和天然气，经济价值不可限量，更为重要的是桥镇具备深井的采取条件。

连续几日，怀如望都奔波于不同的盐井上。在他看来，桥镇整个盐场都普遍落后，盐井采的多是黄卤，灶户由于经济能力有限，很少有花重金开办深井的。但根据地理勘查，桥镇的黄卤有两层，第二层必须要凿到七八百米以下的深度才能够提取，而那些浅井不过三四百米，自然获卤甚少，就更不用说千米下的黑卤了，那对他们来说就是可望而不可即的事，怀家通过几十年的努力才仅仅凿成了一口黑卤井。

他的心是热的，但现实是冷冰冰的。

桥镇的盐业仍然是死水一潭。怀如望每到一个盐井，都会看到盐工们赤裸着上身，在热气腾腾的熬房里卖力，不分春夏秋冬。而盐工的收入是如此低廉，盐工的孩子几乎都是文盲，他们长到十多岁也上不了学堂，只能去灶户家当割草喂牛的小工，那些孩子衣服褴褛，瘦骨伶仃。这跟他在现代的精盐厂看到的简直是天壤之别。他在震惊之余也在感叹，不说其他盐灶，就连作为新生事物的机器，也被怀家自己无奈地废弃在荒山坡上，成为了一堆废铁。

第十章

那天，怀如望正在一个盐井观看，发现这个盐井提卤居然没有使用牛推，而是用人在推。牛力推卤延续了千年，但这个盐井却是用人在推，而且中间还有一个十来岁的孩子，这完全就是生产力的倒退，这让怀如望大为不解。他马上把井主唤来询问，灶主回答是不久前牛害瘟死了，一口井最少也要五六头牛轮着拉，买不起牛，只好用人力来推卤。而那些人是盐场里专门的包推工，工价是定了的，他只管把卤水推出来，用人用牛都一样。

怀如望听完沉默不语。他走上去打量那个孩子，但孩子陌生地盯着他，眼光冷冷的。

"你叫啥名字？"怀如望问。

孩子把头低了下去，擦了把流出来的鼻涕。

"他叫王四。"这时，旁边的一个监工冷冷地说，马上他又转过头去呵斥那孩子，"快去干活！想吃轻松饭除非重新投胎。"

孩子迅速钻进了那群人里，使劲地推着那笨重的扦担。

过了一会，盐井灶主也过来了，他告诉怀如望，这个孩子是这家人从人市口买来的。孩子的父亲也是盐工，养不活他就把他扔到了阴沟里，但孩子命大，居然没死，哭了一晚上，被人捡来收养了。捡到他的也是穷苦人家，男人的老婆肚子不争气，连生了三个女孩，看到他是个男娃，就收养了，只是添了双筷子而已。但既然养了，就不愿亏本，十二三岁就让他出来做工。

"在桥镇现在还有多少这样的童工？"怀如望问灶主。

"太多了，谁知道！"

怀如望感到很心酸，他想起了当年自己也曾经在人市口被卖给了狠毒的老板，那是他一生都难忘的记忆。

他又看了眼王四，孩子瘦得两眼凸起，肋骨像块薄薄的篾笆。

半月后，咸草坡上又人声鼎沸起来。

怀家从外地买来了几桶油，把那个封存了多年的机器重新修整出来，人们都听见了它像灌浆的禾苗一样，滋滋地吃着油，浑身变得油浸浸的，几日之后就变了样，仿佛又充满了活力。

但重新淘井的第一步是要把井里断了的活环取出来，不然机器仍然无法用，当时保得成就是被那块废铁吓跑的。

要把断落在井底的活环取出来，不是件简单的事，其实以前怀家做过很多次尝试，但来的人忙活了半天，最后都是摇头而去。这就像一根鱼刺卡在喉咙里一样，要是取不出，人就只有被活活噎死。而那根刺就在怀家的喉咙里，至今无法取出。

这一天，井上来了一个老工匠，名叫杨清风。此人是不请自来的，他不要工钱，说想来试试。怀穆春见到他的时候，就想起了九指。他使劲地看杨清风的手，他总认为杨清风也有一只与九指一样的手，中间断了一根指头。但是，杨清风的手好好的，他们在说话的时候，杨清风还拿出酒壶来喝了一口，那只手清清楚楚地放在光天化日之下。

"相信我，我不是当年的那个九指。"杨清风说。

他把怀穆春心中的疑虑直接说了出来。

本来怀穆春还想问问这其中的道理，比如你从哪里来？过去做过些什么？为什么知道怀家过去的事情？凭什么就敢来修复这口别人都修不好的病井？等等。

但杨清风说了："你们什么也不要问，信得过我就让我干，如果信不过，我立马就走。而且，井修好了我分文不取。"

那天，这个老匠人就背着一背篓奇奇怪怪的工具来到了井口。在开始做工之前，他拿出个酒壶出来，咕咕咕地猛喝了几口，然后说："这口井现在就归我了，你们都在一边晒太阳去吧！"

第十章

怀如望对这件事表示怀疑,但他父亲都相信了这个匠人,他也不好怠慢,但他心里充满了疑惑。他毕竟上过洋学堂,他只相信科学。

杨清风做事情都是独自一个人干,好像不慌不忙。那段时间里,盐井上忙忙碌碌的景象变得清静下来,人们都不去打扰他,只是在百米外的地方听候吩咐。老头儿先是把酒壶打开,把鼻子伸到酒壶前闻一下,口水都流到了胡子上。他把绳索放进井里,然后又用耳朵听听,用手拉拉扯扯,他喝一口干一阵,身上充满了酒糟味。在一般人看来这哪里是干活,完全是个醉汉在瞎弄着什么。

时间过去了几天,怀如望没有看到任何动静,便几次想上去看看情况,他不相信凭一双手就能把那块废铁打捞起来。但人们都拦住了他,他们说这个老头得罪不起,脾气怪。

这天,怀如望实在忍不住,就去把情况告诉了父亲,但怀穆春说:"再等等看吧。"

有一天,有工人去跟怀如望告状,说那个老头子居然喝醉了,躺在井口边睡大觉。怀如望这下就爆发了,直接下山去父亲面前痛陈这个老头子的种种恶习,而且认为此人可能神经错乱,完全是在瞎搞。

听完儿子的话,怀穆春说了句让怀如望听不怎么明白的话:"他醒了也许就有点办法了。"

在怀穆春心中,能够有打捞井底遗物绝技的人,都不是凡夫俗子。其实,他更有一种认命的意味,他想凡事都有命,一切就顺命吧。

当人们闻不到他的酒气,而四周渐渐蔓延出一股盐卤味的时候,那块陷到井里多年的活环已经浮出了井面。

活环早已锈迹斑斑，老匠人把它托在手里，试了试，有半斤重，然后嘿嘿笑了起来。但就是这个东西堵了怀家近十年，人们终于不得不服，杨清风真是太神了，这个老头子就像坐在块礁石上钓鱼一样，拉拉扯扯，不断地换着钓饵，耳朵贴在地上听听，又喝上两口酒，居然把那块卡在井底的废铁给钓了起来。

听到喜报，怀家马上为杨清风准备了丰厚的奖赏，但他分文不收。他说我只喜欢喝酒，你们把我的酒壶倒满就可以了，然后就摇摇晃晃地走了，从此不见踪影。

活环取出来后，淘井就快了起来，人们又见到了黑卤的水印，就在这个时候，怀如望掩不住喜悦地说：

"以后井修复了，就用机器来推卤，桥镇以后的井都会用机器来推卤了。"

三个月后，卤元井终于重新出卤，机器的轰鸣响彻了咸草坡，通过一个月的比较，卤元井每日出卤一千三百担，比之前最好的产量又提高了三成，这三成盐卤出盐几百斤，每日多出的盈利相当可观，这样的成效让众人信心大增。

如此一来，怀如望就准备把怀家所有的盐井都改用机器推卤，经过不到一年时间，怀家已有好几口井改用了机器推卤，效益大为提高，而相邻的一些盐商也纷纷效仿，都在开始购置机器，逐渐改变了桥镇历来的牛推汲卤方式，整个盐产提高了很多。

但机器声让桥镇从此不平静起来。

这天，怀家大院的门口突然围满了一百多名妇女，她们要求怀家给个说法，因为有了机器后就不再用牛了，牛草就卖不到钱，那些以割草为生的女人认为机器抢了她们的饭碗，她们纷纷背着空背篓去怀家讨说法。

刚开始怀如望以为这件事情闹一闹也就过去了，但第二天那些女人又到了怀家大院的门口围坐，好像没有结果永不罢休。

　　第三天的时候，就有人来告，说咸草坡上的枧管晚上被人砍破了好几处，卤水四溢，流得满山遍野。怀如望到现场一看就知道是闹事的人干的，他马上让人迅速修复，同时又增加了几个巡视工，昼夜巡查。但怀如望知道，像这样的问题还会不断地出现，随着机器生产的来到，劳动效率会大大增加，而盐井上的工人数量会大幅减少，他们失业后怎么办？很多工匠已经在盐灶上干了很多年，难道还要让他们重新回去种田？

　　当夜，怀如望同父亲怀穆春商量了一晚，第二天就召集那些妇女到怀家大院门口，他对她们说：

　　"凡是过去给怀家的拉牛供草的，从现在起一年内每月给一斗米，第二年每月给半斗米，第三年起不再给米，从即日起大家就来领取吧。"

　　话说完，那些女人就默默地起身离开了那里。

（三）

　　机器汲卤在桥镇渐渐推行的过程中，桥盐银行的作用也发挥了出来，不少盐商通过贷款来改进技术和购买器材，而这些变化直接为他们带来了巨大的效益。由于业务的不断扩大，怀如茂同张绍宽商量准备到外地去办分支机构，扩充业务。因为那些旧有的引岸都是桥盐银行可伸张之地，能够继续增加吸存和汇兑，并与外界的商号广泛联系。计划定下来后，怀如茂便马不停蹄地奔赴各个地方安营扎寨，直到把各地的办事处建立起来。

　　怀穆春的两个儿子都在忙忙碌碌、大有作为的时候，他觉得自己可以慢慢退下来了。但怀穆春又觉得应该再做点什么事情，想来想去最后觉得应该为桥镇办一所学校。其实，这个事情是怀如望给他讲了王四的故事后受到的启发。

很快，办学的动议就得到了响应，小镇兴起了一股办学之风。

接下来，学校筹备委员会、校董事会相继成立，这方圆几十里有脸有面的人都被拉了进来。在校董事会上，怀穆春被推选为董事长，他发表了热情洋溢的讲话。他说桥镇大小也是个千年古镇，在大江南北中也是有名的盐码头，商业繁富且民风淳朴，过去虽然也有书院为读书人提供学习的场地，但自从废除帝制之后，科举不兴，而新式教育还没有在小镇生根，改订学制、转变学风任重而道远。如今，学校的成立乃是本地教育启蒙之大事，承各界人士的支持和慷慨解囊，学校的筹建工作取得了不小的成效云云。

不久，校舍的地址就得到落实，地点选在清静的山湾上。说来也怪，那块平坝好像天生是用来办学校的，整个山上就只有这样一块平地，并不需要花大力气凿石移土，不远的山沟里一年四季流着清亮的山溪，山上树木葱茏，鸟鸣婉转，空气新鲜得透着一股甜味。

这年春天，桥镇人迎来了新学校开学的一天。当日，怀穆春请来了当地的一些官员、场商代表和一些教育界人士参加奠基仪式。在山上的那个平坝上来了好多人，其中附近来看热闹的人也不少，一时间人群攒动，洋溢着节日般的气氛。怀穆春站在主席台的中央，穿着一身崭新的蓝色长袍，上身是黑色褂衫，面带微笑，气色红润。所有嘉宾的胸前佩戴着一朵绸缎做的红花，个个显得精神抖擞、神情饱满。

在开学典礼上怀穆春首先讲话，他说："我们这个小地方就要有自己的新式学校了，这是千年桥镇开天辟地的第一次。本地的孩子同大地方的孩子一样，都将受到良好的新式教育。所以，今天是个大喜日子，父老乡亲应该为此感到高兴……"

他的话热情洋溢，赢得掌声不断。过了会，怀如望也上台讲了话，他说今天是个不同寻常的日子，所以我要给大家介绍一名特殊的学生。说完，他从台下请来一个孩子，这个孩子穿戴整洁，理了发，背着了新的小书包，蹦蹦跳跳地上了台。怀如望摸着孩子的头说：

"这个孩子叫王四，但今天我要为他取个新的名字，以后他就叫王书，就是希望他以后好好念书，成为有用之才！"

此刻，怀如望、怀如茂正站在怀穆春的两边，他们就像两棵笔直的白杨站在一棵苍松的旁边。

在怀如望的盐业改良计划中，蒸发壁项目是他最早推进的，因为蒸发壁能大大提高晒卤的功效，提高盐产。

这个项目最早是他在国外看到的。当时德国就在制盐方面采用了一种叫蒸发壁的技术，利用坡顶摊晒效应来过滤卤水，这样就可达到浓缩盐卤的效果，如今在北欧一带广为采用，可以节约炭火，降低成本。不仅如此，这个蒸发壁的制作也不复杂，主要利用枝条的巧妙搭建，其形状有点像木质的影壁，完全可以在桥镇盐场一试。所以，才有了怀如望后来一直想发展此项技术的动因。

但这个项目开始并不顺利，盐商们的分歧很大，闹闹嚷嚷争论不休。原因很简单，大家都没有见过蒸发壁是个什么东西，怕白花钱。怀如望知道在桥镇做事必须一步一步来，为了说服其他盐商，他准备在卤元井的旁边先搞一个蒸发壁来作为样板。

蒸发壁建在咸草坡的一块空地上，紧挨着卤元井。这是一个长有十多丈，高有三丈的木质结构的建筑，卤水从井里抽起来后就被引到这个蒸发壁上，通过增大接触面的方式把水蒸发掉，提高盐卤的含量，在蒸发壁的反复晾晒下，能够节约大量的燃料。蒸发壁建成后，怀如望每天都会作详细的记录，把气温、湿度、方向、翻晒次数、浓度变化等都记录在案，通过几个月的比较之后，怀如望又对其中的一些环节进行了微调，情况变得越来越好，最好的时候可以比不用蒸发壁的状况节省三成的燃料，大大节约了成本，提高了盐卤的利润。

卤元井的蒸发壁成功后，怀如望找到了两口卤淡的盐井做试验，他想通过井的差异来检验效果的好坏，但他发现卤淡的井成效更大，桥镇有很多淡卤的下井，正好可以很好地改变它们的状况。做好这一切后，怀如望把盐务局和场商办事处人请来参观，无偿提供技术，一时间，桥镇的井灶都纷纷开始修建蒸发壁，他们从桥盐银行中贷出款来投资，然后很快从引岸的销售中尝到了甜头。

当蒸发壁正在如火如荼地推广的时候，怀如望又开始考虑电的问题了。

在怀如望看来，如果再有电的支持，电力汲卤、电力蒸发、电力煎盐就会来临，日新月异的桥镇盐场指日可待。

但电在哪里？过去桥镇的周边都没有电厂，要安一台发电机组，要组织燃料供应，这需要大笔的资金，不要说怀家，就是整个桥镇的盐业商会动员起来恐怕都很难。

但怀如望明白，桥镇的盐业要发展迟早都得解决电的问题。这件事情让他想起了他在天津时的同事郝汉民，此人对机电技术非常在行。怀如望当即给他写了一封信，向他咨询国外发电的一

第十章

些情况。很快，郝汉民就回信介绍了一些发电的技术，他特别提到，如果在原燃料条件不足的情况下，可以考虑风力发电，他说这种发电方式在丹麦、挪威等一些海滨国家流行，比较适合小规模发电，对解决功率要求不是太高的工厂也很有利，建设成本也低。

风力发电让怀如望眼前一亮。

他想，对呀，风力不需要原材料，只需要把设备安装好，风一吹就能够发电了。但是，风在哪里？

桥镇边虽然有江河古道，但常年的河风都不稳定，一般情况是时缓时急，时有时无，而按郝汉民所说，一般要三级以上稳定的风才可以被利用，显然河风是不能跟海风比的，还不能作为利用的对象。没有风，就不可能风力发电，那仅仅只是设想而已。

这件事怀如望一直萦绕在怀。那天晚上，他想着想着，就睡着了。在梦中，他突然想起当年的很多事情来，他想到了桥镇后面的石鼓崖，当年他曾同怀如茂一起到那个山坡上去玩，每次跑过山崖口的时候，他都感到了巨大的山风，吹得他们的身体快要飞起来……

这么大的山风，一定可以用来发电！怀如望在梦中一阵兴奋。

做梦居然也能得到启示，一定是神在福佑。半夜里，他这样想着的时候，一下就醒来了，抬头一望，月光白白地挂在窗边，一切都了无痕迹，但梦分明已经留在了他的记忆里。他喝了口凉水，觉得刚才的梦清晰得就像真的一样。

第二天一早，怀如望就叫上怀如茂去了石鼓崖。

在上山的路中，他们的心里有一种莫名的喜悦，他们边走边说，但怀如望心底还是有一些忐忑：山上到底有风没有？就算有风，那风能用吗？

247

突然，穿过一片松树林的时候，他们看到了只小松鼠在树枝上跳来跳去。

怀如茂一下就把话题扯到了一边："这小松鼠机灵得很，最不好抓，小时候上树经常把衣服挂破，而松鼠早不知跑到哪里去了。当然也不是没有收获，在树梢上也经常发现鸟窝，没有抓到小松鼠，却掏上了几个鸟蛋……"

这样的话题使他们轻松了很多。

又走了会，一个白色的影子唰的一下闪进了草丛中，他们惊了一阵。正在纳闷，白色的影子又斜着闪了过去。这回让怀如望看清楚了，原来是只兔子！那只兔子居然出现了两次，要是碰上枪法好的猎人，它可就遭殃了，幸好碰上的是他们，他们只是友好的来访者。

两人的步伐更轻松了。就在这时，怀如望的脸上感到了一点风。再往前走，风又大了一点。

额头上刚才还是汗漉漉的，风一吹，干了，只觉得一阵凉爽。

再往前走，风越来越大，把他的衣服都吹得鼓了起来。

怀如望知道马上就要到山崖口了。怀如茂突然说："你看，斑鸠！"

怀如望抬头望了望天空，果然有只斑鸠飞过。怀家同斑鸠仿佛有着某种特殊的关系，看见斑鸠或许就是吉利的事呢。

山崖口不大，山前山后的风正好从这里挤过，风大得可以把人吹倒，所以这个山坳里连一棵树木都没有，崖沟里草木不生，满地碎石，仿佛被洪水冲过一般。望着山崖口，怀如望、怀如茂两兄弟的豪情油然而生，他们在想，这样大的风一定能够发电。

怀如望说："我要在这里架上铁塔，让风叶飞转起来！"

不久，怀如望就真的站在了山口上，开始指挥着工人安装风力发电设备。

两年之后，巨大的支架在石鼓崖上立了起来，站在山下都能够望得到这个直刺刺的立柱。桥镇的人都惊奇地发现，在山头上出现了一个奇怪的东西，在阳光下还发出耀眼的光来。过去桥镇远远看得到发光的是教堂的玻璃，而现在是那个旋转的叶片，它们仿佛都带着优美的旋律，在为桥镇轻轻吟唱。

这天，怀穆春也来到了石鼓崖上。

怀穆春一路上充满了好奇心，他还不知道电是怎么来的，电有哪些用处。当然，怀穆春看到过电灯，但心里始终不太相信桥镇这样小的地方也会有电。他常常感叹，时代真是变了，洋玩意也来到了桥镇。

站在山崖口，风大得让怀穆春踉跄了好几次。他望着那个巨大的立柱，怎么也不能把它同盐井联系到一起。但他内心却有些澎湃，因为他感到儿子们都已经长大了，能够继承怀家的家业了，这样的欣慰一下就传遍了全身，让他温暖无比。

"爹，等安上叶片转动起来，就可以发电了！"怀如望说。

"这风里就像藏着个神仙一样。"怀穆春说。

"不是神仙，是科学。"

"好呀，等发电了，我要把桥镇的人都请到山上来看看什么是科学。"

（四）

缪剑霜站在船头的时候，天已经亮了。他朗声道："又到平羌古地了！"

此时，岷江上舟楫竞发，川流不息，一艘艘满载着盐包的大船顺江而下，与他们的船相向而行。那些船的船桅上都悬着大大的字号，比如"怀""王""朱""赵"，谁家的盐一目了然，这些盐都将运到边岸，并最终装到百姓的盐罐里。江中因为有了成群的盐船而显得有些壮观，但船队尽管浩浩荡荡，江中行船到底是寂寞的，船上时不时地冒出个人头来乱喊乱吼几声，也不知道喊的什么，吼的什么，宽阔的江水和两岸的群山早把它们消融得一丝不剩……

这是民国二十八年的暮秋，抗战军兴之时。

缪剑霜一到桥镇就召集五老七贤，他本想听听桥镇盐场的情况和大家对抗战盐业的意见，但没有想到却用了一下午的时间听了桥镇的故事，故事中那只早已逝去的神奇斑鸠，让他感到了时空跨越中的苍凉意味。

在来到桥镇之前，缪剑霜去见了财政部长宋子文，宋子文告诉他战时经济法的实施已迫在眉睫，而盐法是其中的一个重要部分，务必在三个月内起草出来，这跟在前线打仗没有区别。这时，抗战已经呈现出了漫长的形势，所以国统区的经济不能垮，战时经济必须要为军事服务。缪剑霜作为民国政府的老盐务人员，深谙盐业经济之要害，而政策一旦昭告天下，这将对中国的经济形势产生巨大的影响。

但此刻，缪剑霜究竟是不是已胸有成竹了呢？

那天听完故事，缪剑霜摆在桌上的那包哈德门香烟已经被抽光了，只剩下最后一支。这时他才举起手指放在鼻子下面，手指有股浓郁的烧焦的味道，但他没有把这样的感受持续下去，只是将手指上移到眼镜框上，轻轻地推了两下：

"好，明天我就到怀家走走。"

第十章

第二天，缪剑霜到了怀家大院门口的时候，并没有急着进去，他站在门外往高墙内的树林望了一阵。

本来，当他抬腿跨进那道高高的铜门槛，缪剑霜原本是想清清静静地来这里的，就像老朋友一样，一壶清茶足矣。但是，当众人——那些桥镇的大小人物都坐在一张宽大气派的圆桌上等待他的时候，所有的故事又回到了现实当中。彼此的敬意变成了客套，传奇的距离仅仅只是一个应酬性的微笑，宾客间那种细微的情绪在团团的和气中散开、弥合、散开……

他突然有些恍惚，之前听过的那个故事仿佛被打断了，怎么也重新接不上头绪来。应该说，就在缪剑霜来到怀家大院前时，他都是一直在故事里的。

宴席中觥筹交错，桌面上的菜品极尽心思，好像准备了百年，专门为缪剑霜的到来而精心准备的。

就在大家吃得高兴的时候，正好有一道云腿炖乳鸽送上来，缪剑霜开始了侃侃而谈，话题也轻松了很多。他说过去一般在杀鸽子的时候要用铜钱套在鸽子的嘴上，将之闷死，据说这样鸽子才鲜嫩。其实不然，按照这样的方法必然让鸽子血液阻滞，炖出的汤也会混浊不清，而按照一般的宰杀方法更好，汤色清澈纯正，味道鲜美，过去的做法只是人云亦云而已。

众人点头赞赏，其实大家心里也在盘算，想琢磨他是不是借这道菜在说整饬盐业的思路，因为此人在中国盐业界算得传奇人物。就在大家有些猜测的时候，缪剑霜话锋一转：

"这炖乳鸽用的是正宗的云南宣威火腿，而做火腿用的盐正是桥镇所产，咸头大，味醇正！"

真是地道，连这些地方风俗都了如指掌。在场的人很是开心，桌上又是一阵热议。

说了一阵恭维的话，其实细心的人已经注意到缪剑霜已经把话题转到盐上面来了，便听见他继续说道：

"我上午去看了好几家使用的蒸发壁，效果不错，这个新技术很值得推广嘛。"

怀穆春就把儿子怀如望搞蒸发壁推广的事情给他讲了一遍，缪剑霜边听边不停地点头，好像受到了不少启发。可能是酒的原因，缪剑霜的话也多了起来，刚开始的拘谨松缓了下来，缪剑霜接着说道：

"刚才我看到大厅里的一副对联，上面写的是——春云夏雨卤声远，虚谷浮岚幽梅香，很有意境嘛。但是要卤声传得远，就得好好推广盐业新技术嘛。"

趁着酒兴缪剑霜就讲到了他对盐业技术的一些见解，比如他说为了卫生健康起见，今后应该用机器压制砖盐来取代巴盐，用钢板平锅来取代圆锅小灶，还有电气推卤也应该运用在盐井上。为了提高生产效率，在燃料上可以考虑在盐场设统购机构，将煤炭和生产盐的器材实行统购，降低盐商的采购成本……

说到兴奋处，缪剑霜便透露出这次来还想在桥镇试点，搞一家模范盐厂，而刚才讲的这些新技术都要在模范盐厂中实施。怀穆春一听，突然感到这些想法跟儿子怀如望的思路怎么如此一致，没有想到缪剑霜的眼光如此独到，思想如此开明，便说道：

"缪局长，明天我想请您去看看卤元井，不知可否？"

"当然乐意了！"

第二天，怀穆春就陪同缪剑霜去了咸草坡。

但在看了卤元井后，缪剑霜突然说道："怀公，这口井我在三十多前就来看过！"

第十章

怀穆春震惊得张大了嘴巴，不知所措。缪剑霜笑了笑接着说："当年我是陪同丁恩先生来的，当时我是他的翻译，我那时还是个小年轻啊！"

但怀穆春怎么回忆也记不起来了，也许他当时就是个无足轻重的陪同人员。但这个人如今接掌了中国盐业管理的大权，早已不是那个跟在丁恩屁股后面的年轻人了，这又不得不让他感慨万千。

其实，更为感慨的是缪剑霜，他说：

"要是这里能有五百口这样的井，吃盐的事不就变成小事了吗？"

说出这句话，缪剑霜心里却是另一番滋味。

像桥镇这样的地方，虽是西南最重要的几大盐场之一，却一直延续着古老的引岸制度，划地供盐，严禁自由买卖，贩卖私盐将被严惩，而一般的盐商也未必轻松，他们必须缴纳很重的税赋，稍微年头不好，还常常出现入不敷出的情形，情况往往是苦不堪言。但随着抗战的来临，战事节节败退，大半江山沦陷，盐业陈法早该废止，眼下盐食供应迫在眉睫，如果这一切不改变，国家将面临更大的危机……

两个人望着桥镇的山水，都有些心潮起伏。

"这些年变化太大，这次我到这里来，看到的是厂岸凋敝，盐商们都活得不易啊。"缪剑霜说。

"盐法不变，盐灶不活，盐商也就没有出路。"

"但是从古至今，变法者没有什么好下场，你难道没有听说过吗？哈哈哈……"缪剑霜的笑声中有几分自嘲，但这句话却明显有很深的意味。

在山上站了一阵，两人开始慢慢地下山。半山腰的时候正好路过了洋公馆，但见大门紧闭，四周野草丛生，非常荒凉。

　　这时，怀穆春告诉他几年前公馆里的洋助理走了，这里已是人去楼空。缪剑霜突然有些感慨，善后大借款已不复存在，盐务稽核所被盐务署取代，其间的一切他几乎是完完全全地见证过的，漫长的光阴一晃而过，洋员们再也不会来桥镇了。但他心里想的是，洋人倒是走了，但下一个来的是谁呢？

　　缪剑霜突然抬起头，他仿佛又看见了一只斑鸠在空中飞翔，但空中什么也没有，蔚蓝之下只有一个久远的传说。